환희는 새벽에 온다

환희는 새벽에 온다

발행일	2025년 5월 2일		
지은이	박산윤		
펴낸이	손형국		
펴낸곳	(주)북랩		
편집인	선일영	편집	김현아, 배진용, 김다빈, 김부경
디자인	이현수, 김민하, 임진형, 안유경, 신혜림	제작	박기성, 구성우, 이창영, 배상진
마케팅	김회란, 박진관		
출판등록	2004. 12. 1(제2012-000051호)		
주소	서울특별시 금천구 가산디지털 1로 168, 우림라이온스밸리 B동 B111호., B113~115호		
홈페이지	www.book.co.kr		
전화번호	(02)2026-5777	팩스	(02)3159-9637
ISBN	979-11-7224-604-4 03810(종이책)		979-11-7224-605-1 05810 (전자책)

(주)북랩 성공출판의 파트너

북랩 홈페이지와 패밀리 사이트에서 다양한 출판 솔루션을 만나 보세요!

홈페이지 book.co.kr • **블로그** blog.naver.com/essaybook • **출판문의** text@book.co.kr

작가 연락처 문의 ▶ ask.book.co.kr

작가 연락처는 개인정보이므로 북랩에서 알려드릴 수 없습니다.

환희는 새벽에 온다

박산윤 장편소설

북랩

목차

새벽

윤섭은 어둠을 뚫고 달렸다. 뺨에 와 닿는 바람이 날카롭다. 발을 최대한 빨리 움직인다. 공기가 품고 있는 냉기를 막아내려면 스스로 체온을 올리는 수밖에 없다. 그는 포스빌 빌딩 지하로 내려갔다. 실내골프연습장에서 티칭프로를 하고 있었다. 생활비를 벌기 위해서다. KPGA 코리안 투어를 뛰지만 상금만으로 투어선수생활을 꾸려나가기 어려웠다. 그는 매일 새벽 5시에 골프연습장에 나가서 연습장 문을 열고 스윙연습을 했다. 오전 6시가 지나면 연습장을 이용하는 회원들이 들어왔다. 윤섭의 연습 시간은 기껏해야 1시간 정도다. 그 시간만큼은 집중력을 흩뜨리지 않으려고 노력했다. 될 수 있으면 신경이 분산되는 상황을 피했다.

"저기요? 여자 로커룸 어느 쪽이에요?"

여자의 목소리가 들렸다. 어둠 속에서 툭 튀어나왔다고 할까. 아직 아침 6시 전이었다. 윤섭은 어드레스 동작을 풀었다. 어두워서 도통 보이질 않아, 하고 혼잣말을 중얼거리는 여자의 모습이 희미하게 드러났다. 처음 보는 얼굴이다.

윤섭은 너 뭐야, 하는 표정으로 미간을 좁히고 여자를 바라봤다. 여자가 끌고 들어온 바퀴 달린 골프백을 바로 세우고 다시 물었다.

"이제 등록했어요. 너무 어두워서 로커룸을 찾을 수 없어요."

윤섭이 카운터로 가서 전등 스위치 하나를 눌렀다. '여자로커룸'이 라는 알루미늄 명패가 불빛에 반짝거렸다. 여자가 로커룸 안으로 들어갔다. 윤섭은 타석 하나에 타이머를 설정했다. 자신의 타석에서 뒤쪽으로 멀찍이 떨어진 위치였다. 여자가 골프웨어로 바꾸어 입고 나왔다. 그리고 골프백을 끌고 윤섭이 시간 설정을 해둔 타석으로 다가갔다. 윤섭은 여자의 동선에 따라 전등을 켰다가 다시 껐다. 타석 전체에 전등을 켜도 되지만, 이제까지 윤섭의 습관이었다. 다른 회원들이 오기 전에는 자신이 사용하는 타석에만 조명을 밝혔다. 집중력을 높이기 위해서다. 컴컴한 실내에 두 개의 타석만 환했다.

여자가 한 옥타브 높인 목소리로 윤섭에게 물었다.

"프로님, 연습장이 너무 어둡지 않아요? 전체 조명이 없을까요?"

"아, 네."

윤섭은 어드레스를 풀고 다시 카운터 안으로 들어갔다. 전등 스위치를 모두 올렸다. 화들짝 놀라듯 연습장 전체가 밝아졌다. 윤섭은 여자를 한 번 흘겨보고 자기 타석으로 뚜벅뚜벅 걸어갔다. 여자가 윤섭의 타석으로 다가왔다. 들고 온 파우치에서 명함 케이스를 꺼내 천천히 명함을 빼냈다. 동작 봐라. 남의 연습 시간 다 빼앗은 주제에. 윤섭은 여자의 행동을 지켜보며 속으로 구시렁댔다.

"지난달에 소영꽃집을 오픈한 소서영이에요. 위치는 테크노마트 쪽이에요."

새벽에 실내골프연습장에 오면서 풀 메이크업이다. 여자가 명함을 내밀면서 웃었다. 입꼬리가 살짝 올라갔다. 치열이 가지런하다. 희고 윤기 나는 치아가 불빛에 반짝였다. 의례적인 웃음기가 사라지자 여자의 얼굴에서 차가운 기운이 뿜어져 나왔다. 예쁜 얼굴이지만 날렵한 아이라인 속에 담긴 눈동자에 파르스름한 기운이 감돌았다. 윤섭은 명함을 받으며 찌푸린 미간을 풀었다. 하지만 웃지는 않았다. 윤섭의 표정을 살피던 여자도 그제야 얼굴 근육을 부드럽게 풀었다.

"프로님, 저는 드라이브 비거리가 쬐끔밖에 안 나가요. 150미터까지는 날리고 싶은데, 레슨 받으면 가능할까요?"

서영이 두 손을 마주 잡아 배꼽쯤에 가지런히 모으고 진지하게 물었다. 윤섭은 눈으로 그녀의 체격을 훑었다. 160센티미터 미만의 키에 마른 편이었다. 파워는 없어 보였지만 둔해 보이지는 않았다.

"스킬이 중요하죠. 레슨을 받으면 비거리를 늘릴 수는 있을 겁니다. 비거리는 파워의 문제도 있지만, 스윙 자세가 잘못된 경우가 많아요. 지나친 오버스윙 때문에 힘을 제대로 사용하지 못하는 경우가 있거든요. 비거리가 안 나온다면 자세 교정부터 해야 해요."

"맞아요, 맞아. 백스윙 때 오버 스윙이 심해요."

서영은 얼굴이 화끈거렸다. 자신의 문제점을 꼭 집어내는 것 같았다. 사실 필드 라운딩을 할 때마다 동반자들의 시선이 부담스러웠다. 특히 허 변호사에게 스윙 자세를 지적당할 때는 자존심이 상했다. 민폐야, 다시 레슨 받아, 라고 대놓고 충고를 했다. 신도림으로 이사 오면서 홍 사장으로부터 최윤섭 프로를 소개 받았다. 홍 사장은 소영꽃집 건물주이자 허 변호사의 고객이었다. 서영은 다른 사람으로부터 소개받고 왔다는 말은 하지 않았다. 좀 전에 어둠 속에서 그의 스윙을 한참 동안 구경했다. 정교하게 다운블로우로 내리꽂는 아이언 샷 자세가 마음에 들었다. 드라이버 샷은 강한 남성미가 폭발하는 것 같았다. 드라이버 헤드에 맞은 공이 아이 핀이 그려진 스크린을 뚫고 나갈 듯했다. 연습장 전체가 울렸다. 특히 스윙할 때 바지 밖으로 터질 듯한 질감을 느끼게 하는 허벅지 근육에서 눈을 뗄 수 없었다. 홍 사장이 그랬다. 최 프로를 편하게 만나려면 새벽 5시쯤에 가면 된다고. 서영은 새벽잠을 줄이고 레슨을 받기로 마음먹었다.

"혹시, 최윤섭 프로님 맞아요?"

"네, 그런데요?"

얼굴에 귀찮음을 잔뜩 드러내고 우울한 눈빛으로 서 있는 사람이 최 프로였다.

"프로님께 레슨 받고 싶어요. 내일부터 이 시간에 해 주실 수 있을까요?"

"지금 시간에요? 죄송하지만, 제가 시간을 낼 수 없습니다. 6시에서 7시 사이 클래스에는 풀이고요. 대기에 예약을 하시든지, 아니면 다른 티칭프로에게 레슨을 신청하세요."

"왜, 이 시간이 안 되죠? 지금 레슨 받는 분 없잖아요."

서영은 이게 뭐지? 싶었다. 티칭프로가 레슨을 거부하다니. 윤섭이 입을 다문 채 시큰둥하게 허공을 바라봤다. 눈빛이 빨리 네 자리로 돌아가라는 것 같았다. 윤섭의 예상 밖 태도에 서영은 불쾌감보다 초조함이 앞섰다.

"그러면 어느 시간대에 가능할까요?"

"아마, 오전 11시에서 12시 클래스에 빈자리가 있을 겁니다. 그때 하시겠다면……."

윤섭이 이제 됐냐는 듯 손가락을 우두둑 꺾었다. 그리고 7번 아이언을 들고 타석으로 들어섰다. 서영은 윤섭의 뒤통수를 쏘아봤다. 그는 서영의 존재를 잊어버린 듯 아이언 샷에 몰두했다. 서영의 시선 속으로 리드미컬하게 움직이는 윤섭의 탄탄한 뒤태가 커다랗게 확대되어 들어왔다. 운동선수들의 몸매를 좋아하긴 했다. 그렇다고 맹목적으로 끌리는 것은 아니다. 굳이 비유하자면 윤섭의 얼굴이 영화배우 P와 많이 닮았다. 초식동물 같은 얼굴에 비해 몸매가 완전 반전이다. 수말 한 마리가 엉덩이를 씰룩거리는 것 같았다. 남자의 뒷모습에 온통 신경을 빼앗겨 보기는 처음이다. 눈을 떼기 위해, 되게 비싸게 구네, 하고 입속으로 중얼거리면서 자기 타석으로 돌아갔다.

서영은 간단한 체조로 몸을 풀었다. 골프채를 클럽거치대에 죽 늘어놓으면서도 시선은 윤섭의 뒷모습을 흘끔거렸다. 타석에 섰지만 마음먹은 대로 스윙이 되지 않았다. 스윗스팟에 제대로 맞는 샷이 없었다. 샷마다 빗맞았다. 어깨에 힘만 잔뜩 들어갔다. 연습할 맛이 나지 않았다. 드라이버를 몇 번 휘두르다가 의자에 앉아 버렸다. 짜증나게 눈길은 자꾸 윤섭 쪽으로 달아났다. 거절당한 불쾌감 때문에 입속으로 윤섭을 욕했지만, 스윙이 참 좋다는 감탄사가 저절로 나왔다.

윤섭은 7번 아이언 샷 연습을 끝내고 뒤를 돌아봤다. 무관심한 척했지만 뒤통수가 신경 쓰였다. 소서영이 계속 자신을 지켜본다는 느낌을 떨칠 수 없었다. 서영이 드라이버를 쳤다. 윤섭은 하마터면 풋하고 웃을 뻔했다. 완전 꽝이다. 자세가 엉망이었다. 기본기도 안 되어 있으면서 골프 클럽은 풀세트에 천만 원이 넘는 일제 메이커였다. 뻔한 여자 중 하나겠지. 물론 시간도 없지만, 레슨을 거부하길 잘했다는 생각이 들었다. 차라리 비기너가 낫지. 공 좀 칠 줄 안다고 뻗대면, 스트레스덩어리를 받을 뻔했네. 윤섭이 고개를 돌리는 순간 서영이 드라이버 헤드에 커버를 씌우며 윤섭을 쳐다봤다. 두 사람의 시선이 맞닥뜨렸다. 서영이 부끄러운 듯 수줍게 웃으며 골프백에 얼른 드라이버 채를 집어넣었다. 윤섭은 나는 당신 스윙 자세 안 봤어, 하는 표정으로 고개를 돌렸다. 윤섭은 드라이버를 잡고 어드레스 자세를 취했다. 뒤에서 서영의 음성이 들렸다.

"5시에서 6시 사이, 정말 안 될까요? 홍희수 사장님으로부터 프로님 소개받고 연습장 등록했거든요."

"홍 사장님이요?"

"네."

홍 사장이라는 말에 윤섭은 잠시 망설였다. 윤섭에게 오랫동안 레슨을 받은 회원이다. 가끔씩 윤섭에게 도박꾼들을 붙여주기도 하고. 하필이면 홍 사장 소개를 받았다고. 가볍게 무시하기 어려운 상대였다. 윤섭은 속으로 시간 계산을 했다. 자신이 30분 일찍 출근하면 레슨시간을 만들 수 있을 것 같았다. 좋아, 해주지 뭐. 며칠이나 갈까. 제풀에 나가떨어지겠지.

"5시 30분부터 6시까지, 30분간 가능할 것 같아요. 시간이 짧은 대신에 일대일 레슨입니다."

"감사해요, 프로님. 가능해요. 일대일이라면 레슨비 더 낼게요."

"더 낼 필요는 없어요. 그 대신 조건이 있어요. 레슨 시간 맞춰서 5시 20분 넘어서 오세요. 제가, 제 연습시간 확보해야 하거든요."

레슨 시간이 새벽 5시 30분으로 잡혔다. 서영이 양재동 꽃 도매시장에 가는 월, 수, 금요일을 뺀 화, 목, 토요일에 틈을 냈다.

"국민체조 하세요?"

윤섭은 서영의 레슨이 성가셨다. 완전 몸치였다. 습관적으로 리버스 피봇이 일어났다. 드라이버 샷 스윙 자세를 보고 있으면 저절로 웃음이 터졌다. 허리가 백스윙 때 알파벳 역 C자 형태로 휘청 뒤집어졌다가 다운스윙 때는 그 반대로 엎어졌다. 바람에 휩쓸리는 수양버들 나뭇가지처럼 낭창거렸다. 남자 수강생이라면 허리를 손으로 잡아주기라도 하지. 여자라서 그것조차 할 수 없었다. 꼭두새벽부터 쓴소리를 하기도 어려웠다. 다른 사람들은 아직 침대에서 뒤척일 시간이다. 윤섭은 몇 번 리버스 피봇을 지적하다가 입을 다물어버렸다. 다른 방법을 사용하기로 했다.

"동영상 찍어봤어요? 자신의 문제점을 정확히 알아야 하는데, 그러려면 동영상이 제일 좋아요. 어느 부분에서 오버액션이 일어나는지 본인이 직접 확인해야 교정할 수 있죠."

"제 자세가 좀 그렇죠?"

"좀이 아니죠."

서영이 동영상 찍는 데 동의했다. 그녀의 샷 동작을 핸드폰으로 동영상을 찍어서 확인했다. 윤섭은 서영이 충격 받고 일찍 포기하기를 바랐다. 그런데 그것도 소용없었다. 하루도 결석하지 않았다. 윤섭은 레슨을 대충하면 그만둘까 싶었다. 욕먹을 각오하고 한동안 의도적으로 의례적인 레슨만 했다.

리버스 피봇이 쉽게 교정되지 않았다. 티칭프로에게 스트레스 주기 딱 알맞았다.

생명 연장 본능

플로리스트 공부를 하면서 절화에도 강한 생명 연장 본능이 있다는 것을 알았다. 제한된 물과 빛을 두고 경쟁을 벌였다. 꽃들도 희로애락을 느끼는 감정을 가졌다는 것을 발견하고 놀랐다. 꽃을 만지는 사람의 손길에 따라 기쁨을 활짝 드러내기도, 슬픔으로 피지도 않은 꽃봉오리 상태에서 떨어져 버리기도 했다. 예민한 꽃은 즐거워하기보다 화내고, 질투하고, 엄살까지 부렸다. 괴로움이 극에 달하면 물올림을 거부했다. 멍이 든 아픔을 회복하지 못하고 금방 생기를 잃고 시들어버렸다. 꽃의 욕망을 이해하지 못했을 때는 생각보다 빨리 시든 꽃을 그냥 쓰레기통에 버렸다. 하지만 지금은 그렇지 않았다. 일찍 시든 꽃으로 드라이플라워를 만들었다. 꽃의 수명을 연장시켜주고 싶었다. 살아있는 꽃에 가위질하는 것을 직업으로 삼는 사람의 책무라고 할까. 미친 짓이라고 해도 상관없었다. 그렇게라도 하지 않으면 마음의 짐이 몸의 통증으로 나타나기 때문이다. 꽃과 정 떼기 의식이라고. 일반인들은 경험할 수 없는 다른 차원의 감정 세계다.

서영은 핸드폰에 윤섭을 '해바라기'라고 저장해뒀다. 꼭두새벽부터 땀 흘리며 스윙 연습에 몰두하는 것을 보면, 오직 골프 선수로서 성공에 목매달았구나 싶었다.

홍 사장까지 팔아서 겨우 얻어낸 레슨 시간을 윤섭이 그만하자고 할까 봐 서영은 불안했다. 그렇다고 우스꽝스러운 자세 때문에 골프 자체를 포기할 수 없었다. 싫어도 비즈니스 골프 라운드에 종종 참석해야 했다. 게다가 윤섭의 스윙을 배우고 싶었다. 아니 그것보다 어쩌면 윤섭의 우울한 눈빛 때문인지 모르겠다.

홍 사장과 윤섭이 서영의 숍에 함께 들어왔다. 분위기로 봐서 홍 사장이 윤섭을 데리고 온 것 같았다. 지난번에 허 변호사의 주선으로 함께 필드 라운딩을 했을 때, 서영이 최 프로에게 레슨을 받게 되었다고 말했었다. 그때 홍 사장이 최 프로와 개인적인 친분을 쌓으라고 했다. 레슨에 도움이 될 거라고. 그리고 자기가 자리를 한번 마련하겠다고 했다. 서영은 홍 사장의 말이 생각나서 그들을 데리고 테크노마트 안에 있는 커피숍으로 갔다. 라운드테이블에 둘러앉았지만 윤섭은 서영에게 눈길을 주지 않았다. 홍 사장과 서영이 나누는 대화를 그는 듣기만 할 뿐 잠자코 있었다. 서먹해하는 그의 태도에서 아직 마음을 오픈한 상태가 아니라는 것이 드러났다. 서영은 윤섭에게 세심하고 따뜻한 누나의 이미지를 만들고 싶었다. 윤섭을 보고 있으면 어딘지 모르게 어둠이 느껴졌다.

함께 커피를 마신 다음 날 아침, 레슨 시간이었다. 윤섭이 먼저 인사했다. 레슨 분위기가 훨씬 부드러웠다. 그날 이후, 골프라운딩 에피소드를 이야기할 정도로 낯가림이 풀렸다.

"프로님, 아침식사는 언제 하세요?"

서영은 윤섭과 더 가까워지기 위해서 아침식사 시간을 활용하기로 했다.

"시간 되는 대로 아무 때나 합니다."

"괜찮으면, 레슨 끝나고 함께 식사할 수 있어요?"

"서영 씨도 밖에서 아침식사 하세요? 아침식사 맛집 알고 있는데."

"어머, 그러세요. 레슨 마치면 우리 같이 맛집 가서 아침식사해요."

서영은 마음속으로 쾌재를 불렀다.

아침식사를 하면서 서영은 의도적으로 우스갯소리를 골랐다. 윤섭을 웃겨주고 싶었다.

"꽃 주문하는 것을 보면 그 사람 성격을 어느 정도 알 수 있어요. 예를 들어, 장미꽃을 주문해요. 한 가지 종류의 장미만 원하거나, 아니면 여러 종류를 섞어서 원하거나. 같은 종류 장미라도 단색을 원하느냐, 아니면 여러 가지 색깔을 골고루 섞느냐, 라든가. 비싼 장미꽃은 몇 송이만 사고 그린 소재나 포장지로 풍성해 보이게 하기도 하고, 물론 그렇지 않은 사람도 있지만. 아주 다양해요. 웃기는 사건 하나 이야기할까요?"

"꽃집에도 웃기는 사건 있어요?"

"많아요. 이런 진상도 있었어요. 50대 정도 남자였는데, 키가 크고 롱 펌 헤어에 스타일리시한 차림이었어요. 오직 노란색 장미 100송이로 꽃바구니를 만들어 달라는 거예요. 왜냐고 묻지도 않았는데 신당에 가져갈 거래요. 모시는 신이 처녀신이라나. 김 선생이 처녀신? 하는 눈빛으로 나를 건너다 봤어요. 난 아, 그래요? 하는 표정을 짓고 묵묵히 꽃을 꽂았죠. 처녀신이 좋아할 만한 디자인으로. 그런데 남자의 표정이 영 불안했어요. 무언가 초조해 보였거든요. 꽃바구니 작업을 하는 동안 계속 누군가와 카톡을 하는 거예요. 그러더니 밖으로 휙 나가버렸어요. 그러고는 돌아오지 않았어요. 연락처도 없고 돈도 받지 않은 상태였어요. 나쁜 새끼, 처녀귀신에게 빵 차였네. 하수구에나 빠져버려라, 하면서 김 선생이 방방 뛰었어요. 지금도 가끔씩 그 남자가 궁금해요. 왜 그랬을까 하고요. 나름 급한 사정이 있었겠죠. 혹시 꽃바구니 받을 사람이 신과 함께 사라져 버렸을지도 모르잖아요."

테이블 맞은편에 앉아 깍두기를 씹던 윤섭이 웃음을 터뜨렸다. 서영은 웃고 있는 윤섭을 건너다보다가 하마터면 웃는 모습이 좋다고 말할 뻔했다.

두 사람은 서영의 레슨이 있는 날은 함께 아침식사를 했다. 함께 아침식사를 하지 못한 날은 자연스레 저녁식사 자리를 가졌다. 서영은 불안했지만 윤섭에게 끌리는 마음을 어떻게 할 수 없었다.

하루는 서영이 윤섭에게 자신의 오피스텔에서 와인을 마시겠느냐고 물었다. 생일이라고 했다. 케이크는 살 필요 없다고 덧붙였다. 윤섭은 편의점에서 샴페인 한 병을 사 들고 서영이 사는 포스빌 오피스텔을 찾았다. 오피스텔 방문은 처음이었다. 서영의 삶 내부로 들어간다는 호기심과 기대감을 가지고 현관문 앞에 섰다. 초인종을 눌렀다. 서영이 현관문을 열었다. 문이 열리는 틈새를 비집고 방습제향이 뒤섞인 마른 풀냄새가 새어나왔다. 거실로 들어서면서 냄새의 출처를 찾아 실내를 둘러봤다. 코너와 벽면이 온통 드라이플라워로 장식이 되어 있었다. '전부 마른 꽃이야. 음습해. 귀신 나올 것 같아.'거친 러프 가운데 지어진 오두막, 마른 갈대가 서걱거리는 소리가 들리는 듯했다.

서영이 분주하게 식탁을 세팅하였다.

"인테리어 컨셉이? 실내가 늦가을 숲속 같아."

"좀 그렇지? 꽃과 정 떼기를 해야 하는데, 그렇지 못해서."

서영이 말을 해놓고 어색할 때면 웃는, 예의 그 수줍은 미소를 지었다. 그럴 때는 일본 여자 같았다. 일본 영화에 등장하는 비밀을 잔뜩 안고 사는 여자.

"꽃과 정 떼기를 한다고?"

'사람도 아닌데? 플로리스트이라지만 취향이 좀. 하는 말까지 4차원이야.'

윤섭은 속으로 고개를 갸웃거렸다.

서영이 손바닥만 한 오가닉 치즈 케이크에 양초를 꽂았다. 큰 사이즈 하나와 작은 사이즈 세 개를 꽂았다. 생일 축하한다는 윤섭의 말에 서영이 촛불을 끄며 말을 받았다.

"고마워. 올해는 윤섭 씨로부터 축하받네."

건조한 목소리였다.

"내년에도 축하해 드릴게."

"고맙긴 하지만 미리 약속하는 것은 사양할게. 예전에 어느 시인이 서른 잔치는 끝났다고 했대. 꿈만 꾸면서도 행복했던 시절은 이제 끝났어. 삼십 대는 변덕의 진폭이 너무 크거든. 한 마디로 변덕쟁이야. 믿을 수 없어. 나 자신도 나를 믿지 않아. 변한다는 것이 마음뿐만 아니라 상황이 그렇다는 거야. 상황만 아니라 공간도 그래. 지금은 서울에서 살지만 내년에 도쿄에 있을지 누가 알겠어. 노마드 시대라고 하잖아. 약속이 오히려 짐이 돼. 안 그래?"

감정을 숨기는 이야기다. 거리를 유지하려는 의도가 담겼다. 그래서 더 마음을 파고드는 데가 있었다. 도망가면서 상대를 끌고 갔다.

"그렇지만, 약속 지켜. 내년에 도쿄에 있으면 도쿄 가면 되잖아. 비행기 타면 금방인데 뭐."

윤섭이 들고 간 샴페인으로 건배를 했다. 서영이 잔 들고 향을 음미했다. 미간을 살짝 찌푸렸다. 윤섭을 보고 웃더니 잔을 옆으로 밀어놓았다. 그리고 와인 냉장고에서 와인을 꺼내왔다. 서영이 평소 술에 대해 고급 취향을 보였다는 것이 기억났다. 생각 없이 편의점에서 샴페인을 샀던 것이다. 사실, 윤섭은 소주 취향이다. 편의점 술과 전문점 술을 굳이 구분하지 않았다. 머쓱했지만 자신의 기분보다 왠지 서영의 취향을 존중해야 할 것 같았다.

식탁 위에 빈 병이 늘어났다. 단정하게 와인 잔을 비우던 서영이 식탁 위에 왼팔을 괴고 머리를 얹었다. 풀린 눈을 가슴츠레하게 뜨고 윤섭을 바라봤다. 눈에 힘을 주더니 헤실헤실 웃었다. 혀 꼬부라진 소리로 안녕히 가시라고 오른손을 흔들고는, 상체가 식탁 위로 털썩 엎어졌다. 윤섭은 일어서다가 다시 주저앉았다. 얼굴을 덮은 서영의 머리칼을 손으로 쓸어 모았다.

서영의 안색이 발그레했다. 피부가 촉촉하게 윤이 났다. 늦가을 바람같이 까칠하던 숨소리가 끝내 한숨으로 바뀌었다. 그제야 뜨거운 피가 흐르는 생명체로 느껴졌다. 윤섭은 서영을 안아 올려 침대에 눕혔다. 그리고 옆에 누웠다. 그녀에게서 짙고 독한, 농익은 과일 향기가 났다. 윤섭이 팔을 뻗어 어깨를 감싸려는 순간 서영이 발딱 일어났다. 선 채로 윤섭을 한참 동안 내려다봤다. 윤섭은 누운 채 위로 올려다봤다. 시선과 시선이 허공에서 얽혔다. 그녀의 눈빛에 긴장감이 일렁였다. 윤섭이 일어나 앉았다. 침대 아래로 발을 내려놓았다. 바닥을 딛고 일어서려는 윤섭을 서영이 두 손으로 어깨를 눌러 주저앉혔다. 서영은 자기 몸을 통제하지 않기로 했다. 아니, 몸이 원하는 대로 내버려 두자고 자신을 설득할 필요도 없었다. 이미 몸이 그녀의 통제에서 벗어나고 있었다. '이 남자 앞에서는 처음 만났을 때부터 그

랬어. 아무것도 내 마음대로 되지 않았어.' 서영이 윤섭을 가로막듯
두 팔을 벌렸다. 윤섭도 팔을 벌려 서영을 안았다. 서영의 도톰한 입
술이 윤섭의 입술에 다가와서 포개졌다.

부상

 겨울이 되자 프로골퍼들이 하와이나 뉴질랜드로 동계훈련을 떠났다. 서영이 윤섭에게 전지훈련 겸 제주도에서 한 달 살기를 하자고 했다. 윤섭도 그러고 싶었다. 돈이 없을 뿐이다. 서영에게 경제적으로 도움받는 것은 싫었다. 겨울 동안 춘천에 있는 퍼블릭 골프장인 디아너스CC에 연습 라운드를 다녔다.

 낮부터 내리던 비가 밤사이에 그쳤다. 윤섭은 서영 옆에 좀 더 누워있고 싶었다. 눈을 감고 이불 속에서 꿈지럭대는데, 함께 연습 라운드를 다니는 정 선배로부터 출발하자는 메시지가 왔다. 이미 부킹이 된 티업 날짜를 취소할 수 없다는 것이다. 페널티가 붙으면 3개월이나 부킹이 정지되기 때문이다. 메시지를 닫고 핸드폰을 헤드테이블 위로 던졌다.

 윤섭의 부스럭거림에 서영이 돌아누웠다. 머리칼에 얼굴이 절반 정도 묻혔다. 마치 무성하게 자란 러프에 흰 골프공이 떨어진 것 같았다. 윤섭이 서영의 머리칼을 쓸어 넘겼다. 잠옷 밖으로 흰 목덜미가 드러났다. 목덜미에 가벼운 키스를 하고 침대에서 빠져나왔다. 서영이 잘 다녀오라며 손을 흔들었다. 윤섭은 서영의 턱밑까지 이불을 당겨서 덮어줬다.

길게 하품을 하고 윤섭이 샤워기 아래 섰다. 뜨거운 물줄기를 맞았다. 현규가 동철이 지금 뉴질랜드에서 동계훈련 중이라고 했다. 윤섭은 손으로 거울에 서린 수증기를 닦아냈다. '똥철이 새끼'하고 중얼거렸다. 동철이 이름을 내뱉자 다시 이불 속으로 기어들어 가고 싶던 마음이 사라졌다.

낡은 스포티지를 몰고 춘천으로 갔다. 도로 곳곳에 블랙아이스가 번들거렸다. 바람에 귀가 떨어져 나갈 것처럼 아렸다. 1번 홀로 올라갔다. 워터 해저드가 페어웨이 오른쪽에서 중앙 깊숙이 들어와 있는 파4 왼쪽 도그렉홀이다. 핫팩으로 손을 녹이고 티 그라운드에 섰다. 페이드샷을 치면 딱 좋은 홀이다. 드라이버로 친 샷이 바람에 밀려 러프 쪽으로 날아갔다. 공이 떨어진 위치가 하필이면 다운 힐 라이다. 아침 햇살이 퍼져나가기 시작했지만 잔디 뿌리에 아직 얼음이 덜 녹았다. 트러블샷인 데다 물기 때문에 발이 미끄러웠다. 안전하게 레이업 하자는 생각에 7번 아이언으로 세컨 샷을 했다. 팻샷이었다. 클럽 헤드가 언 땅을 치면서 허리가 삐끗했다. 시큰거리는 허리를 잡고 절뚝이는 윤섭을 보고 정 선배가 걱정했다.

"괜찮아? 조심해. 어젯밤에 무리했네, 비 온다고."

"아니요, 일찍 잤어요. 새벽에도 컨디션 좋았는데."

"스프레이 뿌려. 방심하면 큰일 나."

"좀 걷다 보면 풀리겠죠."

윤섭은 다른 골퍼들 스윙에 방해될까 봐 아픈 티를 내지 못하고 참았다. 1번 홀 아웃을 하고 2번 홀로 이동했다.

노캐디 셀프라운드 옵션이다. 후배 둘은 페어웨이 위를 걸어가고, 윤섭이 골프백을 실은 카트를 몰았다. 캐디 아르바이트를 할 때 자연스레 몸에 밴 습관이었다. 조수석에 앉은 정 선배가 KPGA 코리안 투어 참가자 도핑테스트에 걸리지 않는 약품을 알려줬다. 카트가 휘청했다. 바퀴가 헛돌았다.

"야, 스톱시켜. 왜 이래."

정 선배가 뛰어내렸다. 내리막을 내려가던 카트가 우당탕거리며 도로를 벗어났다. 빗물이 카트 도로의 우묵한 곳에 고여 얼어 있었다. 카트가 말을 듣지 않았다. 윤섭도 뛰어내리다가 오른쪽 무릎이 핸들에 걸렸다. 낭떠러지로 곤두박질치는 카트에서 튕겨 나갔다. 다행히 러프에 내동댕이쳐졌다. 왼쪽 발목뼈에 골절상을 입었다.

병원에서 퇴원하고도 물리치료가 계속됐다. 의사가 최소 몇 개월은 골프 클럽을 잡지 말라고 주의를 줬다. 하루가 아쉬웠다. 초조한 마음에 진통제를 먹으면서 조금씩 스윙연습을 했다. 아픈 발목 때문에 무게중심이 한쪽으로 쏠린 모양이다. 삐끗했던 허리까지 말썽을 부렸다.

윤섭이 허리보호대를 두른 채 침대에서 누워 지내다시피 했다. 아랫배가 침대바닥으로 축 늘어졌다. 서영은 검지로 윤섭의 아랫배를 찔렀다. 손가락 끝이 쑥 들어갔다. 딴딴한 맛이 없었다. 털을 제거해서 굿당 제단에 눕혀놓은 통돼지 같았다. 서영은 걷잡을 수 없이 체중이 늘어나는 윤섭이 걱정되었다. 게다가 극도로 예민해져 있어 농담도 조심스러웠다. 윤섭의 자존심을 건드릴까 봐 사용하는 단어들도 신중하게 골랐다. 윤섭이 얼른 손바닥으로 아랫배를 가렸다.

"손 치워. 웨이트트레이닝 시작해야 하는데 미치겠어. 의사 말만 믿어도 될까?"

"의사 말 들어. 너무 무리하지 마. 오히려 더 오래갈 수 있어."

"요즘 같으면, 진짜 점쟁이한테라도 가보고 싶어. 폭망이야. 짜증나."

"허 변 만났어?"

"다음 주에 만나기로 했어."

"허 변 믿어도 돼."

서영이 윤섭을 감싸 안았다. 윤섭은 서영의 품속으로 푹 안겼다. 서영의 몸통이 윤섭의 가슴 폭 반밖에 안 되었다. 윤섭은 서영의 가슴에 코를 박고 숨을 들이마셨다. 잔디밭에 누운 것처럼 아늑했다. 어머니가 생각났다. 골프장 측에 대응하기 위해 변호사를 선임해야 했다. 서영이 허 변호사를 소개해줬다. 변호사 착수금이 급해서 어머니에게 전화를 할까 말까 망설이는 중이었다.

윤섭이 어머니를 다시 만난 것은 아버지 장례식 때였다. 그 후, 1년에 한 번씩 생일날 연락이 왔다. 어머니는 아버지와 이혼 후, 5개월이 채 안 되어 재혼했다. 재혼 상대는 골프웨어 제작 업체 사장이었다. 아버지와 윤섭은 어머니의 재혼 사실조차 몰랐다. 윤섭이 학교에서 강제 전학을 강요받던 시기였다.

아버지 장례식장에서 어머니를 만난 윤섭은 의식적으로 테이블을 사이에 두고 마주 앉았다. 장례식장의 무거운 공기만큼 적당한 거리를 뒀다. 잠시 이야기를 나누고 대화가 끊겼다. 어머니가 핸드폰에 담긴 여학생 사진을 보여줬다. 재혼해서 낳은 딸이었다. 바이올린을 전공한다고 했다. 여동생 모습이 신기했다. 윤섭과 완전 다른 분위기였다. 구김살이 전혀 없어 보였다. 사랑스러운 얼굴이다. 여동생의 차림새나 얼굴 표정에서 어머니 재혼가정의 모습을 엿볼 수 있었다. 사진 속 사람들 얼굴에서 윤기가 반질거렸다. 경제적인 것뿐만 아니라 가족 구성원들 간에 사랑이 넘쳐보였다. 여동생 사진을 보여주는 내내 어머니 얼굴에서 미소가 떠나지 않았다.

사진 구경이 끝나자, 윤섭과 어머니 사이에 침묵이 이어졌다. 침묵이 어색해질 때쯤, 어머니가 딸에게 전화를 걸었다.

"응, 엄마야. 우리 딸, 어떻게 됐니? 응, 응, 오! 그래! 축하해! 우리 딸 역시 대단해! 엄마는 너무 행복해! 고마워!"

S대 입시반 전문 강사에게 레슨을 받게 되었다고 했다. 어머니의 목소리가 물 표면을 차고 튀어 오르는 날치 같았다. 장례식장의 눅

눅한 분위기를 단숨에 걷어챘다. 윤섭은 짧게 한숨을 내쉬었다. 어머니에게 자신의 존재는 무엇일까. 사물에 불과한 것이 아닌가 싶어 불쾌했다.

동철 아버지가 영안실 안으로 들어왔다. 어머니와 동철 아버지가 서로 인사를 했다. 윤섭은 두 사람이 대화를 나누는 동안, 앞서 빈소로 돌아왔다. 동철 아버지가 빈소로 따라 들어왔다. 어머니는 다시 전화 통화에 열중했다.

동철 아버지가 제단에 흰 국화꽃을 올리고, 두 번 절했다. 사진 속 아버지가 조문하는 동철 아버지를 무덤덤하게 내려다봤다. 죽음이 원래 무덤덤한 것이라고. 카멜레온이 살아남기 위해 주변 색깔에 맞춰 변색하듯, 살아있을 때, 살아남기 위해 온갖 표정을 지어야 했다고. 양질의 생활환경을 획득하기 위해서 억지로 만들어서라도 다양하고 세련된 표정을 지어야 했다고. 그것이 너무 피곤했다고. 하지만 죽음은 그럴 필요가 없다고. 한 가지 표정이면 충분하다는 것을 보여주려는 것 같았다.

윤섭은 아버지의 그 무덤덤한 표정 속에 '아들, 힘내'하는 소탈한 미소가 담겨있다는 것을 알고 있었다.

다행히 다른 사람들 목소리에 뒤섞여 어머니 목소리가 빈소까지 들리지 않았다. 어머니가 윤섭을 찾아 빈소로 왔다. 아버지 영정사진을 힐긋 쳐다보고는 필요할 때 연락하라고 말하고 서둘러 나갔다. 윤섭은 어머니를 배웅하지 않았다.

윤섭은 어머니가 연락하라던 말을 기억해내는 자신이 우스웠다. 아버지 장례식 날 이후, 어머니 전화를 일절 받지 않았다. 생일날 생일축하 메시지와 기프트카드를 보내와도 모두 무시해버렸다. 그래서 갑자기 목돈이 필요하다고 전화하기가 더욱 꺼려졌다. 아니 자존심이 상했다. 윤섭은 서영의 품에서 빠져 나왔다. 서영이 걱정스런 얼굴로 윤섭의 두툼한 등을 토닥였다.

70대 노인에게 중독되다

윤섭은 허 변호사 사무실을 찾았다. 약속된 시간보다 10분 일찍 도착했다. 대기실에 앉아서 핸드폰을 만지작거렸다. 인스타그램을 한 차례 검색했다. 어머니가 새로운 사진들을 게시해놓았다. 대부분 어머니 딸 사진이다. 바이올린을 연주하는 모습이 프런트에 걸렸다. 맛있는 음식 앞에서 예쁜 표정을 짓고 있는 여동생에게 시기심이 일어났다. 자신의 자리를 그 아이에게 빼앗긴 것 같았다. 어머니가 여동생 옆에서 환하게 웃었다. 윤섭은 사진을 물끄러미 들여다봤다. 어머니 웃음이 불편했다. 가증스러웠다. 보톡스로 잘 관리된 반질거리는 가면을 벗겨버리고 싶었다. 어머니 얼굴에서 웃음을 긁어내버리고 싶었다. 울음을 칠해놓고 싶었다. 아버지 장례식장에서 슬픈 얼굴로 윤섭을 위로해 주던 것이 모두 거짓이 아니었을까 하는 생각이 들었다. 거짓 눈물바람에 속아 넘어간 자신이 바보였다. 속에서 무언가가 부글부글 끓어올랐다.

윤섭은 어머니를 미워하는 것이 오히려 편할 것 같았다. 미워하는 감정보다 어머니에게 의존하려는 자신의 본능을 억제하기 위해서다. 어머니에게 돈을 구걸하기 위해 찾아가지 않으려면, 이렇게라도 거리를 둬야 했다. 어머니 전화번호에 수신거부를 설정하고, 저장된 전화번호를 삭제하려다가 손가락을 멈췄다. 연결고리를 완전히 끊어버린다고 생각하자 손끝이 떨렸다. 혼자 넓은 바다에 추락한 기분이다. 윤섭은 자신의 마음 맨 밑바닥에 깔려 있는 감정의 한 조각을 가만히 응시했다. 어머니 전화번호 수신차단을 다시 해제했다.

윤섭 앞에 앉은 허 변호사가 자료를 뒤적거렸다. 팔을 움직일 때마다 상쾌한 향수 냄새가 났다. 네이비색 슈트가 윤기 나는 흰 피부와 잘 어울렸다. 흰 와이셔츠 위에 맨 다크 그린색 넥타이에서 봄기운이 물씬 풍겼다. 마치 백화점 남성복 코너에 디스플레이 된 마네킹 같았다. 심지어 서류를 읽는 목소리조차 어디 한 곳 흠 잡을 데 없이 기계적이고 매끈했다. 윤섭은 자신이 입은 옷을 의식했다. 서영이 골라준 재킷 대신에 겨울 패딩을 입고 온 것이다. 허 변호사 말소리가 생각에 잠긴 윤섭을 일깨웠다.

"보내주신 자료를 검토해봤습니다. 현재로선, 지금 자료로는 승산이 없습니다. 30%도 안 되는 승률로 싸움을 한다는 것은 무모한 게임입니다. 최소한 싸움을 해볼 수 있는 서류를 만들거나 그렇지 않으면 그쪽에서 제시하는 조건을 수용하고 합의하는 것이 유리하다고 보입니다만."

병원 치료비와 위로금을 받는 차원에서 합의를 보는 것이 어떻겠느냐는 말이었다. 윤섭은 허 변호사 말을 묵묵히 듣고만 있었다. 그의 말이 이어졌다.

"다윗과 골리앗의 싸움일 뿐입니다. 계속 진행을 할지, 합의를 볼지 결정은 윤섭 씨가 선택하겠지만 현재로선 크게 승산이 없는 게임이라는 것은 확실히 알고 있으라는 것입니다."

허 변호사가 사용하는 문장은 승산이 있느냐 없느냐만 반복되었다. 그가 길게 가져갈 것까지 없다는 눈길로 윤섭을 훑어봤다. 그의 태도에서 디스카운트된 만큼만 움직인다는 느낌이 왔다. 사실은 변호사 수임료가 30% 정도 다운된 가격이었다. 자존심이 상했지만 윤섭에게는 돈이 없었다. 자존심도 돈이 있어야 세울 수 있는 것이 현실이다. 허 변호사 얼굴에 직업적 미소가 이미테이션 액세서리처럼 반질거렸다.

윤섭은 얼굴이 화끈거렸다. 코끝에 감도는 비릿한 냄새가 겨울 내내 입은 자신의 패딩에서 나는 것 같았다. 그 냄새가 실제로 나는 것인지 아니면 윤섭에게만 맡아지는지 모르겠지만. 상담실에는 두 사람 외에 아무도 없었다.

허 변호사는 윤섭을 위해 서영이 초등학교 때 친구를 소개해준 것이다. 처음에는 윤섭도 도움이 될 것 같아 좋아했다.

"윤섭 씨 얘기는 많이 들었습니다. 서영이 운동선수를 좋아하긴 하죠."

허 변호사가 사건보다 서영에게 더 관심을 갖고 있다는 기분이 들었다. 윤섭은 그에게 다시 연락하겠다 하고 자리에서 일어났다.

변호사 사무실을 나온 윤섭은 테크노마트 앞에서 횡단보도를 건넜다. 포스빌 오피스텔 주변에 늘어선 노점상 쪽으로 발걸음을 옮겼다. 한 씨가 여전히 눈을 감고 있었다. 윤섭은 한 씨 앞에서 멈췄다. 사람 그림자를 인식하였는지 한 씨가 눈을 떴다. 윤섭을 발견하고 미간을 찌푸렸다. 필요한 것 있소? 하는 듯한 표정이다. 윤섭은 특별히 살 것이 없었다. 습관처럼 한 씨 앞에서 서성거리는 자신을 발견하고는 얼굴을 붉히며 한 걸음 물러났다. 윤섭을 흘낏 쳐다본 한 씨는 다시 눈을 감았다.

한 씨를 처음 본 날도 눈을 감고 있었다. 윤섭이 포스빌 오피스텔 지하상가 실내골프연습장에 티칭프로로 취업을 하고, 신도림역 주변 원룸으로 이삿짐을 옮길 때였다. 빨간색 노끈을 사려고 그의 좌판 앞에 멈춰 섰다. 둥근 플라스틱 스툴에 앉아 졸고 있었지만 남다른 포스가 엿보였다. 아스팔트에 박힌 짱돌 같았다고 할까. 아무튼 재밌는 사람이다 싶었다. 지나다니는 행인 중에서 한 씨에게 물건을 사는 사람은 대부분 무뚝뚝한 표정을 한 고령층이었다. 파는 사람과 사는 사람 사이에 나누는 대화도 살갑다기보다 투박스러웠다. 하지만 신기하게도 사람들이 흐뭇한 웃음을 지으며 물건이 든 검은색 비닐봉지를 들고 일어섰다.

윤섭도 한 씨에게 1000원짜리 자질구레한 물건을 사는 재미가 있었다. 현대백화점이나 테크노마트 물건보다 한 씨의 싸구려 물건이 때로는 필요했다. 특히 그리움의 감정이 북받칠 때 그랬다. 그래서 구입할 물건이 없어도 가끔씩 발을 멈추고 한 씨 좌판을 기웃거렸다. 그때마다 한 씨는 미간을 찌푸리며 윤섭을 일별하고는 눈을 감았다. 윤섭이 한 씨에게서 쌍안경을 샀을 때도 그랬다.

그날도 한 씨는 졸고 있었다. 윤섭이 좌판 앞에 서서 머뭇거리자 그가 눈살을 찌푸렸다. 저물어가는 햇살을 막아 서 있었던 것이다. 그가 손으로 비켜서라는 시늉을 했다. 그의 뭉툭한 손끝이 가리키는 곳으로 옮겨 섰다. 한 씨의 오른손 검지부터 약지까지 한 마디씩 잘려나가고 없었다. 머쓱해져 걸음을 떼려는 순간, 그가 윤섭을 불러 세웠다.

"골라보시오"

"구두 닦는 솔 있어요?"

사실은 살 생각도, 필요도 없는 구둣솔이 있느냐고 물었다.

"1000원이요."

한 씨가 재빨리 검은 비닐봉지에 구둣솔을 싸서 건넸다. 동작이 한없이 굼떠 보이는데 물건을 팔 때만은 그렇지 않았다. 좌판 위에 없는 물건도 어느새 검은 비닐봉지에 싸서 내미는 것이다. 윤섭이 이렇게 사다놓은 잡동사니가 신발장 속에 몇 개나 쌓여있었다. 윤섭은 한 씨에게 중독되어가는 느낌이다. 70대 노인에게 중독이 된다는 것이 웃기는 이야기 같지만. 한 씨 앞을 그냥 지나치지 못했다.

한 씨가 눈을 거슴츠레하게 뜨고 돈을 내미는 윤섭을 올려다봤다. 잠시 얼굴을 뚫어지듯이 응시하더니 은근한 말투로 입을 뗐다.

"좋은 물건이 있는데."

끈끈이에 붙은 파리처럼 윤섭은 그의 눈길에 붙잡혀 엉거주춤 서 있었다. 그가 좌판 아래서 종이박스를 꺼내며 말했다.

"미제요. 군대에서 사용하던 거요."

한 씨의 미제니, 군대에서 사용하던 거라니, 하는 말에 윤섭은 러시아와 우크라이나 전쟁을 떠올리며 종이박스로 시선을 보냈다. 윤섭이 반응을 보이자 한 씨가 아주 귀한 물건을 다루듯 조심스레 박스를 열었다.

검은색 융으로 된 주머니 속에 쌍안경이 들어 있었다. 한 씨가 쌍안경을 꺼내들고 설명을 늘어놓았다. 그의 입 가장자리에 허옇게 게거품이 일었다. 그가 건네주는 쌍안경을 손바닥 위에 얹었다. 피부에 닿는 감촉이 차가웠다.

"젊은 사람들 이런 것 하나쯤은 가지고 있는 것이 자랑 아니요. 좌판에 있다고 어설픈 물건 아니요. 전쟁터를 누비던 거요."

"지금요?"

"그건 아니지. 예전 베트남전 때 것이오. 완전 골동품이지. 마니아들이 손에 넣고 싶어 하는 물건이요. 젊은이하고 인연이 있는 모양이오."

한 씨가 부추겼다. 윤섭은 쌍안경에 생긴 스크래치를 문질렀다. 베트남전쟁은 역사수업 시간에 들어서 알았다. 한 씨가 윤섭 얼굴에 시선을 고정시켰다.

"원하는 값을 말해보시오?"

특이한 흥정이었다. 소비자에게 가격을 떠넘기는 상술이라니. 윤섭은 어리둥절해서 얼른 말하지 못하고 뒤통수를 긁적였다. 통장잔고가 떠올랐다. 몇 달째 티칭프로 일을 제대로 못 했다. 윤섭은 자리를 벗어날 궁리를 하다가 욕먹을 각오로 숫자를 불렀다.

"10만 원?"

"10만 원 주시오. 좋은 골동품 거저 가져가는 거요."

그의 쉰 듯한 저음이 윤섭의 뒤통수를 후려갈겼다. 왜 후려갈긴다는 생각을 했는지 모르겠다. 전쟁터 한가운데서도 물건을 팔 수 있을 사람이라는 생각이 들었다. 윤섭은 그의 결정에 자동인형처럼 고개를 끄떡이고 말았다.

윤섭이 신용카드를 내밀었다. 그는 흥정할 때와 달리 무표정하게 카드를 받아 휴대용 카드 단말기에 밀어 넣었다. 그리고 재빠른 손놀림으로 쌍안경이 든 종이박스를 비닐봉지에 담아서 건넸다. 너무 순식간에 일어난 일이라 윤섭은 소매치기를 당한 기분이었다. 선뜻 발을 옮기지 못하고 얼떨떨한 얼굴로 비닐봉지를 만지작거렸다. 한 씨가 윤섭의 표정을 살폈다. 그리고 여전히 저음이지만 확신에 찬 목소리로 말했다.

"내가 이래도 왕년에 포병부대 관측병이었소. 쌍안경으로 보면 세상이 다르게 보일 것이오."

'세상이 다르게 보인다고?' 윤섭은 고개를 갸웃거리며 쌍안경이 담긴 비닐봉지를 내려다봤다. 신도림역 앞에서는 전혀 어울리지 않은 예언자 같은 말투였다. 한 씨의 수레 옆에 뻥튀기 수레가 붙고, 또 그 옆에 전기 통닭구이 장수가 자리를 잡고 있었다. 노점상들 눈빛이 번들거렸다.

윤섭은 그때 기억을 떠올리며 한 씨 앞에서 한참 동안 서 있었다. 그제야 한 씨가 눈을 뜨고 입을 열었다.

"쌍안경이 말썽을 부렸소?"

"아닙니다. 그냥……."

"무슨 할 말이라도?"

"어르신, 여기서 장사하면 하루에 얼마 벌 수 있어요?"

윤섭은 자기 입에서 나온 말이지만 당황했다. 입을 쓰윽 문질렀다.

"왜 그러오. 실직 당했소? 이 직업이 만만해 보여요? 젊은이가 할 수 있을 것 같소?"

"그건 아닙니다. 그냥 궁금해서요. 변호사들이 하루 버는 것하고 얼마나 차이가 날까 해서요."

윤섭은 뒤통수를 긁적였다. 머쓱할 때 하는 그의 습관이다. 헛소리했다는 것을 보여주기 위해 어리숙한 표정을 지었다.

"변호사가 하루 버는 것하고 노점상이 하루 버는 것을 비교해봤다? 그건 모르겠소만 하루에 소비하는 에너지는 어느 쪽이 더 많을 것 같소?"

"모르겠습니다."

윤섭은 실언을 만회하고 싶었다. 하지만 함부로 한 씨 편을 들었다가 한 씨를 더 모욕할 것 같은 생각에 입을 다물었다. 한 씨가 윤섭을 말끄러미 훑어봤다. 눈빛이 예리했다.

"왜? 변호사에게 볼일이 있었소? 젊은이가 변호사 쓸 일 생겼소?"

"예. 조금."

"말해 보시오. 법률은 잘 모르지만."

윤섭은 한 씨가 밀어주는 빨간색 플라스틱 스툴에 엉덩이를 걸쳤다. 좌판 앞에 서서 내려다볼 때하고 느낌이 달랐다. 나란히 앉아서 바라보는 한 씨 모습에서 아버지 같은 따스함이 옮겨왔다. 그래서인지 한 씨가 매우 가깝게 느껴졌다. 어떠한 이야기를 해도 넉넉히 다 받아줄 것 같다는 생각이 들었다. 윤섭은 자신의 문제를 털어놓았다. 꼭 문제 해결을 위해서라기보다 누군가에게 속내를 이야기하고 싶었다. 윤섭의 이야기를 듣는 동안에도 한 씨는 눈을 감고 있었다. 윤섭은 허공에 대고 이야기하는 기분이었다. 가끔씩 한 씨가 고개를 끄덕였다. 윤섭 말에 호응하는 건지 아니면 졸음에 겨워 저절로 끄덕이는지. 그래도 기분은 좋았다. 아버지에 대한 그리움이 조금 풀리는 것 같았다. 윤섭 이야기가 끝나자 한 씨가 무덤덤하게 말했다.

"변호사들 억울한 사람 변호한다고 간판은 내걸고 있지만 말짱 헛소리더만. 초록은 동색이라고, 같은 놈들끼리 한통속이라오. 말은 그럴듯하지만 뒤꽁무니에서 지들끼리 거래가 이뤄지는 줄 처음에는 몰랐소. 나중에야 알고 보니 지들끼리 내부 조율 다 돼 있더구먼. 변호사 말 듣는 게 좋겠소. 거기서 더 나가봐야 비용만 더 들어요. 승소한다고 한들 얼마나 더 받아낼 것 같소. 이미 골프장 측은 보험 다 들어있을 것이고, 사고 등급에 따라 보상금으로 책정되어 있는 금액에서 더 이상 움직이지 않을 것이오. 변호사도 그걸 알고 합의하라고 하는 것 같소. 변호사는 골치 아프지 않게 일을 빨리 매듭지을 수 있어 좋고, 아니면 최악의 경우 골프장과 붙어먹을 수도 있고. 나도 예전에 몇 번 당해봐서 알아요. 돌 던져봐야 내 힘으로 계란으로 바위 치기일 때는 적당한 선에서 한 발 물러나는 것이 상책일 때도 있소. 이야기 들어보니 정신적 손해배상까지는 힘들 것 같소."

"어르신은 어떻게?"

"말하자면 길어요. 요즘 말로, 내 젊은 날을 송두리째 소환해야 되거든. 아무튼 잘 결정하시오. 마음대로 안 되는 것이 세상일이오. 특히 소송문제는 더 그렇소. 억울하지만 어디 가서 하소연할 수 없는 것이 우리 같은 사람들 아니오. 난 아무도 안 믿소. 나 자신만 믿지. 변호사가 하루 버는 것이 얼마나 되는지 모르지만, 난 좌판에서 1000원짜리 팔아 내 주머니에 들어오는 것만 믿소. 젊은이도 주머니에서 나가는 돈하고 들어오는 돈을 잘 계산해보시오. '내 힘으로 잘

할 수 있는데'까지가 자신의 값어치이요. 내가 비관적인 말만 했소?"

"아닙니다. 어르신, 저도 생각해봐야겠습니다. 좋은 말씀 잘 들었습니다.

"잘 생각해서 결정하시오. 자신이 대응할 수 있는 한계치를 넘어서면 괜히 스트레스만 받아요. 세상일이란 그렇게 짜여 있는 거요."

한 씨 입이 닫혔다. 좀 전 열띤 얼굴빛과는 달리 졸음 겨워하는 노점상 노인으로 돌아갔다. 윤섭은 하릴없이 일어났다. 무엇이 한 씨를 현실순응자로 만들었을까?

꿈만 가지고 골퍼가 되겠다고

곧 상반기 투어 시즌이 시작된다. 투어 시작 몇 주 전부터 수원 그린필드CC에서 잔디 적응 훈련을 했다. 필드에서 연습 라운드 기회를 얻게 된 것은 한 씨를 통해서였다. 그동안 골프클럽을 제대로 잡아보지 못했다. 윤섭의 답답한 상황을 들은 한 씨가 자기 아들 훈탁 씨를 소개해줬다. 훈탁 씨는 그곳 골프장 페어웨이 관리를 맡은 회사 현장 관리 팀장이다. 클럽 회원들 라운드가 끝나면 다음 날을 위해 페어웨이 관리에 들어가는데, 그때 윤섭이 라운드를 할 수 있도록 배려해줬다.

페어웨이 관리팀이 몇 홀 뒤에서 점검을 해왔다. 윤섭이 그들을 앞서서 라운딩을 했다. 한 팀장이 어린 남자를 데리고 따라왔다. 윤섭은 아르바이트생을 데리고 페어웨이를 점검하나보다 생각했다. 몇 홀이 지났는데도 계속 따라왔다. 그렇다고 페어웨이를 점검하는 것도 아니었다. 전반홀인 이스트홀을 모두 돌고, 후반홀인 웨스트홀로 가기 위해 카트에 올라탔다. 한 팀장과 남자가 카트 쪽으로 다가왔다.

"최 프로님, 카트 함께 탈 수 있습니까?"

"타세요. 점검하세요? 그린 컨디션은 좋아요."

"아, 점검하는 것은 아니고. 최 프로님 갤러리입니다. 여기 학생은 골프선수 지망생이고요. 인사해라."

"윤정인입니다. 감사합니다."

윤섭은 조수석에 앉은 한 팀장을 바라보던 시선을 거두어 뒷좌석에 앉은 윤정인에게로 보냈다. 정인이 얼굴을 붉히며 고개를 숙였다. 한 팀장 말이 이어졌다.

"정인아, KPGA 코리안 투어 뛰는 투어프로 직접 본 소감이 어때?"

"영광입니다. 직접은 처음이거든요. 라운딩하는 것 직접 본 것도 처음이고요."

"그렇지. 투어프로 라운딩 직접 보니까 어때? 너도 할 수 있다는 생각 들어?"

윤섭은 그들 대화에 끼어들지 않고 잠자코 카트를 몰았다. 웨스트홀 티 그라운드에 도착했다. 파4 홀이었다. 윤섭이 티샷 준비를 했다. 그들 두 사람도 카트 옆에 서서 윤섭을 지켜봤다. 윤섭은 신경이 쓰였지만 한 팀장에게 함부로 할 수도 없었다. 드라이버 티샷이 잘 날아갔다. 정인이 감탄을 했다. 윤섭은 씨익 웃었다.

전반홀처럼 두 사람이 계속 따라왔다. 갤러리로서 매너도 괜찮았다. 그들 반응에 오히려 기분이 업되었다. 혼자서 칠 때보다 공이 더 잘 맞는 것 같았다. 이것이 팬클럽 효과인 모양이다. 많은 여성 팬을 끌고 다니는 동철이 부러웠다. 비록 동철이 아버지가 만들어준 아줌마 팬들이지만. 후반홀 라운딩을 심심하지 않게 마칠 수 있었다. 마지막 홀 아웃을 했을 때였다. 한 팀장이 카트 운전석에 앉았다. 윤섭에게 뒷좌석 정인 옆에 함께 앉으라고 했다.

"최 프로님, 부탁 좀 드리고 싶습니다만. 지금 당장은 아니고요. 시즌 끝난 다음에 시간 좀 내어 주십사 하고요. 최 프로님에게 정인이 레슨을 좀 부탁드리고 싶어서요."

윤섭은 몸을 돌려 옆에 앉은 정인을 바라봤다. 정인이 수줍은 미소를 지었다. 한 팀장의 말이 이어졌다.

"중학생인데, 아무래도 심도 있는 레슨이 필요할 것 같아서요. 지금 당장 답변해 주시지 않아도 됩니다. 정인아, 그렇지?"

"예."

윤섭은 두 사람이 어떤 관계일까 궁금했다. 하지만 묻지는 않았다. 한 팀장 말을 들으면서 그는 생각에 잠겼다. 전혀 예상치 못했던 상황이었다.

"최 프로님, 사인 받을 수 있을까요? 친구들에게 자랑하고 싶어요."

정인이 부끄러운 듯 얼굴을 붉혔다. 윤섭은 정인의 골프 모자챙 안쪽에 최윤섭이라고 사인을 해줬다.

"레슨은 좀 생각해 봐야겠어요. 저도 시즌 직전이라 시간 내기가 어렵고요. 혹시 여기서 계속 연습 라운드 부탁할 수 있을까요? 그렇다면 제가 라운딩할 때 갤러리로 와주시면 만날 수는 있을 것 같고요."

"최 프로님, 그 방법도 있네요. 그냥 따라 다니면서 원 포인트 레슨 정도라도. 정인이 입장에선 최 프로님 샷 직접 보는 것만으로도 많은 공부가 될 겁니다."

"감사합니다. 그러면 가끔씩 갤러리로 모시겠습니다."

정인의 얼굴이 조금 전보다 더 상기되었다. 키는 성인인데, 아직 어린아이였다. 마음의 울림이 얼굴 피부에 고스란히 드러났다. 정인을 바라보는 윤섭의 시선에 의문이 가득했다. 집에서 가까운 연습장 티칭프로에게 레슨을 받으면 되지. 왜 하필이면. 혹시 레슨비가 없나. 너무 가난해서. 꿈만 가지고 골프를 친다고. 게다가 프로선수를 꿈꾼다고. 윤섭은 정인의 옆얼굴을 다시 바라봤다.

중학생이라고? 이 아이를 내가 가르친다? 훈련이 어느 정도 됐는지도 모르는데. 섣불리 하겠다고 대답할 수 없었다. 아무리 가난을 극복하고 골퍼가 되겠다고 하지만. 정인의 의지에 박수를 보낼 수는 있어도. 윤섭은 속으로 고개를 흔들었다. 게다가 자신은 아직 KPGA 첫 우승을 못했다. 벌써 몇 년 전에 첫 우승을 한 동철이 의기양양하게 우승컵에 입 맞추던 것을 떠올리면 다른 데 신경을 분산시킬 수 없었다. 고민을 좀 더 해 봐야겠다고 생각했다. 될 수 있으면 레슨하지 않을 이유를 찾고 싶었다. 잘 되리라는 것보다 시간만 낭비하고 말 것이라는 생각이 앞섰다.

카트가 클럽하우스에 도착했다. 에어건으로 신발을 털었다. 정인이 에어건을 들고 윤섭의 등에 바람을 쏘았다. 윤섭도 에어건을 정인의 등에 쏘았다. 서로 등에 에어건을 쏘면서 먼지를 털어주는 동안 왠지 친근감을 느꼈다. 윤섭의 마음이 정인에게 조금 열렸다. 옆에 서 있던 한 팀장이 얼굴 가득 웃었다.

"최 프로님, 오늘 감사했습니다. 잘 부탁드립니다."

"감사는 제가 드려야죠. 정인아, 열심히 해. 이번 대회 끝나고 보자."

"넵, 프로님. 응원할게요. 파이팅."

정인이 엄지를 치켜들었다. 윤섭은 정인의 어깨를 두드렸다.

컷 탈락

KPGA 코리안 투어 첫 경기인 AB손해보험오픈에 출전신청을 했다. 부상당한 발목을 걱정했는데 그런대로 괜찮았다. 몸 전체 컨디션이 나쁘지 않았다. 윤섭의 컨디션 조절을 위해 서영이 더 적극적이었다. 서영은 섹스도 지양했다. 윤섭이 최상의 컨디션을 유지하도록 하기 위해서다. 대회를 앞두고 갈빗집에서 윤섭과 서영이 외식을 했다. 서영은 소갈비뼈에 붙은 살을 물어뜯는 윤섭을 바라보며 입을 열었다.

"대회 기간 동안 함께 움직일까?"

"고맙긴 한데 그럴 필요 없어. 혼자 갔다 올게."

"부상당한 발목 걱정 돼. 내가 옆에 있어야지"

"술 마실까 봐? 대회 기간 동안 술 안 마셔. 약속할게."

"캐디가 현규 씨라서 좀. 내가 있어야 해. 걱정하지 마. 윤섭 씨 불편하지 않게 할 테니까. 오랜만에 나도 바람 쐬고 싶어."

"이제까지 현규하고 잘해 왔어. 숍 영업 손실이 많을 텐데. 괜찮아?"

"김 선생이 웬만한 것은 처리할 수 있어. 며칠 여행했다 치면 돼. 내일 출발이지?"

"응."

"허 변하고는 어떻게 됐니? 어디까지 진행된 거야?"

윤섭은 들고 있던 맥주잔을 테이블 위에 내려놓았다. 허 변호사의 밉살스러운 얼굴이 떠올랐다. 성공 가능성이 희박하다는 것을 정교하게 설명해내던 말투가 생각났다. 얄미웠지만 반박하기 어려웠다. 서영에게 어디까지 이야기할까 망설였다. 그것보다 허 변호사가 서영에게 관심이 많았다는 것이 마음에 걸렸다. 그것부터 확인하고 싶었다.

"허 변하고는 잘 돼 가고 있어. 초딩 때 친구라며 어떤 사이야? 서영 씨에게 관심 많던데."

마지막 말은 의도치 않게 목소리가 경직되었다. 서영의 표정이 바뀌었다.

"어떤 사이라니? 초딩 때 같은 반이었어. 이웃에 살았어. 걔가 뭐라고 했니?"

"아니, 느낌이라는 게 있잖아."

서영의 정색하는 말투에 윤섭이 말꼬리를 흐렸다.

"허 변, 좋은 사람이야. 난, 윤섭 씨 도와줄 적임자라 생각했어. 특히 수임료 그만큼 다시해주는 곳 없어. 괜한 느낌 갖지 말고 허 변 하라는 대로 해. 내 친구라서 아니라 걔 실력파야."

"서영 씨도 허 변 좋게 보고 있구나. 알겠어. 내 일은 내가 알아서 할게. 신경 쓰지 마. 그렇지 않아도 그 문제 곧 결정해야 할 것 같아."

윤섭은 선언하듯 딱딱한 어투로 말끝을 맺었다. 서영의 얼굴에 의심스럽다는 빛이 스쳤다. 그녀가 확인하듯 말을 받았다.

"허 변이 그러라고 한 거니? 어떤 결정을 하라고 해?"

"허 변이 어떤 결정 하라고 한 것은 없어. 내가 피곤해서 그래. 빨리 끝내고 싶어. 그래야 가벼운 마음으로 투어에만 전념할 수 있을 것 같고."

"잘 생각해. 허 변이 하라는 대로 하는 것이 윤섭 씨에게 유리할지 몰라. 내가 허 변 한번 만나볼게. 윤섭 씬 신경 쓰지 마. 대회에만 전념해."

"고맙긴 한데. 서영 씬 모른 척해줘. 이건 내 문제니까. 여기까지야."

서영은 입을 다물었다. 대회를 앞두고 극도로 예민해져 있는 윤섭을 자극하고 싶지 않았다. 윤섭은 서영하고 허 변호사가 계속 이어지는 것이 싫었다. 특히 자기 일을 빌미로 삼는 것은 더더욱 기분 나빴다.

연습 라운드를 끝내고 클럽하우스 안에 있는 레스토랑에서 저녁을 먹었다. 그런데 꽃집에서 김 선생이 전화를 했다. 갑자기 컴플레인이 들어왔다는 것이다. 서영이 불안해하면서 서울로 떠났다.

윤섭과 현규는 클럽 하우스 내 안마실로 내려갔다. 서영이 미리 예약해둔 것이다. 윤섭이 마사지를 받았다. 마사지가 끝나자 곧바로 서영의 지시대로 룸으로 올라왔다. 현규가 서영이 프로모터 같다고 이죽거렸다. 현규가 자기 룸으로 들어가기 전에 다음 날 일정을 확인시켰다.

"새벽에 퍼트연습장에서 몸 풀어야 해. 콜 할 때까지 푹 자둬."

"알았어. 수고했어. 너도 푹 자."

핸드폰에 9시 14분이 떴다. 지금 자면 내일 새벽에 일찍 일어날 수 있겠지. 윤섭은 아예 핸드폰을 꺼두고 이불 속으로 들어갔다. 아무한테도 방해받지 않고 푹 자고 싶었다. 내일 아침에는 가벼운 몸으로 일어나야지. 무엇보다 체력 유지가 중요해. 오른발로 부상당했던 왼쪽 발목을 문질러보고 눈을 감았다.

쉽게 잠이 오지 않았다. 윤섭은 다시 핸드폰을 켰다. 알람을 맞추는데 전화가 왔다. 동철이 이름이 떴다. 확인하는 순간 잠시 호흡이 불규칙해졌다. 미세하게 숨이 찼다. 꼭 얻어맞고 집에 왔는데 자신을 때린 친구의 전화를 받아야 할 상황 같은 기분이 들었다. 헛기침으로 목을 풀었다. 애써 반가운 척했다.

"웬일이니?"

"우리 같은 조더라."

"그렇지."

"잘해. 올해는 꼭 우승컵 들어 올려. 하하하."

동철의 웃음소리에 윤섭 얼굴이 구겨졌다.

"고마워."

"그럼, 내일 보자."

동철의 웃음소리가 야유로 들렸다.

윤섭은 컨디션 유지를 위해 일찍 잠자리에 들어야 한다는 사실을 잊어버렸다. 냉장고를 열었다. 안에 든 술을 모조리 꺼내 마셨다. 시동이 걸리자 더 마시고 싶었다. 현규에게 전화를 걸었다.

"현규야, 한잔하자."

"너, 어디야? 룸이야?"

"응."

"움직이지 마, 한 발짝도. 곧 갈게."

"기분 좆나 더러워서 한잔하고 싶다. 너까지 날 얕보는 것 아니겠지. 야, 새꺄. 올해는 우승컵 들어 올린다고. 들어 올릴 거라고. 똥철이 그 싸가지가 웬일로 전화했더라. 웬일이니 했더니, 올해는 우승하래. 아주 잘났어. 제깟 놈이 뭐라도 되는 줄 알아. 아주."

동철로부터 전화가 왔더라는 윤섭 말에 현규가 전화를 끊었다. 잠시 후, 현규가 숨을 헐떡이며 나타났다.

"다른 생각 말고 일찍 자. 대회 끝나고 실컷 빨자. 윤섭아, 내가 부탁한다. 대회 끝날 때까지 핸드폰 켜지 마. 내 마음 알겠지?"

"똥철이가. 똥철이 새끼가 전화했어. 올해는 꼭 우승하라고. 그 새끼가 말이야."

"나, 너 캐디야. 캐디 말 들어. 똥철이 이 새끼가! 정말 옆에 있으면 확 쑤셔버리고 싶다. 아무튼 아무 생각 말고 잘 자. 알았지. 내일 일정 얼마나 중요한지 잘 알잖아. 컨디션 나쁘면 우승이고 뭐고 컷에 걸려. 그러면 모든 거 물 건너가는 거라고."

현규의 말에 윤섭은 퍼뜩 정신이 들었다. 현규가 간절한 목소리로 자신을 달래는 것이 보였다.

잠결에 서영의 목소리가 선명하게 들렸다. 윤섭은 서영이 옆에 없다는 것을 알고 있었지만 손으로 침대를 더듬었다.

연못 속에서 서영이 춤을 췄다. 머리에 흰 고깔을 쓰고, 붉은색 철릭을 입었다. 발을 사뿐사뿐 옮겨놓으며 팔을 뻗쳤다 접었다 했다. 꽹과리 가락에 맞춰 점핑을 하던 춤사위를 멈추고 네 이놈, 물러가라. 당장 거기서 나와 떠나거라. 네가 물러서지 않고 나하고 마주보자는 거야? 하고 누군가를 노려보며 으름장을 놓았다. 거역할 수 없는 위엄이 서린 목소리였다. 윤섭은 현실이 아니라는 자각을 하면서도 눈앞 상황이 현실처럼 느껴졌다. 가위눌림이랄까. 무어라고 말하고 싶은데 입이 떨어지지 않았다. 손으로 허공을 휘저었다.

연못에 물안개가 자욱했다. 춤을 추는 서영이 흰색 베일 같은 안개에 감싸였다. 모션그래픽처럼 보였다. 그녀의 춤사위에 따라 안개가 회오리를 만들었다. 마치 차크라가 빙글빙글 도는 것 같았다. 중모리장단에서 자진모리장단으로 빨라지던 가락이 휘몰이장단으로 치달았다. 서영이 신열(神悅)에 달떠 온몸이 땀으로 흠뻑 젖었다. 물고기처럼 허리를 낭창대며 물속에서 헤엄쳤다. 윤섭은 몽정을 하는 순간 잠에서 깼다. 이불을 걷어내고 일어나 앉았다. 서영과의 성행위가 그냥 단순한 섹스 느낌이 아니었다. 무언가 자기 몸속에서 살고 있는 어떤 것을 끄집어내려는 의식 같았다. 윤섭은 페니스를 내려다봤다. 좀 전에 서영의 몸을 파고 들어가던 드릴 같던 감각을 되살려보고 싶었다.

꿈속에서 서영의 몸속으로 들어가려고 온 힘을 다해 덤비던 실체가 윤섭 자신이 아닐지도 모르겠다는 생각이 들었다. 어떤 힘에 이끌린 것일까? 그는 꿈을 털어버리듯 머리를 흔들었다.

잠에서 깬 윤섭은 반사적으로 핸드폰을 집어 들었다. 시간을 확인했다. 새벽 4시 11분. 옷을 챙겨 입고 로비로 내려갔다. 통유리 밖으로 보이는 바깥에 새벽안개가 자욱했다. 클럽 하우스 앞 가로등이 안개 속에 서 있었다. 기둥은 안개가 삼켜버리고 허옇게 부푼 등 부분만 허공에 떠 있었다. 머리만 남은 유령 같았다. 모든 사물의 희미한 실루엣이 스푸마토기법으로 그린 그림 속 풍경처럼 보였다. 윤섭은 클럽하우스 벽면에 설치된 키오스크를 터치했다. 연습장 이용 시간을 확인했다. 오픈 시각이 아직 멀었다. 방으로 다시 올라갈까 망설이다 밖으로 나왔다. 클럽 하우스 옆 퍼트 연습장이 있는 곳으로 갔다. 숲이 뒤척이는 소리가 들렸다.

워터해저드에서 들려오는 개구리 울음소리를 들으며 방금 꾼 꿈을 되짚어봤다. 서영의 모습이 매우 낯설었다. 아무리 꿈이라지만 무당과 연결시키고 싶지는 않았다. 하지만 꿈속에서 본 서영의 눈빛과 목소리를 떠올리자 새삼 섬뜩했다. 게다가 누군가를 노려보며 맞설 거야고 호통까지 쳤다. 서영과 섹스 순간 한 번도 경험하지 못했던 힘이 온몸에 뻗쳐오르던 것을 떠올렸다. 불가사의했다. 몸이 부르르 떨렸다. 인공폭포에서 떨어지는 물기둥이 흰 섬유자락처럼 흩날렸다. 꿈속에서 본, 연못 안에서 춤을 추던 서영의 모습 같았다. 윤섭은 몸서리를 치고 클럽하우스 쪽으로 몸을 돌렸다. 개구리 울음소리가 꽹과리 소리처럼 소란스러웠다. 윤섭은 뛰다시피 방으로 올라갔다. 냉장고에서 생수병을 꺼내 마셨다.

서영이 컴플레인을 잘 해결했을까? 카톡을 확인했다. 그녀로부터 온 메시지가 없었다. 윤섭은 서영에게 메시지를 썼다가 지웠다. 이불을 끌어당겨 배를 덮고 다시 눈을 감았다.

핸드폰이 울렸다. 현규가 보낸 모닝콜이었다. 윤섭은 핸드폰을 들고 시간부터 확인했다.

"잘 잤니? 내려와. 몸 좀 풀고 식사하자."

"어, 알았어."

온몸이 무거웠다. 생수로 목을 축이고 트레이닝복으로 바꿔 입었다. 현규가 로비에서 기다렸다. 퍼트연습장에 벌써 선수들로 북적였다. 간단히 그린 컨디션을 확인하고 아침식사를 하러 갔다. 입안이 깔깔했다. 테이블에 야채 스프만 가져다 놓는 윤섭을 보고 현규가 일어섰다. 음식 진열대로 가더니 고단백 식품만 골라서 두 접시나 가져다 놓았다.

"먹기 싫어도 든든하게 먹어둬. 간식거리는 따로 챙겨 놨어."

"고마워. 너도 많이 먹어."

"머리 아파? 컨디션 괜찮지?"

"괜찮아. 식사하자 잘 먹을게."

윤섭은 아침식사로 먹기에는 좀 거북했지만 현규가 가져다 놓은 음식 접시 하나를 다 비웠다.

동철의 골프웨어 상의와 모자에 국내 유명 건설사 이름이 붙었다. 투어 프로들이 부러워하고 질시하는 것 중 하나가 유명 협찬사 이름이 붙은 모자를 쓰는 것이다. 어떤 선수는 무관이라는 말이 듣기 싫어 하다못해 구멍가게 이름이라도 모자에 붙이고 싶어 했다. 윤섭의 골프모자에는 당연히 협찬사 이름이 없었다. 윤섭은 동철의 모자를 쳐다보지 않았다. 현규는 1라운드 내내 윤섭이 동철 때문에 멘탈이 흔들리지 않도록 방어했다. 윤섭은 투엔티 안에, 동철은 탑텐 안에 들어갔다.

1라운드가 모두 끝나자 동철이 함께 저녁식사하자고 했다. 동철의 아버지가 사겠단다. 윤섭은 꽁무니를 빼는 것 같아 싫은 내색하지 않고 식사에 참석했다. 동철 아버지가 윤섭을 보고 말했다.

"네 아버지하고 투어프로 생활 함께했어. 훌륭한 선수였지. 너무 일찍 가버려서 많이 섭섭하다. 살아 있었으면 이런 날, 아이들하고 식사도 하고. 얼마나 좋아. 지난날 회포도 풀고 말야. 참, 사람이 명을 길게 타고 나야 하는데."

윤섭은 왈칵 서러움이 북받쳤다. 고개를 숙이고 열심히 갈비를 뜯는 척했다.

동철의 아버지는 윤섭 아버지의 대학교 후배였다. 고등학교 때부터 함께 골프선수 생활을 했다고 들었다. 동철 아버지를 마지막으로 본 것은 몇 년 전, 아버지 장례식 때였다. 중년 남자들 호위를 받으며 들어왔다. 악어같이 생긴 얼굴에 개기름이 번질거렸다. 장례식장에서 윤섭에게 한번 찾아오라며 명함을 줬다. 금색 로고가 찍힌 KPGA 이사 명함이었다. 필요할 때 전화하라고 몇 번이나 말했다. 스폰서를 붙여주겠다고 했다. 하지만 윤섭은 동철이 아버지가 함께 온 사람들을 이끌고 장례식장을 떠나는 것을 보고 명함을 쓰레기통에 던져버렸다. 자기 힘으로 우승을 하고 협찬도 받고 싶었다.

윤섭은 뜯고 있던 한우 갈비뼈를 접시에 내려놓았다. 윤섭 아버지 이야기를 하고 있는 동철 아버지를 물끄러미 바라봤다. 삼킨 갈빗살이 치밀어 올랐다. 그때도 한우갈비를 먹고 복통을 일으켰던 것이 기억났다. 하계올림픽에 출전할 국가대표 선수를 선발할 때였다.

국가대표 상비군이었던 윤섭과 동철도 후보군 명단에 이름이 올랐다. 학교에서 윤섭에게 기대를 걸었다. 하루는 퍼트연습실에서 혼자 퍼팅연습을 하고 있는데 티칭강사가 다가왔다. 어깨라인을 정렬해 주던 강사가 지나가는 말처럼 툭 던졌다.

"퍼팅 좋네."

"넵."

"윤섭아, 국대에 묶여버리면 오히려 안 좋을 수도 있어. 선생님 말 이해하겠니?"

"국대? 쌤, 왜요?"

'국대'라는 단어에 바짝 긴장되었다. 치켜뜬 눈으로 윤섭이 되물었다.

"그렇다는 말이다."

티칭강사가 얼버무리며 얼른 퍼트연습실을 나갔다.

티칭강사의 말이 윤섭의 머릿속을 헤집어놓았다. 하루 종일 부정적인 생각들이 윤섭을 흔들었다. 연습에 전혀 몰입할 수 없었다. 마음까지 삐딱하게 변해갔다. 벤치에 앉아 동철이 연습하는 것을 맥 놓고 바라보는 윤섭에게 현규가 담배 피는 시늉을 해 보였다. 윤섭은 고개를 저어버리고 연습실을 나왔다.

교사(校舍) 뒤편에 있는 오솔길로 올라갔다. 오솔길이 끝나는 지점쯤에 늙은 느티나무가 한 그루 서 있고, 그 아래 현규와 동철, 윤섭이 몰래 담배를 피울 때 걸터앉던 바윗돌이 있었다. 윤섭은 바윗돌에 앉아서 담배를 피웠다. 담배 연기가 허공으로 흩어졌다. 티칭강사 말을 떠올렸다. 이 불안한 느낌은 뭐지? 좋게 생각하려고 해도 기분이 나빴다. 그냥 해보는 소리가 아닐 텐데. 티칭강사의 말을 듣는 순간, 왜 동철이 아버지가 생각나는 걸까?

집에 와서 티칭강사 말을 아버지에게 전했다. 윤섭의 이야기를 들은 아버지가 푸시시 웃었다. 윤섭은 그런 아버지 태도에 화가 났다.

"아빠, 왜 웃어? 너무 무관심한 것 아냐?"

"아빠도 고등학교 때부터 국대 출신이다."

"나도 올림픽 나가고 싶다고."

며칠 후, 동철이 국가대표 선수로 선발되었다고 골프특기생들에게 한우갈비를 샀다. 친구들이 윤섭이 동철이보다 실력이 훨씬 낫다고 수군댔다. 윤섭이 집에 와서 울분을 터트렸지만 아버지는 모른 척했다. 윤섭은 며칠 동안 현규와도 어울리지 않았다. 퍼트연습실에 처박혀 있었지만 연습도, 마인드 컨트롤도 잘되지 않았다. 누군가에게 주먹이라도 휘두르고 싶었다. 아니 누구에게도 자기 마음을 들키고 싶지 않았다. 아버지가 너무 무능해 보였다. 한동안 아버지 말을 무시하고, 아버지와 대화도 나누지 않았다.

윤섭은 불편함을 감추기 위해 손을 씻고 오겠다며 밖으로 나왔다. 하늘을 올려다봤다. 별 하나가 내려다봤다. 윤섭은 입속으로 '아버지' 하고 불렀다.

2라운드 출발선에 섰다. 윤섭은 긴장감을 풀기 위해 서영이 골프백 주머니에 넣어둔 육포를 꺼내 질겅질겅 씹었다. 티 그라운드에 올랐다. 드라이브 샷을 날렸다. 흰 공이 파란 페어웨이 위로 시원하게 날아갔다. 한 마리 새가 힘차게 날아올라 푸른 잔디에 포물선을 그리며 내려앉는 것 같았다. 첫 홀부터 예감이 좋았다. 어제 이어 오늘도 좋은 스코어가 나와 줄 것 같았다. 아니 나와 주기를 빌었다. 전반홀은 나름 좋은 경기를 펼쳤다.

후반홀로 들어가면서 부상당했던 왼쪽 발목이 시큰거렸다. 현규에게는 말하지 않았다. 캐디까지 흔들리면 그 판은 접어야 한다. 게임 오버다. 11번 홀에서 샷이 흔들렸다. 비교적 짧은 파5 홀인데 세컨 샷에서 그린에 올리지 못했다. 동철은 부드럽게 온 그린을 시켰다. 윤섭은 이를 악물었다. 샷이 흔들릴 땐 그린 위에서 승부를 걸어야한다. 퍼트마저 흔들리면 끝장이다. 퍼트만큼은 동철보다 잘 할 자신이 있었다. 그런데 버디를 놓쳤다. 동철이 가볍게 버디를 했다. 갤러리들 속에서 함성이 터졌다. 동철을 케어하는 스태프들이었다. 윤섭은 파를 잡기 위해 퍼트에 초집중을 했다. 여기서 무너지면 끝이라는 생각이 들었다. 동철의 시선이 느껴졌다. 그의 웃음소리가 들리는 것 같았다. '네가 그렇지. 그럴 줄 알았어. 좆도 실력도 안 되는 놈이 무슨 재주로. 우승을 개나 소나 다 하는 줄 알아.' 윤섭은 머리를 흔들었다. 어드레스를 두 번이나 풀고 다시 퍼팅을 했다. 보기로 홀 아웃을 했다. 현규의 얼굴에 낭패감이 지나갔다.

부상당한 왼쪽 발목이 부어오르기 시작했다. 게다가 아침부터 묵직했던 허리에 통증까지 나타났다. 윤섭은 절룩거리지 않으려고 안간힘을 썼다. 후반홀에서 어제 스코어만이라도 세이브하려고 애를 썼다. 하지만 홀을 거듭할수록 다 갉아 먹었다. 파 한번 하지 못하고 보기 플레이만 했다. 현규가 골프백을 뒤지며 물었다.

"괜찮아? 시원한 것 마실래?"

"스프레이 줘봐."

"왜? 내가 뿌려줄게. 어디야?"

"발목."

순간 현규의 얼굴이 벌게졌다. 올 것이 왔구나 하는 표정이다. 윤섭의 부어오른 발목을 손으로 만져보더니 말없이 스프레이를 뿌렸다. 스프레이 통을 골프백 주머니에 넣으면서 윤섭을 걱정스레 건너다봤다. 그리고 하늘을 올려다봤다. 현규의 침묵하는 입이 무슨 말을 하고 있는지 확연하게 보였다. 캐디로서 불안감을 입 밖으로 내지 않는다는 것이 현규의 평소 지론이다. 그런 현규였다. 윤섭은 현규를 일별하고 페어웨이를 바라봤다. 동철을 의식하지 않으려고 눈을 감았다가 떴다. 페어웨이가 파랗게 굼틀거렸다. 현기증이 일어났다. 아직까지는 호락호락하게 네게 우승을 허락하지 않겠다고 말하는 듯했다.

윤섭은 욱신거리는 발목을 내려다봤다. 골프화에 개미 한 마리가 기어갔다. 어디서부터 붙어서 따라왔는지 모르겠다. 스프레이 세례에 고개를 흔들며 우왕좌왕했다. 자신을 닮은 것 같았다. 발목부상 재발도 재발이지만, 동철의 전화 한 통에 이렇게 멘탈이 무너지는 자신이 한심했다. 윤섭은 개미를 집어내 잔디 위에 내려줬다. 다시 골프화 줄을 조였다. 티 그라운드에 오르기 전에 심호흡을 하고 마인드 컨트롤에 들어갔다.

봄 하늘을 올려다봤다. 구름 한 점 없이 파랗다. 맑은 물속 같다. 얼굴을 씻고 싶다. 세수하고 나면 정신이 개운해질 것 같았다. 매 한 마리가 날다가 한 곳에서 가만히 떠 있었다. 골퍼들은 새가 골프공을 물고 가서 홀컵에 떨어뜨려주는, 그런 행운을 빌었다지. 나에게도 그런 행운이 올까? 그런 행운이 내게는 언제쯤 올까? 오긴 올까? 저 매가 공을 물고 가서 홀컵에 떨어뜨리면 좋겠다. 허공에서 저렇게 오래 정지해 있을 수 있다니. 대단한 내공이다. 내공은 능력자가 가지는 것, 능력자는 실력자라는 거잖아. 실력이라면 동철이 새끼, 내 발 뒤꿈치에도 못 따라왔는데. 기권하지 않은 것을 다행으로 여겨야 하나. 나도 아버지가 옆에 있었다면. 윤섭은 외롭다는 기분이 불쑥 들었다.

18번 홀로 이동했다. 발목이 더 시큰거렸다. 부상 때, 미끄러졌던 감각이 발바닥에 잠재되어 있다가 되살아났다. 발바닥의 느낌이 불안했다. 아이언 샷이 흔들리기 시작했다. 특히 아이언 입스 때문에 심리적 부담감이 컸는데, 그것이 다시 나타났다. 1라운드 때의 스코어를 전혀 방어하지 못했다. 성적이 최하위권으로 떨어졌다. 윤섭은 마지막 홀 아웃을 할 때 희미한 웃음소리를 들은 것 같았다. 모자를 벗고 동철과 악수를 했다. 동철이 걱정스러운 얼굴로 윤섭의 등을 두드렸다. 윤섭은 좀 전의 웃음소리에 신경이 쓰였다. 갤러리들이 웃었겠지 하고 그린 주위를 둘러봤다. 몇 사람이 멀찍이 둘러 서 있었다. 선수 관계자와 가족들로 보였다. 서영이 서울로 가버려서 윤섭에게 는 아무도 따라 오지 않았다. 그런데 분명 웃는 소리를 들은 것 같았다. 그것도 특유의 개구쟁이 웃음소리였다.

윤섭과 현규는 라운드를 마치고 늦은 점심식사를 했다. 현규가 소고기국밥을 말없이 입속으로 떠 넣고 있는 윤섭을 힐긋 바라봤다.

"어떻게 할까?"

"점심식사 끝나면 출발하자. 고생 많았다."

"그러자 그럼. 발목부상부터 해결해. 나도 덕택에 페어웨이 밟으면서 생각 많이 했어."

"그랬다니 다행이다. 기회는 또 많아. 이것이 마지막은 아니니까."

윤섭의 긍정적인 말에 현규가 장난기 가득한 웃음소리와 함께 말을 받았다.

"씨발, 아무튼 잘 되었어. 파이널까지 안 가서 천만다행이다. 우승한다고 파이널까지 네 골프백 멨으면 난 직장에서 쫓겨났을 거다, 아마. 조심해서 가라. 발목 빨리 회복시켜."

"고마웠어. 다음에 또 시간 만들자."

윤섭도 느긋한 어투로 말을 매듭지었다. 현규의 차가 먼저 출발했다. 윤섭은 두 손으로 마른세수를 하고 안전벨트를 맸다. 시동을 걸기 전에 서영에게 전화를 걸었다.

"어때? 컨디션 괜찮아?"

"컴플레인 잘 해결됐어? 컷 아웃이야."

"……"

서영의 숨소리가 잠시 들리지 않았다.

윤섭은 연습장 티칭프로에서 잘렸다. 발목부상으로 몇 달째 일을 제대로 못 하긴 했다. 연습장 측에서 발목부상 재발을 핑계 삼아 해고 통보를 해왔다. 사정을 이야기해도 통하지 않았다. 사실은 KPGA 코리안 투어 첫 대회부터 컷을 당했다는 소문 때문일 것이다. 연습장 측에서 발목부상 재발로 당분간 레슨을 못 하면 다른 티칭프로로 교체할 수밖에 없다는 답변이었다. 해고와 함께 스윙 연습할 곳이 없어졌다. 당연히 물리치료도 게을러졌다. 모든 것이 귀찮아져서 웨이트트레이닝도 하지 않았다. 쌓이는 스트레스를 매일 밤 술과 야식으로 풀었다. 체중이 불어나기 시작했다. 침대에서 서영을 안는 것도 겁이 났다. 통증 때문에 허리를 제대로 쓸 수 없었다. 서영의 반응도 밋밋했다.

일제

서영은 누군가가 자신의 몸을 짓누르는 것 같았다. 하지만 느낌만 있을 뿐 실체는 만져지지 않았다. 어지럼증을 동반할 때도 있었다. 병원에서는 스트레스성 강박상태라고 진단했다. 신경정신과에서 약을 처방받아 먹었지만 증세가 호전되지 않았다. 윤섭이 꾀병이라고 놀렸다. 윤섭에게 화를 낼 수 없었다. 서영 자신도 꾀병 같다는 생각이 들기 때문이다. 그런데 굿당에 다녀오면 몸과 마음이 가벼워졌다. 윤섭에게 아직 굿당에 다닌다는 말을 하지 못했다. 병원보다 굿당이 편하다고 한다면 무슨 말을 할까. 완전히 할머니 취급하겠지.

KPGA 코리안 투어 첫 대회를 망친 윤섭의 슬럼프가 깊었다. 부상당한 발목 때문이기도 했지만, 컷 탈락된 것에 대한 실망이 컸다. 윤섭과 함께 오고 싶었지만 선뜻 말을 꺼내기 어려웠다. 그래서 서영 혼자 춘성만신(무녀를 높여 부르는 말)을 만나러 왔다. 그녀에게 만신은 외할머니 같은 존재이다. 산길을 걸어서 온 서영의 얼굴이 발갛게 상기되어 있었다.

원주댁이 냉장고에서 생수병을 꺼내 회색 플라스틱컵에 따라 줬다. 원주댁은 만신을 옆에서 도와주는 도우미 여자다. 처음 외할머니를 따라 왔을 때부터 있었다. 그때는 만신의 부인인줄 알았다. (만신이 남자이지만 산신을 몸주로 모시기 때문에 여장뿐만 아니라 목소리까지 여성화되어 있다. 파우더를 뽀얗게 바르고 입술을 새빨갛게 칠한, 특이한 화장을 한 80대 할머니 모습이다.) 만신이 냉수를 달게 마시는 서영을 물끄러미 바라봤다. 서영은 만신의 시선을 의식하고 다 마신 플라스틱컵을 내려놓으며 수줍게 웃었다. 만신이 입을 열었다.

"널 보면, 네 할머니 젊었을 때 보는 것 같다."

"할머니 살아계실 때, 사람들이 저 보고 할머니 많이 닮았다고 했어요. 지금도 할머니 모습이 제게 남아있어요?"

만신의 눈길에 감회가 새롭다는 빛이 어렸다.

"어렸을 때, 일제 언니(만신이 서영의 외할머니를 일제 언니라고 불렀다)가 우리 집에서 살았어. 포항죽도시장 근처에서 살았지. 언니는 일본사람이야. 일제는 한국 이름이고. 언니가 내 동생을 업어 키웠어. 그때 나는 여덟 살이고, 내 밑으로 여섯 살, 세 살, 젖먹이 동생이 있었어. 아마 언니는 아홉 살쯤 됐을 거야. 나보다 한 살 위니까."

"외할머니가 일본사람이라고요? 처음 듣는 이야기예요. 할머니 어렸을 때 얘기는 한 번도 듣지 못했어요."

"이제는 말해줘도 괜찮을지 모르겠다만."

만신이 눈을 감고 회상에 잠겼다.

춘성은 일제를 떠올리면 항상 등에 젖먹이 남동생 춘구를 업고 있는 모습이 그려졌다. 그리고 한 손에 여동생 춘희를, 또 다른 손에는 춘만의 손을 잡고 다닌다. 춘성이 골목길에서 동네 아이들과 술래잡기를 한다. 일제는 춘희와 춘만을 옆에 앉히고 춘구를 업은 채 쪼그리고 앉아 공깃돌 놀이도 하고 땅따먹기도 한다. 등에 업힌 춘구가 잠이 든다. 아기가 엉덩이 아래로 축 늘어진다. 일제는 아기 무게를 못 견뎌 흙담 밑에 박혀있는 커다란 돌덩이에 걸터앉는다. 춘구가 깰까 봐 몸을 많이 움직이는 놀이는 더 이상 할 수 없다. 그럴 때는 일제가 앉아서 먼 곳을 멍하니 바라본다. 춘성은 넋 놓고 앉아 있는 일제가 불쌍하다는 생각이 들곤 했다.

하루는 아기가 뒤척일 때마다 일제가 조그맣게 아픈 소리를 냈다.

"언냐, 아파? 어디야."

"춘구 업으면 쿡쿡 쑤셔. 따끔거리고. 눈으로 볼 수 없어서, 어딘지 모르겠어."

"언냐, 내가 봐줄게."

"네가 어떻게. 춘구 때문에 볼 수 없을 거야. 등허리 뼈 있는 곳인데."

"춘구 내려놓고, 얼른 봐줄게. 옷 걷어봐."

방 안에는 어른들이 아무도 없었다. 모두 굿판으로 가버렸다. 별신굿을 하러 동해안의 남정리에 와 있었다. 임시 거처에는 일제와 춘성, 춘만, 춘구만 남았다. 구경꾼들에게 재롱을 잘 부리는 춘희는 어머니를 따라 굿판에 갔다. 일제가 포대기 띠를 풀었다. 춘성이 춘구를 받아 안았다. 일제가 윗옷을 걷어 올렸다. 아기 오줌 냄새가 코를 찔렀다. 허리쯤 등뼈에 종기가 커다랗게 솟아올라 있었다. 아기 오줌 과 땀으로 축축해진 윗옷에 스쳐서 종기가 벌겋게 독이 올랐다. 그 대로 두면 곪은 것이 곧 누렇게 되어 터질 것 같았다. 춘성은 일제의 흰 속살을 만졌다. 안타까웠지만 춘성이 당장 해줄 수 있는 것이 없 었다.

"언냐, 많이 아프지? 저녁에 우리 엄마 오면 고름 짜 달라고 해."

"알았어, 고마워."

원주댁이 끼어들었다.

"왜 누나라고 안 하고 언니라고 했을까?"

서영은 말없이 듣기만 했다. 만신이 웃었다.

"여동생을 놀려먹다가 말이 굳어버렸지. 춘희가 언니야를 언냐, 언 냐 했거든. 그게 재밌었던 거야."

만신의 이야기가 이어졌다.

"내가 국민학교를 졸업할 무렵이었지. 언니가 우리 외할머니에게 혼나고 헛간에서 울고 있었어. 내가 엄마 몰래 언니에게 먹을 것을 가져다 줬어. 언니가 눈물을 흘리며 고맙다고 했어. 그때 내가 처음 듣는 이야기를 했어."

식구들 저녁식사가 모두 끝났다. 춘성은 문틈으로 헛간 안을 들여 다봤다. 일제가 어둠 속에 웅크리고 앉아 울고 있었다. 춘성은 어머니 몰래 삶은 고구마를 호주머니에 넣었다. 화장실에 가는 척하면서 옆에 붙어 있는 헛간으로 들어가려는데, 춘희와 마주쳤다. 춘희가 살짝 눈살을 찌푸렸다.

"오빠, 어디가?"

"어, 변소칸에."

"고구마는 왜 가져가? 내 다 알아. 엄마한테 안 일러바칠게. 그 대신 낮에 딴 구슬 나 줘."

춘성은 검지를 입술에 갖다 붙였다.

"알았어. 어제 딴 구슬까지 모두 줄게. 엄마한테 말하지 마."

고개를 끄떡이던 춘희가 안채 쪽을 살피고 난 다음 목소리를 바싹 낮췄다.

"오빠, 할머니가 일제 언냐 무당공부 시킨대. 근데 언냐가 하기 싫다고 해서 헛간에 가두었대. 무당하겠다 할 때까지 안 풀어줄 거래."

춘성도 들었던 이야기이다. 춘희에게 유리구슬 5개를 주고 헛간에 들어갈 수 있었다. 일제에게 고구마를 내밀었다. 하루 종일 헛간에 갇혀있었던 일제가 고구마를 허겁지겁 먹었다.

"언냐, 목 막혀. 좀 기다려봐. 물 떠 올게."

"이 은혜 잊지 않을게. 내가 은혜를 저버려서 이런 꼴이 됐는지 모르겠어."

"언냐, 무슨 은혜를 입었어?"

"고구마 먹었더니 기운이 좀 나. 얘기하려면 길어. 밤을 새워도 다

못 할 거야. 나중에 해줄게."

"언냐, 밤 새워도 좋아. 지금 얘기 해봐. 우리 엄마 새벽 돼야 일어나."

일제가 소리 없이 웃었다. 춘성도 따라 웃었다. 일제 옆에서 밤새도록 함께 있어 주고 싶었다.

며칠 전부터 외할머니가 어머니에게 하던 이야기를 들었다. 일제에게 무당질을 가르칠 때가 됐다는 거다. 배우지 않으려면 헛간에 가둬 둬야 한다고. 며칠만 굶기면 배운다고 할 것이라 했다. 외할머니이지만 너무 무서웠다. 하기 싫다는 일제에게 강제로 무당을 시키는 것은 나쁜 일이라는 생각이 들었다.

일제가 한숨을 폭 내쉬었다. 손가락으로 옷자락을 배배꼬았다. 무슨 생각을 하는지 어두운 허공만 응시했다. 춘성이 문틈으로 바깥을 내다봤다. 마당에 아무도 없었다. 부엌에서 물을 떠 올 때 챙겨온 양초동가리에 성냥을 그어 불을 붙였다. 춘성은 헛간 속을 이리저리 둘러봤다. 일제가 누울 자리를 만들어주고 싶었다. 한쪽에 둘둘 말린 멍석이 보였다. 헛간 바닥에 멍석을 폈다. 그리고 촛불을 불어서 껐다. 두 사람은 멍석 위에 다리를 펴고 앉았다. 어색한 침묵이 흘렀다. 일제가 춘성에게 방으로 들어가라고 했다. 춘성은 조금만 더 있다가 갈게, 라며 뭉그적거렸다. 일제의 표정이 밝아지며 이야기를 시작했다.

"사실은 날 키워준 할머니에게 알리지도 않고 그 집에서 도망친 거야. 지금 생각해 보면 키워준 사람을 배신해서 벌 받는 거라는 생각 밖에 안 들어. 그 집에서 도망쳐 나올 때, 날 키워준 할머니 은비녀랑 돈을 훔쳐서 왔어. 그래서 다시 돌아가고 싶어도 돌아갈 수 없어. 사람이 염치가 있지. 내가 어떻게 그 집에서 살게 되었는지는 몰라.

나를 키워준 할머니 말에 의하면, 일본이 항복하고, 후포에서 살던 일본사람들이 배를 타고 일본으로 도망치기 위해 후포항을 떠났대. 그때 하늘에서 맴돌던 연합군 비행기가 항구 밖으로 막 나서는 배에 포탄을 떨어뜨린 거야. 부서진 배는 그 자리에서 맴돌다 바다에 가라앉기 시작했고. 마을 사람들은 방파제에 서서 그 장면을 지켜봤대. 도망치는 왜놈들 이제 다 죽게 생겼구나, 하고. 다음 날 아침에 일어나보니까 일본인 시체가 떠밀려 와서 백사장을 가득 메웠대. 마을 사람들이 백사장을 깊이 파고 시체를 파묻었대. 그런데 시체 더미에서 아기가 울고 있었다는 거야. 그것이 나였고. 아기를 비닐 포대에 싸고 다시 구명조끼로 둘둘 말아 부표에 묶어 놓았더래. 아기를 싼 구명조끼와 비닐포대를 풀어내니까 거기에 역시 비닐로 감아 싼 쪽지와 일본 돈이 들어있었다는 거야. 일본 글을 아는 마을 동장이 쪽지를 읽었대. 그 아이가 후포항에서 통조림공장에서 일했던 일본사람 아이라는 것을 알았고. 사람들이 죽도록 내버려 두자는 것을 마침 아들이 일본으로 돈 벌러 가서 아직 돌아오지 않아 혼자 살고 있던 할머니가 몰래 데리고 와서 키웠다는 거야. 일본 돈은 쓸모가 없어서 쪽지와 함께 보관을 해두었대. 할머니가 어느 날, 쪽지를 보여주면서 "내 아들이 일본서 돌아오면 읽을 수 있을 텐데." 하고 울었어. 그리고 '네가 학교에서 글공부를 해서 일본 글 읽을 만하면 읽어라'라고 했어. 할머니도 무슨 말이 적혀있는지 궁금하다고. 그 집에서 도망쳐 나올 때, 할머니 서랍장 속에 있는 쪽지를 훔쳐서 왔어. 그 쪽지를 내가 가지고 있지만 글자를 몰라 읽을 수 없어. 내가 도망치지 않고 그 집에서 학교도 다니고 했으면 읽었을 텐데. 아직 못 읽고 있어. 이렇게 헛간에 갇혀있는 것을 보면 내가 벌 받고 있는 것이 확실해."

"언냐, 왜 도망쳤어? 할머니가 학교까지 보내준다고 했으면 인심 후한 집인 것 같은데."

"할머니는 좋았어. 동네 사람들에게 눈총을 좀 받아서 그렇지. 지금 생각해 보면 여기보다는 그곳이 훨씬 나았던 것 같아. 내가 그때 미쳤던가 봐. 마을에서 별신굿을 했어. 할머니 따라 별신굿 구경도 많이 갔었어. 여기 포항처럼 그곳 바닷가 마을에도 고기 많이 잡게 해달라고 별신굿을 크게 해. 무당들도 많이 오고. 그런데 그해에 별신굿하는 사람들이 내가 사는 집 사랑채에서 굿을 하는 동안 먹고 자고 했어. 무당들이 굿하는 동안 내가 젊은 무당의 갓난쟁이를 업어주게 되었어. 내가 아기 엄마 무당에게 일본으로 가는 배를 어디에서 탈 수 있느냐고 물었어. 부산에 가면 일본 가는 배가 있다고 했어. 아기 엄마 무당인 너네 엄마가 나보고 같이 가재. 자기들 따라가면 맛있는 것도 먹고, 좋은 옷도 입고, 부산 가는 차도 탈 수 있다는 거야. 너한테 안 좋은 소리 같지만, 꼬드김에 넘어간 거지."

일제의 목덜미를 만지작거리던 춘성의 손이 멈췄다.

"더 들을래? 기분 좋은 이야기 아닌데."

"언냐, 괜찮아 계속 얘기해봐."

"내가 허리가 휘도록 애보개로 살 줄 꿈에도 몰랐어. 그들을 따라가면 학교도 다니고, 부산으로 갈 수 있다고 생각했지. 또, 사람 많은 곳에 가면 일본사람을 만날 수 있을 줄 알았고. 별신굿이 끝나고 무당들이 떠나는 날, 쪽지하고 일본 돈하고 할머니 은비녀를 훔쳐서 너네 엄마하고 약속한 새터재 숲속에 숨어있었어. 그들이 그 길을 지나갈 때 데리고 가기로 했거든. 그래서 여기로 오게 된 거야. 무당들이 포항에서 강원도까지 오르락내리락하면서 굿을 해도 그 마을에 갈 때는 나를 데리고 가지 않아. 할머니가 보고 싶어도 어떻게 가는지 몰라서 못 가. 춘성이 너만 알고 있어. 다른 사람에게 말하면 안 돼, 알았지."

"알았어."

춘성은 가느다랗게 한숨을 쉬었다.

"난 무당되고 싶지 않아. 하루 빨리 날이 가고 해가 바뀌길 바랄 뿐이야. 공장에 취직할 수 있는 나이가 되면 부산으로 갈 거야. 고무신 공장에 취직해서 돈도 벌고, 글공부도 해서 쪽지 읽어볼 거야. 무엇이 쓰여 있는지 정말 궁금해 죽겠어. 그렇다고 남에게 읽어 달라고 할 수 없고. 일본으로 갈 수만 있다면 무엇이든 할 거야."

"언냐, 내가 빨리 일본 글자 배워서 읽어줄게. 나도 굿판에서 장구 치는 화랭이는 되기 싫어. 언냐, 우리 크면 함께 도망치자. 그때까지 혼자 도망가지 말고 이 악물고 버텨. 언냐, 많이 졸려?"

"아니, 이제 괜찮아. 고마워. 이 은혜는 절대 안 잊어버릴게. 할머니한테 못 갚는 은혜까지 너에게 몰아서 다 갚을게."

"나 복 터졌네."

춘성과 일제는 마주 보고 소리죽여 웃었다.

하지만 일제의 인생은 쉽게 풀리지 않았다. 늙은 화랭이의 부인인, 말하자면 춘성의 외할머니가 일제에게 무당이 되라고 어르고 달래며 은근히 구슬렸다. 일제는 죽어도 무당이 되기 싫다고 했다. 몇 번이나 도망쳤다. 큰 배들이 드나드는 동빈항에서 숨어 지냈다. 일본으로 가는 배를 얻어 탈 수 있을까 싶어 항구를 배회하다가 결국 잡혀오곤 했다.

"저런, 저런."

원주댁이 안타까워했다.

"내가 주책을 부렸네. 못 들은 걸로 해라. 갑자기 옛일이 생각나서……"

서영은 고개를 들지 않았다. 슬픔에 잠긴 목소리로 말했다.

"저도 외할머니에 대해 많이 궁금했어요."

"그래. 그렇게 말해주니 덜 면구스럽네."

"잡혀 와서 어떻게 됐어요?"

원주댁이 재촉했다.

"그때가 언제냐 하면, 내가 수산중학교에 합격을 해놓고 있었는데."

그 전날, 춘성이 친구네 집에서 놀다가 자고 들어왔다. 설날이 다가올 무렵이었다. 외할머니와 어머니는 설 쇨 준비하느라고 죽도시장에 가고 없었다. 동생들 셋도 모두 골목에서 놀고 있었다. 사랑채에서 늙은 화랭이가 일제의 소리(무가) 지도를 하고 있었다. 일제의 목소리가 시원스레 트이지 않았다. 화랭이가 야단을 쳤다. 춘성은 반복되는 일제의 목소리를 들으며 마당가를 맴돌았다. 두려움에 온몸을 바들거리는 것 같았다. 화랭이의 질책하는 소리가 들리고, 이어서 피를 토하듯 내지르는 일제의 소리가 방문의 창호지를 파르르 떨게 했다. 소리 속에 한이 맺혀있는 것 같았다.

춘성은 일제가 항상 불안했다. 어머니 몰래 일제를 도와주긴 했지만 한계가 있었다. 저렇게 하다가 일제가 자살할 것만 같았다. 어떻게 하면 일제를 이곳에서 빼돌릴 수 있을까 궁리해봤지만 별 뾰족한 해결책이 없었다. 춘성 자신이 하루 빨리 학교를 졸업하고 수산공무원이 되는 길밖에 없었다. 그러려면 아직 몇 년이 걸릴지 몰랐다. 그때까지 일제가 살아있을 것 같지 않았다. 가장 좋은 것은 일제가 부산으로 떠나게 도와주는 것이다. 그런데 춘성에게는 그럴만한 돈이 없었다. 어머니에게서 받는 용돈은 겨우 자신의 학용품비로도 빠듯했다. 그렇다고 일제가 따로 돈을 모아놓은 것 같지도 않아 보였다. 일제에게 직접 물어보지는 못했지만 춘성의 외할머니가 돈 관리를 하는 모양이었다. 일제가 무당이 되면 여러 가지 비용이 많이 든다며, 그때를 위해 저축을 해둬야 한다고 했다. 일제의 앞날이 막막했다.

춘성은 이런저런 생각에 빠져 마당을 어슬렁거렸다. 사랑채에서 흘러나오는 장구 소리가 멈췄다. 춘성이 궁금해서 찢어진 창호지 틈에 눈을 갖다 댔다. 춘성은 자기도 모르게 문짝을 열어젖혔다. 일제에게 올라타고 있던 늙은 화랭이의 등짝을 냅다 걷어찼다. 화랭이가 일제의 배 위에서 떨어졌다. 엉덩이를 깐 채 방바닥에 꼬꾸라졌다. 거무죽죽한 성기를 드러내놓고 엉금엉금 기었다. 늙은 수캐 같다는 생각이 들었다. 춘성의 발길이 한 번 더 화랭이의 머리통을 걷어찼다. 피거품을 뿜어내는 화랭이를 그대로 둔 채 일제를 재촉했다.

일제가 자기 옷 보따리를 싸는 동안 춘성은 외할머니와 어머니 방 안을 뒤졌다. 눈에 띄는 대로 돈을 호주머니에 챙겨 넣었다. 포항역으로 갔다. 일제에게 서로 편지하자고 약속하고, 부산행 열차에 태웠다. 기차에 발을 올리는 일제의 호주머니에 집에서 훔쳐온 돈을 쑤셔 넣었다.

춘성이 거기까지 이야기하고 긴 한숨을 내쉬었다. 원주댁이 숨을 가느다랗게 들이마셨다. 서영은 백팩의 어깨끈을 만지작거리던 손을 잠시 멈추었다. 만신의 이야기가 이어졌다.

"내가 숨어 있는 친구 집으로 어머니가 춘만이를 보냈어. 그자가 그대로 죽어버렸어. 나에게 집으로 돌아오지 말라고. 사실, 그 화랭이의 집은 따로 있었고, 때때로 외할머니를 찾아와 자고 가면서 그자가 주인행세를 했다는 것도. 늙은 화랭이하고 나하고 피 한 방울 섞이지 않은 생판 남이었다는 것도 그때 알았어. 그자가 죽었다는 말을 듣고 많이 괴로웠네. 사람 목숨이 그렇게 쉽게 끊어질 줄 어떻게 알았겠나. 나는 어머니와 친분이 있던 강신무 집으로 피신했어. 그리고 영영 집으로 못 돌아갔지. 결국 이렇게 되었고."

서영은 만신의 이야기를 들으며 기억 속의 외할머니를 떠올렸다. 함께 살면서 여러 가지 이해할 수 없었던 모습이 조금 설명되는 것 같았다.

"일제 씨는 언제 다시 만났어요?"

원주댁이 안타깝다는 듯 물었다.

"나중에 부산자갈치시장에서 만났어. 그것도 우연히. 그래서 사람의 인연이 질기다는 거야. 내가 이곳에서 서영에게 이런 이야길 지껄일 줄 어떻게 알았겠나."

"할머니에게서 못 들은 이야기를 들려주셔서 감사해요."

원주댁이 궁금하다는 듯 만신에게 물었다.

"그러면 서영이 엄마가 누구 자식……?"

"우리가 부산에서 다시 만났을 때, 남편과 헤어지고 딸 하나 데리고 산다 하더라고. 속으로 섭섭했지만 난 그때 이미 속세와 연을 끊은 몸이라 내색을 하지는 않았지. 그 후, 가끔씩 내가 일제를 찾아가곤 했어. 우리 인연이 얼치기이지만 좀 더 오래갈 줄 알았는데. 일찍 저세상 가버리고 말았어. 여담인데, 일제가 부산으로 간 것은 일본으로 가기 위해서였어. 부산에서 살면서 쪽지를 읽게 되었고. '일제'는 마을 사람들이 붙여준 것이고, 자기 본 이름이 '이시다 하루코'라는 것을 알게 되었다더군. 그런데 죽을 때까지 하루코라는 이름을 사용하지 않았어. 일가친척을 찾아 일본에도 몇 번 다녀왔던 모양이야. 하지만 일본에서 부모의 뿌리를 찾지는 못했던 것 같아. 조상을 못 찾았어도 일본에서 살고 싶었는데 음식이 입에 맞지 않더래. 때문에 다시 한국으로 돌아와서 일본과 가까운 부산에 정착하게 된 거라더군. 사람에게 고향이란 것이 뭔지는 모르겠지만, 어렸을 때 먹었던 음식이 그 사람을 끌어당긴다는 것이 참으로 희한하다고 생각해. 일본 사람 자식이 일본에서 살지 못하고 익숙한 음식 때문에 한국을 선택했다는 거잖아."

만신이 쓸쓸한 얼굴로 입을 닫았다. 서영은 할머니 유품 속 빛바랜 쪽지에서 휘갈겨 쓴 '이시다 하루코'라는 이름을 기억해냈다. 이시다 하루코, 하고 마음속으로 가만히 불렀다. 다른 사람들보다 병치레를 많이 했던 할머니를 떠올렸다. 그 작은 체구에 그렇게 많은 아픔을 안고 살아서 그런가 싶었다.

서영은 굿당에서 일어서면서 만신에게 인사를 했다.

"할아버지, 이제 가봐야겠어요. 오늘 고마웠어요. 자주 찾아뵐게요."

서영이 할아버지라고 하자 만신이 잇몸이 드러날 정도로 함박웃음을 웃었다.

"그래, 고맙다. 자주 오너라. 나는 네 얼굴 보는 것만으로 행복하다."

서영은 항상 가슴에 맺혀 있던 것이 풀리는 것 같았다. 만신의 배웅을 받으며 천경담 골짜기를 빠져나왔다. 오솔길을 함께 걸으면서 그녀가 몰랐던 외할머니 이야기를 하는 만신에게서 친할아버지 같은 친근감이 느껴졌다. 그리고 자기가 일본어를 전공한 것도 전혀 무관하지 않은 것 같았다.

아무도 그의 권위를 부정하지 못했다

　윤섭은 침대에서 어기적거리며 일어났다. 어젯밤에 너무 취해서 어떻게 원룸에 들어왔는지 기억조차 없었다. 분명히 동철이, 현규와 함께 포스빌 뒤쪽에 있는 이모네해물찜에서 저녁식사를 했다. 부산에서 티칭프로 생활하는 현규가 서울에 올라온 것이다.

　처음에는 저녁만 먹으려고 했다. 소주 두 병을 시켰다. 오랜만에 셋이 마시는 술이었다. 동철이 술잔을 비우며 말했다.

　"입에 착 감긴다."

　"오늘, 아버지 생신이었어. 곧바로 내려가려다가 니들한테 연락한 거야."

　"잘했어."

　윤섭이 짧게 말을 받았다.

　"어쨌든 만나서 반갑다. 한잔해라."

　동철이 형처럼 말했다. 현규가 받은 술잔을 말없이 입에 털어 넣었다. 세 사람은 평범한 친구들처럼 식사하며 술을 마셨다. 그런데 다음에 이어진 동철의 말이 도화선이 되었다.

"현규, 넌, 계속 부산에 있을 거니?"

여전히 형님 말투다. 윤섭은 동철을 곁눈으로 힐긋 바라봤다. 지난번, AB손해보험 오픈 때가 생각나서다. 하지만 기분 나쁜 티는 내지 않았다. 동철 앞에서는 습관처럼 그랬다. 고등학교 때부터 그랬다. 동철이 말투는 그때도 어른스러웠다. 친구들이 학생부장 같다고 싫어했다. 말투뿐만 아니라 행동에도 그런 면이 있었다. 친구들 사이에서 항상 리더역할을 했기 때문인지 모르겠다. 동철이 자기 아버지 영향을 받은 탓도 있을 것이다.

동철의 아버지는 아들 친구들을 친 아들들처럼 챙겼었다. 그러면서 동철이 자연스레 친구들 사이에서 리더가 되도록 분위기를 만들었다. 친구들도 눈치가 빨랐다. 선의의 명목으로 베풀어지지만 은근한 권력의 압력에 스스로 순응했다. 동철 말에 복종하면 필드 라운드를 따라갈 수 있었다. 동철이 아버지가 양평 유명한 회원제 CC 대표이사였다. 싫지만 모두들 동철이 앞에 납작 엎드렸다. 초콜릿 맛에 길들여지는 어린아이들처럼. 비만을 가져올 수 있다는 경고에도 그 단맛에 순종하지 않을 수 없듯. 동철이 또한 권력을 누릴 줄 알았다. 친구들 위에 군림하지 않는 듯 군림했다. 친구들을 대하는 말투부터 달랐다. 조폭세계 맏형님 같은 포스를 취했다. 그것을 알면서도 누구도 동철의 권위를 부정하지 못했다.

동철이 현규에게 덧붙였다.

"언제까지 그 짓만 할 거니? 시드권에 도전해봐. 넌, 할 수 있을 거야. 우리 아버지가 항상 니네들 걱정해서."

"아직 잘 모르겠어. 생각 중이야."

현규가 기분 나쁜 표정을 감추고 대답했다.

"윤섭이 넌 어때? 올해 우승 가능성은 있을 것 같아? 함께 경쟁하면 좋잖아. 시너지 효과도 있고. 니네들 좀 잘 해봐. 다른 새끼들은 자기네들끼리 서로 밀고 당기고 해. 나 혼자 심심하잖아. 걔네들 보면 소외감 느껴."

"소외감까지? 우리한테 신경 쓸 시간 있어? 너, PGA 갈 거 아냐? 네 아버지, 우리에게 신경 이제 *끄*시라고 전해. 너한테만 올인해도. 그렇지 않아?"

윤섭이 살짝 비꼬는 어투로 대꾸했다. 현규가 끼어들었다.

"알았어. 우리도 열심히 하고 있다고 전해. 항상 아버님 은혜 감사히 여긴다고. 자자, 술잔 들어. 그런 의미로 건배하자."

세 사람은 술잔을 부딪치고 각자의 입으로 가져갔다. 건배사는 없었다. 동철이 눈치를 챘는지 인상을 썼다.

"좋아, 잘해 봐. 우리 아버지가 스폰서라도 챙겨주고 싶어 하는데. 너희들 아직 정신 못 차린 것 같아. 그만 갈게. 내일 필드 가야 해."

현규가 동철을 따라 나갔다. 윤섭은 일어서지 않았다. 동철을 보내고 들어온 현규 표정이 불쾌해 보였다. 자리에 앉는 현규를 바라보며 윤섭이 물었다.

"똥철이 갔냐? 뭐래?"

"새끼, 아직까지 보스놀이 하려고. 넌 꼭 그렇게 말해야 하니? 나야 그렇지만. 스폰서라도 붙여주면 좋잖아."

"그런 스폰서 필요 없어."

"나도 요즘 고민 많아. 이 짓을 계속해야 할지. 정리하고 서울로 와야 할지. 똥철이 말이 옳을지도 몰라."

현규 말투가 자못 심각했다. 무슨 일이 있었는가? AB손해보험 오픈 때, 캐디 부탁했을 때부터 생각이 많아 보였다. 컷 탈락하고 헤어지면서, 페어웨이 밟으며 많은 생각을 했다고 하던 말이 기억났다. 그렇다고 본인이 말하지 않는 것을 섣불리 물을 수 없었다. 궁금했지만 현규에게 직접 묻는 대신 눈치만 살폈다.

예전 같았으면 윤섭이 단도직입적으로 들이댔을 것이다. 그런데 요즘은 직설적으로 밀고 들어갈 수 없었다. 나이가 들어서? 그것만은 아니다. 윤섭 또한 현규 앞에 드러내 놓을 것이 없었기 때문이다. 윤섭은 자신의 불안감이 노출될까 봐 될 수 있으면 말을 아꼈다. 현규가 하는 말에만 알은체를 했다. 막무가내로 속을 헤집고 들어올 현규의 질문 공세를 미리 피하고 싶었다.

윤섭은 최근 들어 자기 자신이 의식할 정도로 인간관계에 낯을 가렸다. 나와 남의 경계를 분명히 인식한다는 것이 좋은 것인지 나쁜 것인지 모르겠다. 어쩌면 철이 든다는 것은, 친구 사이에 한계를 절감하는 것인지도. 현규가 말없이 술잔을 비웠다. 두 사람은 대화에 별

진전 없이 이모네해물찜에서 나왔다. 거리에 어둠이 내리고 있었다.

윤섭이 현규에게 손을 내밀었다. 손을 잡는 현규 눈빛이 그냥 헤어질 수 없게 만들었다. 누군가를 밤새 붙잡고 싶어 하는 심정이 그대로 드러났다. 어쩌면 현규가 아닌 윤섭 기분이 그랬는지 모르겠다. 뚜렷이 D라인을 그리는 윤섭의 복부를 보고 도리어 현규가 놀랐으니까. 선술집으로 자리를 옮기자 현규가 먼저 입을 열었다.

"체중 많이 늘었네. 왜?"

"그렇게 보여?"

윤섭은 아무렇지 않은 듯 말했다. 현재 상황을 자세히 말하고 싶지 않았다. 비록 고등학교 때 함께 담배 피우고 PC방을 다녔어도 현규보다는 나아야 한다는 압박감이 윤섭 입을 막았다.

"똥철이 저 새끼 언제 PGA 가? 골프 중계에서 네 이름을 제일 먼저 볼 줄 알았어. 넌, 언제쯤?"

윤섭은 주먹으로 현규 얼굴을 칠 뻔했다. 동철이와 비교하는 현규 입을 틀어막고 싶었다. 동철이 이름만 들어도 기분이 더러웠다. 대신에 인상을 잔뜩 찌푸리고 술잔을 입에 틀어넣었다. 현규 앞에서 그동안 겨우 지탱하고 있던 그 무엇이 투두둑, 하고 터졌다. 헛웃음을 웃었다. 꼭 동철이 때문이라고 할 수 없었지만, AB손해보험 오픈을 날린 것을 생각하면 자기 자신에게 욕설을 퍼붓고 싶었다. 발목부상 재발 때문이기도 했지만, 한동안 멘탈이 그것밖에 안 되었나 싶어 화가 났다.

고등학교 때, 동철의 스코어 애버리지는 윤섭 발끝에도 따라오지 못했다. 윤섭도 은근히 동철을 무시했던 것이 사실이다. 그런 동철에게 지금 밟히고 있었다. 윤섭의 기분을 아는지 모르는지. 현규가 연거푸 술잔을 비우는 윤섭을 힐긋 보고 말을 이어갔다.

"똥철이 아버지가 KPGA 이사잖아."

"그래서 어쩌라고?"

윤섭의 거친 대꾸에 현규가 말을 중단하고 소주잔을 비웠다. 윤섭의 기분을 눈치 챘는지 어조가 바뀌었다.

"캐디 살 돈 없으면 다음에도 불러라. 너를 위해서라면 언제든지."

"미안하다. 돈, 백 없어서. 술이나 마셔."

"그래, 빨자."

"정리하고 빨리 서울 와."

"생각 중이야. 그런데 똥철이 걔가."

"술맛 떨어진다. 그만해. 골프중계 재방 듣고 싶지 않아."

현규 입에서 친구들 근황이 쉴 새 없이 튀어나왔다. 동철이 이야기가 나올 때마다 윤섭의 목소리가 퉁명스러워졌다. 3차로 노래방에 들어갔다. 현규와 윤섭은 번갈아 가며 마이크를 잡고 울부짖었다. 서비스 타임이 종료될 때까지 고함을 질러댔다. 목구멍이 칼칼하고 스크래치가 생겼는지 따가웠다. 현규가 진지하게 물었다.

"밤새울까?"

"내일 출근 안 해?"

"괜찮아. 지우 소식은 듣니?"

"지우? 아니. 잘 지내고 있지?"

"세상에서 내가 가장 사랑하는 여자지. 사랑하는 그녀와 가까이 있고 싶어 이 몸이 부산으로 가지 않았겠어."

윤섭은 현규의 넋두리를 들어줬다. 현규가 레슨 회원이 많다고 너스레를 떨었다. 하지만 목소리에 허세가 끼었다는 사실을 현규와 윤섭 둘 다 안다. 그것이 슬펐다. 윤섭은 현규의 허풍에 속아 넘어가고 싶었다. 비록 장황한 말잔치라 해도 어떠랴. 그들은 이야기를 하면서 때때로 서로의 눈길을 외면했다.

역시 현규의 관심사는 지우에게 있었다. 지우의 이야기를 할 때만큼은 현규의 목소리에 소년 감성이 실렸다. 목소리에 어쩔 수 없는 수줍음이 담겼다. 다른 수컷에게 경고 신호를 보내는 불안한 길고양이 같았다.

"지우네 팀, 경주에서 큰 프로젝트 땄어. 제법 덩어리가 커. 경주에 오래 있을 거래. 경주 한 번 와."

"지우가 경주에서? 무슨 프로젝트? 서울에 있는 줄 알았어. 부산하고 경주는 가깝지 않아? 경주 한 번 가고 싶어. 지우 걔, 여자 동기 중에 탑이었는데."

"바로 옆이지. 가끔씩 만나. 부상만 당하지 않았어도. 지금, 걔 동기들 잘 나가는 애들 보면 정말 아까워."

윤섭은 입을 다물고 지우에 대해 안타까워하는 현규를 지그시 바라봤다.

지우가 여학생이었지만 남학생들 틈에서 기죽지 않았다. 175센티 미터가 넘는 키에 근육질로 잘 다져진 체형이었다. 게다가 운동선수답지 않게 피부가 희고 얼굴이 예뻤다. 지우는 중학교 때까지 배구 선수였다. 고등학교로 진학하면서 골프로 전환을 한 것이었다. 지우가 여자였지만 그들과 함께 어울렸다. 그들은 지우를 여자라고 봐 주지 않았다. 지우 자신도 여자 티를 내지 않았다. 주말이면 넷은 함께 필드 라운드를 자주 갔다. 동철이 아버지가 자기네 골프장에 부킹을 해줬다. 원래는 동철과 윤섭, 현규 세 사람을 위한 것이었지만, 동철이 지우를 좋아해서 항상 그녀를 데려갔다.

1학년 때 가을이었다. 그날도 필드 라운드를 나갔다. 동철이 지우에게 밀착레슨을 했다. 남학생 셋은 모두 초등학교 때 골프를 시작했다. 중학교 2학년 때부터 골프를 쳤다는 지우의 스킬은 아직 서툰 부분이 많았다. 동철의 레슨에 지우가 말없이 잘 따라했다. 하지만 얼굴은 벌레 씹은 표정이었다. 현규가 못마땅해 하며 뒤에서 계속 투덜댔다. 윤섭은 그들의 관계가 재미있었다. 지우 공과 윤섭의 공이 같은 방향에 떨어졌을 때였다. 지우가 윤섭과 나란히 걸어가면서 살짝 말했다.

"쟤, 기분 나빠. 다음부터는 안 올래."

"누구? 똥철이? 현규? 둘 다 괜찮은 애들이야. 여자들 소모임에 들어갈 수 있니? 갈 수 없으면 다시 생각해봐. 우리 학교 특기생들 대부분 초딩 때부터 골프했어. 넌 중학교 때라며. 결정은 네가 하겠지만, 갭을 빨리 메워야 하지 않아?"

"꼭 선생같이 굴잖아. 네가 있어서 좋아. 한 번 생각해볼게. 고마워."

윤섭은 지우 말에 기분이 좋았다. 지우 앞에서 멋진 샷을 날리고 싶었다. 5번 아이언을 들고 연습 샷을 하며 어깨를 으쓱거렸다. 파란 하늘을 가로지르는 흰 공만큼이나 마음이 붕 떴다.

고등학교 2학년 때 지우는 허리 부상을 입었다. 스킬 쪽 핸디캡을 비거리로 만회하려고 무척 애를 썼다. 다른 여자 선수들보다 키가 큰 지우는 장신인 자기 몸을 무기로 사용했다. 또래 여자 선수 중에서 드라이브 비거리가 제일 길었다. 국가대표 상비군으로도 뛰었다. 하지만 몸의 무리한 사용은 허리 부상으로 이어졌다. 재활치료를 받았지만 완치가 어려웠다. 지우의 경기를 보고 있으면 마음이 아팠다. 1, 2라운드에서 항상 탑텐에 들다가 3라운드에 들어가면 우승권에서 멀어졌다. 결국 슬럼프가 왔다. 방황하던 지우가 골프를 포기했다. 윤섭, 현규, 동철이 셋 중에 동철이 표면적으로 지우를 가장 안타까워했다. 그때 지우와 동철이 사귀고 있었다. 고등학교 졸업 전, 동철이 호주로 골프 유학을 떠났다. 방황하던 지우는 진로를 설치미술로 바꿨다. 지우를 생각할 때마다 묘한 그리움 같은 것이 있었다. 그녀의 구김살 없는 웃음소리가 좋았다.

날지 못하는 재수 없는 닭새끼라고?

현규가 카카오택시를 기다리면서 떠들었다.

"연습만이 살길이다. 날개가 돋을 때까지만 죽어라. 날아오르는 것, 그까짓 환상이 아니다. 넌 할 수 있어. 나는 이렇게 망가졌지만 너라도 보고 위로받고 싶다."

현규를 태운 택시가 혼탁한 밤거리 속으로 사라졌다. 윤섭은 혼자 남은 것 같았다. 서영이 사는 포스빌 오피스텔로 갔다. 서영의 집 현관문 앞에서 머뭇거렸다. 윤섭이 술 마시는 것을 극도로 싫어한다는 생각이 났다. 엘리베이터를 타고 포스 빌 오피스텔 옥상으로 올라갔다. 거리에 인적이 끊겨갔다. 네온사인이 하나둘 꺼졌다. 신도림역 지하철 선로도 어둠을 덥고 누웠다. 택시들이 일벌같이 바쁘게 날아다녔다. 질주하는 택시 불빛이 온몸에 형광 페인트칠을 한 퍼포먼스 맨의 몸짓 같았다.

'날개가 돋을 때까지만 죽어'라고? 날아오르는 것, 그까짓 환상이 아니라고? 현규야, 야비한 현실 속에서도 골프에 대한 성공만은 빼앗기고 싶지 않다. 욕망을 탈탈 털리지 않으려고 지금도 힘겨운 퍼포먼스를 벌이고 있어.

윤섭은 고개를 뒤로 젖히고 밤하늘을 올려다봤다. 눈 속으로 갑자기 빛덩어리가 쏟아졌다. 어지럼증 때문에 헛구역질이 났다. 옥상 난간에 몸을 기댔다. 담배에 불을 붙였다. 매운 담배 연기를 폐 깊숙이 빨아들였다. 헛구역질이 가라앉았다.

산책로를 따라 서 있는 도림천의 가로등 불빛이 설치 미술처럼 아름답다. 페어웨이를 비추는 나이트를 연상케 했다. 관악산과 연결되는 도림천은 그 골짜기에서 쏟아지는 물로 인해 예전에 장마철 상습 침수 지역이었다. 그래서 습지 생태계를 볼 수 있다. 밤의 도림천은 해안가 골프장의 긴 러프들이 우거진 올드한 링크코스 같다. 윤섭은 사고실험을 하듯 도림천을 내려다보며 머릿속으로 골프를 쳤다. 머리로나마 골프를 칠 수 있어 윤섭에게 많은 위로가 되는 장소이다. 윤섭은 샷 한 공이 러프나 벙커 워터해저드에 빠지지 않도록 머릿속에 야디지북을 펼쳐놓고 꼼꼼히 체크를 했다. 아쉬운 대로 거친 골프코스를 공략하는 즐거움을 줬다. 때로는 윤섭 자신이 로스트볼이 된 것 같아 밤새 천변을 헤매기도 했다. 물길을 따라서 안양천까지 갈 때도 있었다. 한강으로 흘러가는 물을 따라가면 바다가 나오겠지 싶었다. 서해바다. 갯벌. 바닷바람을 온몸으로 버티는 긴 러프들. 러프가 우거진 올드한 링크코스. 링크코스와 싸우는 골퍼들. 결국 자기 자신과의 싸움. 노래방에서 현규가 뒤뚱거리는 흉내를 내며 하던 말을 곱씹었다.

"언제까지 날지도 못하는 닭새끼처럼 뒤뚱거리며 재수 없이 살 거냐?"

"내가? 날지 못하는 재수 없는 닭새끼라고?"

윤섭은 밝은 빛이 싫어서 안대를 하고 다시 잠을 청했다. 급하게 복도를 지나가는 발소리가 들렸다. 현관문 쪽을 향해 고개를 돌렸다. '저 문밖으로 나가라'하는 누군가의 목소리가 들렸다. 안대를 이마에 걸치고 살찐 닭처럼 어기적대며 걸어가서 도어록의 열림 버튼을 눌렀다. 문이 열렸다. 문 앞에 다가섰다. 문 폭의 크기가 점점 좁아졌다. 몸이 지나가려는데 문틀에 끼었다. 엘리베이터 문틈에 낀 것처럼 됐다. 꿈 치고는 온몸이 얼얼할 정도로 생생했다. 살갗이 벗겨지듯 의식의 껍질이 터졌다. 구체화되지 못하고 어딘가에 숨어 있던 불안감이 고개를 쳐들었다. 윤섭은 이불을 젖혔다.

냉장고를 열고 생수 한 병을 꺼내 순식간에 다 들이켰다. 벗은 채 욕실 거울 앞에 섰다. 껍질이 벗겨진 곳이 있는지 살폈다. 어젯밤에 노래방에서 현규와 몸싸움을 벌였다. 현규의 깐족거림을 못 참고 윤섭이 주먹을 휘둘렀다. 현규도 스파링 상대처럼 계속 약을 올렸다. 그들이 만나면 하나의 의식처럼 벌리는 해프닝이지만. 현규 말에 틀린 것은 없었다. 거울 속 몸통에서 긴장감이 전혀 느껴지지 않았다. 복부 라인이 포물선에 가까웠다. 어젯밤 한심하다는 듯 비웃던 동철의 말을 떠올렸다. 머리가 벌에 쏘인 것 같이 열감이 뻗쳤다. 샤워기 밑에서 찬 물줄기를 뒤집어썼다.

귀에 이어폰을 꽂고 머리에 검은색 비니를 쓰고 트레이닝복을 입었다. 한 씨에게서 구입한 쌍안경을 들고 원룸 옥상으로 올라갔다. 어둠이 엷어지는 거리에 각양각색의 신발들이 뛰어가고, 달려가고, 휘청거리며 신도림역을 향해 나아갔다. 신도림역은 환승역이다. 인파의 흐름이 매우 빨랐다. 까만 머리통이 신도림역 지하도 계단을 끊임없이 내려갔다. 횡단보도 위에 떼를 지어 종종걸음 치는 사람들이 전쟁영화 속 포로들 같았다. 얼마 전까지 윤섭도 그 대열에 있었다. 이른 새벽에 골프연습장 문을 열기 위해 뛰어가곤 했었다. 그런데 지금, 그 시각에 침대 속에 박혀있는 자기 모습이 거짓말처럼 느껴졌다.

윤섭은 토스트기에 식빵을 넣고 커피를 내렸다. 토스트 두 장 사이에 계란프라이 두 개를 끼워서 커피와 함께 먹었다. 식탁 위를 치우고, 침대에 다시 드러누웠다. 눈길을 창밖으로 보냈다. 허공에 미세먼지가 가득 찼다. 하늘이 싯누렇다. 곧 무언가를 토해낼 듯이 숨이 차 보인다.

원룸 작은 창을 통해 바라보는 바깥 풍경은 매우 단순했다. 아니 이것도 풍경이라고 말할 수 있을지. 건물들 옆구리만 보인다. 하늘이 없는 느낌이다. 시야에 들어오는 것은 주변 건물 뒷벽이거나 창문들뿐이다. 닭장에 갇힌 뒤뚱거리는 닭 같은 기분을 떨칠 수 없었다.

정말 신이 있다면. 윤섭은 가끔씩 신의 노여움을 산 것이 아닐까 하고 생각했다. 방안에서도 음지 식물처럼 햇빛을 피해서 앉았다. 환기할 때 외에는 낮에도 항상 블라인드를 처놓았다.

자동차들 소음과 매연이 도둑같이 기어 올라왔다. 바닥에 떨어져 있는 옷가지들과 타올, 걸레를 세탁기에 던져 넣었다. 어허! 분류! 분류를 해야지. 윤섭은 세탁 설정하던 손을 멈췄다.

처음 빨래를 했을 때였다. 아끼던 검은색 골프 티셔츠에 허옇게 보푸라기가 달라붙었다. 윤섭이 짜증을 내자 아버지가 어이없는 표정을 지었다. 허연 티끌이 들러붙은 옷을 쓰레기봉지에 넣으면서 주의를 줬다.

"걸레와 수건, 겉옷과 속옷을 구분해서 돌려야지."

"왜 따로 해요? 귀찮게."

"이 옷처럼 되니까. 투어프로는 실수가 곧 컷 탈락이거든. 다음부턴 아예 빨래바구니에 따로따로 모아라?"

윤섭은 아버지를 그리워하며 세탁물을 다시 분류했다.

넷플릭스에 들어가서 요즘 핫한 드라마를 봤다. 1회에서 3회까지 연달아 보고 나니 우울하던 기분이 어느 정도 상쇄되었다. 특히 드라마 속 남녀 주인공의 썸 타는 장면이 재미있었다. 남자 주인공에게서 윤섭이 서영을 처음 만났을 때가 오버랩되었다.

TV 먹방 프로그램을 보다가 스포츠 채널 여기저기를 돌렸다. 애써 외면해 왔지만 골프 채널을 완전히 피해가지는 못했다. TV 화면에 KPGA 코리안 투어 매경 오픈 중계가 재방되고 있었다. 윤섭은 출전하지 못한 경기이다. 동철의 이글샷이 리플레이됐다. 녹화 중계이지만 홀컵을 향해 굴러가는 볼을 보면서 윤섭은 침을 삼켰다. 볼이 빨려들듯이 홀컵 안으로 떨어졌다. 캐디와 하이파이브하는 동철의 얼굴이 클로즈업됐다. 시커멓게 그을린 얼굴에서 함박웃음이 터졌다. 동철이 매경 오픈에서 우승컵을 들어올렸다. 윤섭은 새끼들 되게 우려먹네, 하고 채널을 돌려버렸다. 아직까지 동철에게 축하한다는 말을 못 했다. 어제 만났을 때 했어야 했는데 입에서 선뜻 나오질 않았다.

어리고 순수한 육체를 좋아하거든요

윤섭은 서영이 알려준 디큐브 빌딩 안에 있는 참치횟집으로 향했다. 예약석에 서영이 먼저 와 있었다. 자리에 앉는 윤섭에게 서영이 미소를 지으며 인사했다.

"어서 와. 괜찮지?"

"어, 괜찮아. 일찍 왔네."

"허 변은 늦네."

"곧 오겠지, 뭐"

서영이 윤섭 얼굴을 찬찬히 살폈다. 윤섭은 그러는 서영을 모른 척했다. 세 사람이 함께 식사 자리를 갖게 된 것은 서영의 제안이었다. 윤섭은 서영의 초대를 몇 번 거절했다. 배상이 끝나지도 않았는데 허 변호사를 왜 만나느냐고, 서영에게 떨떠름한 태도를 보였다. 허 변호사가 서영에게는 친구이지만 윤섭에겐 의뢰인과 변호인 관계에 지나지 않았다. 일 때문도 아닌데 굳이 만나고 싶지 않았다. 솔직히 허 변호사는 처음부터 거부감이 일어나는 상대였다. 발목부상 배상 건은 허 변호사 제안대로 진행되고 있었다. 윤섭이 만족할 수 없지만, 허 변호사의 협상안을 받아들일 수밖에 없을 것이다.

윤섭의 불편한 마음을 읽고 있다는 것이 서영의 시선에 담겼다. 윤섭이 허 변호사와 식사하는 것이 별로 내켜하지 않았지만, 두 남자 사이를 껄끄럽게 둬선 안 되겠다는 생각에서 마련한 자리였다. 윤섭의 오해를 이런 식으로라도 풀고 싶었다. 조금 시간차를 두고 허 변호사가 두 사람이 앉아 있는 자리로 다가왔다.

"늦어서 미안합니다. 퇴근 시간과 맞물려서."

"우리도 좀 전에 왔어. 앉아."

허 변호사가 서영 옆자리 의자를 빼냈다. 순간 윤섭의 표정이 굳어졌다. 서영이 윤섭을 건너다봤다. 허 변호사가 자리에 앉으면서 윤섭에게 눈길을 줬다. 윤섭도 고개를 까닥했다.

"최 프로님, 잘 지내셨죠?"

"네."

윤섭이 짧게 대답했다. 서영은 두 남자를 번갈아 바라보며 키오스크를 터치했다.

"어떤 것으로 먹을까? 윤섭 씨 좋아하는 것으로 골라봐. 허 변도."

"서영이 쏜다고 하니까 윤섭 씨, 우리 비싼 것으로 먹어요."

"저는 서영 씨 선택하는 것으로 할게요."

"그럼, 네가 골라. 오너 마음대로 해."

"좋아. 내가 제일 좋아하는 부위로 간다."

허 변호사가 서영이 터치하는 손가락에 시선을 줬다가 윤섭에게 말을 걸었다.

"최 프로님, 발목 괜찮아요? 투어 복귀는 언제쯤?"

"괜찮아요. 하반기 시즌에는 몇 개 신청하려고요."

"정말 괜찮은 거지?"

"곧 연습 라운드 다닐 거야. 괜찮아."

"그래요? 최 프로님, 함께 필드 한 번 갈까요? 시간 낼 수 있겠어요?"

"좋지. 윤섭 씨, 함께 라운드 나가는 것 오래됐네. 한 번 같이 가자."

"네, 시간 만들어 볼게요."

"그러면, 허 변 당장 이번 주말 어때?"

"이번 주는 안 돼. 주말에 라운드 잡혔어."

"다음 주는 나도 바빠."

윤섭은 서영과 허 변호사를 번갈아 바라봤다. 함께 라운드를 하자고 해놓고 윤섭 스케줄은 안중에도 없었다. 스케줄이 바쁜 그들 일상이 부러웠다. 윤섭은 요즘 유튜브만 보고 살았다.

애피타이저로 각종 튀김 종류와 전복, 해삼, 멍게, 성게알 등이 나왔다. 윤섭은 젓가락으로 튀김을 집었다. 서영이 성게알을 입에 넣으며 윤섭을 살짝 흘겼다.

"윤섭 씨, 전복 해삼 종류 먹어. 스테미너 음식이야."

"최 프로만 챙기지 말고 나한테도 그런 말 좀 해봐."

"허 변은 와이프가 챙기잖아."

"밖에서는 네가 좀 챙겨주면 어때?"

"질투나? 난, 윤섭 씨만 챙기고 싶어."

"그래, 질투나."

"윤섭 씨는 제대로 못 챙겨 먹잖아."

"못 챙겨 먹는 사람. 그렇게 보이지 않는데."

"챙겨 먹어도 음식 질이 문제야."

윤섭은 서영의 말에 머쓱했다. 갓 튀긴 단호박 튀김이 맛있어서 하나 더 집으려다가 슬그머니 젓가락을 멈췄다. 그것을 허 변호사가 눈치 챘는지 윤섭에게 농담을 던졌다.

"윤섭 씨, 전복 해삼 많이 먹어요. 난 젓가락도 대지 않았어요. 서영에게 혼날까 봐 어디 먹겠어요?"

"아, 아니에요. 제가 원래 그런 음식 좋아하지 않아요. 아직 어린이 입맛에서 못 벗어나서요."

"그래요? 소 사장, 어리고 순수한 육체를 좋아하거든요. 그렇지 않아?"

"맞긴 한데, 그건 허 변이 할 말은 아닌 것 같아."

"왜 내 입을 막으려고 그래. 스스로 말하기 어려운 것을 말해주는데."

"청문회도 아니고. 개인 취향 저격은 여기서 그만하자. 맛있는 음식 두고."

허 변호사가 하하 웃었다. 윤섭은 속으로 '두 사람 초등학교 동창이라지만, 무슨 관계야' 싶었다.

메인 요리인 참치회가 나왔다. 회 접시를 들고 온 종업원이 참치회 먹는 방법을 설명했다. 특히 냉동이 아니라서 식감이 다르다는 것을 강조했다. 두툼하게 썰어서 그런지 씹히는 맛이 좋았다. 서영이 윤섭을 보고 말했다.

"회가 발목부상 회복에 좋대. 많이 먹어."

"어, 응. 먹고 있어."

이번에는 허 변호사가 별다른 반응을 보이지 않았다. 참치회를 좋아하는지 젓가락질이 적극적이었다. 서영이 고개를 돌려 허 변호사를 바라봤다. 그리고 윤섭에게 눈을 찡긋했다.

"허 변, 윤섭 씨 일에 시간 내 줘서 고마워. 내 친구지만 넌, 역시 에이스야."

"네가 왜 고마워하는데."

허 변호사 말투가 퉁명스러웠다.

"윤섭 씨도 고맙게 생각하지? 그치?"

서영이 윤섭을 바라보며 웃었다. 빨리 고맙다는 말을 하라는 눈빛이다. 윤섭은 입속의 참치회를 다 씹어서 삼켰다. 그리고 허 변호사에게 술을 권했다. 하지만 고맙다는 말은 끝내 입 밖으로 내지 않았다.

"제가 한 잔 따라 드릴게요."

"그렇다니까. 윤섭 씨가 그런 말 하는 것을 쑥스러워하는 편이라서 그래."

"그렇다면. 이런 자리에서 일 얘기하는 것이 아닌 것 같아서 말하지 않았는데, 최 프로님, 그 정도면 잘 나오는 겁니다. 아무리 많이 받아야 몇백 받기 어려워요. 그리고 승소한다 해도 성공 사례비가 있으니까……."

"맞아, 허 변 아니었음 변호사 비용 엄청 많이 들었을 거야."

"뭐, 그런 말 듣자고 말은 것은 아니니까. 나중에 필드나 한 번 갑시다. 투어프로하고 라운드했다고 자랑하게요."

"좋아, 그렇게 빚 갚으면 되겠네. 나도 끼워주지?"

"네, 시간 만들어 보겠습니다."

윤섭은 속으로 '나도 바빠' 하면서 대답했다.

윤섭은 도림천을 걸었다. 밤에 호젓하게 산책하기 좋은 곳이다. 봄이 무르익어가는 강변에 바람까지 산들거렸다. 그는 뺨에 와 닿는 부드러운 바람결을 느끼며 부글거리던 속을 가라앉혔다. 식사가 끝나고 서영이 함께 와인바에 가자고 했지만 거절하고 나왔다. 왠지 그들로부터 빨리 벗어나고 싶었다. 허 변호사에 대한 불편한 감정이 자기 말투에 묻어 나올까 봐 불안했다. 산책로를 따라서 묵묵히 걸었다. 왜가리 한 마리가 물가에 서 있었다. 아직 먹이 사냥이 끝나지 않았는가? 두 다리로 버티고 서서 물속을 내려다봤다. 사람들 말소리가 전혀 들리지 않은 모양이다. 초집중 상태다. 골퍼가 퍼팅할 때처럼. 윤섭은 벤치에 앉았다. 왜가리에게 고독한 플레이어, 먹이사냥에 꼭 성공하길 바라, 라며 응원의 시선을 보냈다.

요즘 들어 사람들과 어울리기보다 혼자 있는 것이 좋았다. 특히 상대의 대화에 자기감정을 맞춰야 할 때가 더욱 그랬다. 오늘도 그랬다. 서영의 계획은 세 사람이 저녁식사 후에 와인바에 들르는 것까지 시간 배분이 되어 있을 것이다. 그리고 윤섭과 섹스도 스케줄 속에 들어 있을 것이고. 사실은 서영의 꼼꼼한 스케줄 관리에 어깃장을 놓고 싶은 심정이 없지 않아 있었다. 맹목적으로 따라가고 싶지 않았다. 종종 서영 손에 리드 줄이 잡힌 반려견 같은 기분이 들 때가 있었다.

밤이 깊어갔다. 인기척이 뜸해졌다. 하루 종일 사람들 발소리를 한강으로 실어 나르던 도림천이 가만히 누워 있었다. 가로등 아래 졸고 있는 물빛이 편안해 보였다. 윤섭은 벤치에 앉아서 습관처럼 머릿속으로 티샷을 하고 세컨 샷을 했다. 세컨 샷 공이 워터해저드에 풍덩 빠졌다. 왜가리가 날아오르는가 싶더니 다시 내려앉았다. 기다란 목을 꼿꼿이 세우고 멀리 허공을 응시했다. 윤섭이 왜가리에게 물었다. 아직 배가 고프냐? 아님, 잠잘 곳이 없냐? 너도 여자 친구로부터 도망친 거지? 아니면 쫓겨난 거냐? 자식, 자유로운 영혼이구나. 아무튼 이제 네 둥지로 돌아가. 나도 잠자러 간다. 윤섭은 벤치에서 일어났다.

용병

홍 사장에게서 전화가 왔다. 윤섭은 잔기침으로 목을 풀었다. 지루한 일상이 목소리까지 잠기게 했다. 될수록 시큰둥한 톤으로 전화를 받았다.

"네, 홍 사장님. 요즘 잘 날아가죠?"

"넵, 프로님. 음, 팀이 있는데, 시간이 되세요?"

서영이 세든 꽃집 건물주이자 신축 건물 인테리어 회사를 하는 홍 사장이 팀을 만들어 놓았단다. 부킹 날짜는 1주일 후였다. 경주 2박 3일 54홀이었다. 윤섭은 투어가 없을 때, 가끔씩 필드 레슨 명목으로 도박 팀에 참여했다. 더구나 지금은 골프연습장 티칭프로 자리에서 해고된 상태라 생활비를 벌어야 했다. 시선이 신발장 옆에 서 있는 골프백에 가서 멎었다. 홍 사장 전화가 속으로 반가웠지만 그런 티를 내기 싫었다. 일단은 내키지 않은 듯이 전화를 받았다. 거짓말을 했다.

"투어 스케줄 확인해봐야 합니다. 제가 전화 드릴게요."

"프로님, 너무 부담 갖지 말고, 전화 주세요. 기다릴게요. 아 참, 단위가 커요. 혹시 시간 되면 필드 나가기 전에 저랑 먼저 식사라도. 어때요?"

홍 사장이 식사 제안까지 했다. 분명히 큰 판이 벌어질 거라는 암시이다. 게다가 경주라면. 지우가 떠올랐다. 라운드 끝나고 시간을 만들 수 있을 것 같았다. 지우하고는 대학교 졸업 후에 한 번도 만나지 못했다. 현규로부터 소식은 전해 들었지만. 가는 길에 현규까지 만나고 올까 하다가 머리를 흔들었다. 현규 입에서 속사포 같이 쏟아질 비난을 피하기 어려울 것 같았다. 홍 사장 전화에 예전 같았으면 바로 '콜'인데. 망설였다.

발목부상이 재발하면서 신청해뒀던 KPGA 코리안 투어 상반기 대회를 모두 포기해버렸다. 서영이 많이 아쉬워했다. 하지만 승산 없는 게임을 많은 비용까지 치르면서 할 수 없었다. 물론 스윙 연습할 공간도 없었고. 현재로선 발목부상뿐만 아니라 정신적 피로감까지 겹쳤다. 완전 그로기 상태였다. 햇빛을 보는 것조차 싫었다. 자신의 포지션을 지킬 수 있을지 불안했다.

홍 사장의 저녁식사 제의를 받아들였다. 식사 자리에서 홍 사장이 속사정을 털어놓았다. 이번 판은 복수혈전이 될 거라며 목소리를 높였다.

"프로님, 사실은 그놈들에게 지난겨울에 왕창 뜯겼어요. 이번에 앙갚음하려고요."

윤섭은 홍 사장 말을 듣고만 있었다. 복수하고 싶은 사람은 홍 사장이다. 일단 홍 사장 제안을 받아들이는 쪽으로 마음을 결정했다. 적게 먹을 것인지 크게 먹을 것인지만 정하면 됐다. 하지만 계약 조건을 따로 거론하지 않았다. 전리품에 대한 홍 사장과 새로운 계약은 오히려 심리적 부담이 될 수 있었다. 오래된 관행에 손댔다가 독이 될 수 있기 때문이다. 나중에 긍정적인 결과치가 눈앞에 나타났을 때 새롭게 조율해도 늦지 않을 것이다. 어차피 윤섭은 잃을 것이 없었다.

"그건 그렇고, 어떤 사람들이에요?"

"빌라 짓는 놈하고. 분양하는 놈이에요. 사업상 안 볼 수도 없는 인간들인데, 이번에는 그냥 넘어가고 싶지 않아요. 저놈들이 먼저 세미프로를 끼워 넣었어요. 치앙마이에서 천이나 뜯겼어요. 억울해서 죽는 줄 알았죠. 제게도 최 프로라는 복수의 검이 있다는 것을 보여주고 싶어요."

윤섭은 입을 다물고 있었다.

"최 프로님은 제가 끌고 가는대로 따라만 오면 됩니다. 그날 최 프로님은 대부업체 영업 상무님이 되는 겁니다. 그래야만 그놈들이 신사인척하며 비즈니스 공을 치지 않겠습니까?"

윤섭은 기분이 나빴다. 자신을 골프 선수로 대접하지 않겠다는 것이다. 하긴 지금 윤섭의 두루뭉술한 복부가 대부업체 영업상무 포스로 딱 맞았다. 윤섭은 홍 사장의 말을 듣고 있는 척 고개를 끄덕였다. 아무러면 어떠랴. 도박장에서 자존심까지 챙길 필요 없어. 홍 사장 입장에서 보면 용병에 지나지 않으니까. 칼을 휘두르고 전리품을 나눠가지면 그만이야. 부끄러움은 잠시만 참으면 된다. 윤섭은 저항하는 내면의 소리에 윤리 도덕이 밥 먹여주나, 하고 술잔을 들이켰다.

"홍 사장님 말대로 플랜을 짜죠."

"역시, 최 프로님이시다. 임도 보고 뽕도 땁시다. 그 새끼들에게 본때를 보여주고 싶어요."

윤섭은 서울역에서 서영에게 카톡을 보냈다.

-며칠간 지방에 다녀올게.
-갑자기 왜? 어디로? 뭐 때문에? 며칠씩이나?
-갑자기 다녀올 일이 생겼어.

물음표를 잔뜩 붙인 서영의 질문에 윤섭은 짧게 답글을 달았다. 어제 저녁에 소영꽃집에 들렀다. 하지만 경주로 필드 라운드 떠난다는 말을 하지 않았다. 서영의 물음에 대답하다가 혹시라도 그녀가 의심을 할까 봐서다.

서울역에서 경주로 가는 KTX를 탔다. 옆자리에 앉은 아주머니가 가늘게 코를 골았다. 윤섭은 눈을 감았지만 잠이 오지 않았다. 창밖으로 아파트와 들판이 뒤섞여 펼쳐졌다. 아파트단지가 다가오는가 싶으면, 끝없는 벌판 가운데를 달리고 있었다. 수직과 수평으로 이루어진 풍경이 휙휙 스쳐 지나갔다.

경주행 KTX 열차표를 예매하면서부터 갈등하던 것이 윤섭을 괴롭혔다. 결국 지우를 만나야 할지 말아야 할지 결정하는 것은 라운드가 끝날 때까지 미루기로 했다. KTX를 타고 온 사람들이 경주역에서 모두 내리는 것 같은 느낌이 들 정도로 플랫폼은 하차하는 사람들로 북적였다. 렌터카를 몰고 보문CC로 향했다. 경주의 늦봄은 푸른 물감으로 그린 유화처럼 녹음이 우거졌다. 첨성대 주변에 다채로운 색깔의 꽃들이 피었다. 현규 말에 의하면, 지우가 경주에서 지자체 프로젝트를 맡았다고 했는데. 윤섭은 차를 운전하면서 자신의 감정이 움직이는 방향을 따라갔다. 그리움이다.

밖으로 드러내지는 않았지만 고등학교 때부터 지우를 좋아했던 것은 사실이다. 하지만 지우에게 한 번도 친구 이상의 표현을 해 보지 못했다. 그 이상으로 다가가면 지우가 싫어할 것 같아서였다. 항상 마음속에 스스로 한계선을 그어 두고 지우를 대해왔다. 그렇게 해서라도 지우 가까이에 있고 싶었다. 윤섭의 마음을 아는지 모르겠지만 지우는 윤섭에게 자주 속내를 털어놓았다. 겉보기에 완벽한 친구 역할에 만족해야 했다. 윤섭은 그래도 좋았다.

홍 사장이 데리고 온 동반자들 나이가 사십 대 초반쯤으로 보였다. 골프 실력도 보통 수준 이상의 플레이어들이었다. 첫날은 탐색전

답게 가볍게 풀어갔다. 라운드가 끝나고 저녁식사를 했다. 반주로 맥주를 마셨다. 다들 몸조심하는지 생각보다 많이 마시지 않았다. 윤섭도 가벼운 마음으로 그들과 어울렸다. 그들의 관심사는 골프 쪽보다는 윤섭이 하는 일에 있었다. 대출에 대한 내부규정에 대해 알고 싶어 했다. 빌라 업자가 먼저 입을 열었다.

"상무님, 실례지만 그쪽은 요즘 어떻게 돌아갑니까?"

윤섭은 순간 당황했다. 그런 질문을 하리라고는 미처 예상하지 못했다. 골프에 관한 것이라면 어떤 질문이라도 대답해줄 수 있지만. 윤섭이 미간을 모으는 것을 홍 사장이 힐긋 건너다봤다. 재빨리 수습에 들어갔다.

"힐링 와서 골치 아프게. 그런 이야기는 나중에 필요할 때 살짜기 만나서 하면 되지. 사람이 짓궂기는."

"힐링이 별건가. 공치면서 일 이야기 하는 것도 힐링이지. 상무님 그렇지 않아요?"

빌라가 윤섭에게 술을 권하며 응수했다. 홍 사장도 지지 않았다.

"그건 그쪽 이야기이고. 공치러 와서는 일 이야기는 싹 잊어버리고 공에만 집중하고 싶은 사람도 있지 않겠어요. 요즘 사정이 좀 급한가? 최 상무님 어때요? 여기서 상담 건수 올리세요. 임도 보고 뽕도 따고."

홍 사장이 애용하는 속담이 튀어나왔다. 윤섭은 말없이 빙긋이 웃기만 했다. 홍 사장 말재주에 맡겨두고 구경이나 하자는 생각이다.

이쪽저쪽 눈치를 보던 분양업자가 입을 열었다.

"못 물어볼 것도 없지. 나도 정보 공유를 좀 하고 싶은데, 상무님 명함이나 줘보시오."

윤섭에게 직접 치고 들어왔다. 윤섭은 천천히 잔을 비웠다. 잔을 비우면서 홍 사장이 끼어들 수 있는 시간을 벌었다. 예상대로 홍 사장이 대화를 낚아채 갔다.

"내일 본 게임 하려면 일찍 들어가서 쉬는 게 좋지 않을까요? 좀 피곤하네. 이곳 CC에는 워터 해저드가 많은가. 여기까지 개구리 우는 소리가 들리잖아. 물수제비 뜨느라고 페어웨이에 공이 올라나갈까 몰라. 그만 일어나지요."

홍 사장 설레발에 다른 사람들도 핸드폰과 지갑이 든 파우치를 챙겨 일어났다. 그제야 윤섭이 사과하는 어투로 꾸벅 머리까지 숙이며 말을 했다.

"죄송합니다. 제가 룸에서 명함을 챙겨오지 않아서요. 나중에 서울 가면 연락 한 번 주십시오."

"제가 최 상무님께 빨리 내려오라고 너무 재촉했군요. 미안합니다. 허허허."

홍 사장이 과장된 너털웃음까지 날리며 사과 아닌 사과를 했다.

"아니, 괜찮습니다. 오랜만에 좋은 자리에 참석하도록 배려해주셔서 제 쪽에선 너무 감사합니다."

뒤풀이가 끝나고 각자 룸으로 들어갔다. 윤섭은 샤워를 하고 침대에 누웠다. 서영에게 메시지 보냈다. 서영과 카톡을 하면서 지우를 생각했다. 예뻤던 지우 얼굴이 눈앞에서 어른거렸다. 서영과 카톡이 끝나고, 서울서 올 때 생각과 달리 지우에게 메시지를 보내려고 하는데 홍 사장에게서 전화가 왔다.

홍 사장이 좀 전 상황에 대해 신경 쓰지 않아도 된다는 말로 이야기를 시작했다. 그리고 오늘 플레이를 점검하고 보완해야 할 사항을 덧붙였다. 윤섭은 홍 사장이 선을 넘는다는 생각을 했지만 참았다. 도박판에서 멘탈이 흔들리지 않으려면 철저하게 용병으로서 가야 한다. 천만 원짜리 프로젝트이다. 홍 사장으로서는 철저하게 준비하고 싶을 것이다. 홍 사장하고 조인해서 몇 번 성공한 적이 있었다. 윤섭은 홍 사장과 전화를 끝냈다. 지우에게 메시지 보내는 것을 관뒀다. 일단은 내일 게임에 집중하기로 했다. 이불을 목까지 끌어당겼다.

티 그라운드에서 페어웨이를 바라보며 홍 사장이 캐디에게 말했다.

"전장이 짧아서. 화이트 티에서 티샷 하는 것으로. 어떨까요?"

"오늘 화이트 티 열지 않습니다."

중년 여자 캐디가 난처해했다.

"딜레이 하지 않겠다고 약속하죠."

"그러면 로컬룰로 정할게요. 문제가 발생하면 제게 페널티가 와요."

캐디에게 허락을 얻어냈다.

"최 사장님 굿샷입니다. 잘 갔어요."

호의가 담긴 캐디의 목소리가 들렸다. 비록 도박이지만 바짝 긴장이 되었다. 마음은 KPGA 코리안 투어 첫 홀 티 그라운드에 선 기분이었다. 공이 페어웨이에 내려앉는 것을 보고 드라이버를 골프백에 꽂았다. 다른 멤버들도 만만치 않았다. 그들끼리는 실력 차가 별로 없었다.

"최 사장님, 나이스 버디!"

한 홀 당 20만 원씩 태웠다. 몇 홀 지나자 윤섭을 바라보는 캐디 눈빛이 바뀌었다. 말은 하지 않았지만 윤섭을 대하는 태도가 달라졌다. 선수는 선수끼리 통한다고. 캐디도 그쪽으로는 선수들이다. 윤섭은 속으로 부끄러웠다. 역시 캐디는 베테랑이었다. 윤섭의 정체를 나름 파악했다는 듯, 다른 팀원들 모르게 희미하게 웃고 말았다. 그리고 아마추어 중에 공을 좀 더 잘 치는 최 사장으로만 대했다. 몇 홀을 내리 쓸어 담았다. 버디를 할 때마다 캐디에게도 2만원을 팁으로 줬다. 캐디가 엄지손톱만 한 인형을 롱티에 달아서 내밀었다. 홍 사장이 조작에 들어갔다. 꼴지를 하면서 배판을 만들었다.

분양이 불평을 쏟아냈다.

"뭐야, 또야. 홍 사장 사람 잘못 데려온 거 아냐? 원 재미가 있어야지. 다음 홀부터 난 빠질래."

눈치 챈 것이 아닐까? 자칫하다가는 판을 엎을 태세였다. 사장 흉내를 내지만 돈으로부터 자유롭지 못한 것인지, 아니면 아직 순수한 영혼인지. 홍 사장이 다른 사람들 눈치를 살피다가 입을 열었다.

"그런 줄 모르고 왔어요?"

"상대가 너무 타짜잖아."

"그러면서 배우는 거지. 타짜한테 비싼 수업료 냈다 치면 되지. 수업료 없는 데가 어딨어요. 도박판에도 엄연히 수업료가 따라붙는데."

홍 사장 말에 분양이 계속 투덜댔다.

"그래도 이건 너무한데."

"나이스 온. 최 사장님 버디 찬스입니다."

"또, 혼자 다 먹네."

빌라가 중얼거렸다.

윤섭이 가장 자신있어 하는 2미터 거리였다. 게다가 약간 오르막라이었다. 작정하고 퍼터를 밀면 확실한 버디 찬스였다. 역시 홍 사장이 만든 배판이었다. 생각보다 빨리 판이 달궈졌다. 동반자들이 홀컵을 둘러쌌다. 모두 숨을 죽이고 지켜봤다. 한우 갈빗살을 가장 맛있게 먹으려면 판 관리가 중요하다. 집게는 윤섭의 손에 있다. 타지 않고 육즙이 쫙 흐르게. 그것은 역시 타이밍이다. 윤섭은 퍼팅 라인을 읽으면서 갈등했다. 그냥 모른 척해버릴까. 홍 사장을 슬쩍 곁눈질했다. 예스냐 노냐, 판단불능의 얼굴빛이다. 감정이 전혀 드러나 있지 않았다. 홍 사장 기분을 맞춰주는 척도 해야 한다. 윤섭이 먹지 않으면 홍 사장 공이 유리했다. 충분히 파를 할 수 있는 거리였다. 잘 구워진 고기를 다른 사람들 앞에 먼저 던져줘야 할 때도 있다. 군침이 돌았지만 윤섭은 한 발 물러서는 척했다. 더 크고 맛있는 갈빗살을 차지하기 위해서 한 번 더 조작에 들어갔다. 적당한 선에서 그들에게 맞춰주기로 했다. 그들의 지갑을 내일 제대로 털면 된다. 수위조절에 들어갔다. 조금 강하게 쳤다. 파하기도 어려운 거리로 공을 보냈다.

"최 사장님, 아쉬워요."

캐디가 아깝다는 듯 나직하게 탄성을 질렀다. 홍 사장이 활짝 웃었다. 윤섭이 허리를 어루만지며 인상을 팍 썼다. 허리에 통증이 있는 시늉을 했다. 홍 사장이 걱정해주는 척했다.

"최 상무님, 허리 삐끗했어요?"

"아닙니다. 지난겨울에 다쳤는데, 가끔씩 통증이 오네요. 괜찮아지겠죠."

홍사장이 파를 놓쳤다. 홍 사장 묘기가 현란했다. 결국 윤섭과 홍 사장 모두 보기를 했다. 빈홀이었다. 다음 홀이 또 배판이 되었다. 윤섭이 허리 통증이 있다는 말을 듣고 꼴찌 한 빌라가 배판을 외쳤다.

판이 최고조로 달아올랐다. 파5 홀에다 핸디캡 2였다. 티샷부터 실수 연발이었다. 드라이브샷이 페어웨이에 제대로 날아 앉은 것은 윤섭의 공뿐이었다. 캐디가 나이스 샷을 외치지 않았다. 모두들 얼음 같은 표정이다. 윤섭이 양보를 하고 싶어도 받을 사람이 없었다. 벙커에, 워터해저드에, 티샷 OB에 세컨 샷까지 OB였다. 그들 표현을 빌리자면 갖가지 묘기가 속출했다. 윤섭이 파를 잡았다. 세 사람은 모두 보기부터 더블보기까지였다.

마지막 홀 아웃을 했을 때, 얼추 몇백만 원은 딴 것 같았다. 에어건으로 신발 먼지를 털고 골프채를 점검할 때 홍 사장에게 인형이 달린 롱티를 선물했다. 그가 고맙다는 인사도 없이 시무룩한 얼굴로 인형을 티 케이스에 던져 넣었다. 그것 또한 계산된 연기였다. 윤섭의 얼굴 표정도 차갑게 굳어졌다. 본의 아니게 홍 사장 연기에 장단을 맞춘 격이 됐지만. 윤섭은 기분이 진짜 더러웠다. 우울했다. 어쩌다가 막장에 갇혔나 싶었다.

마지막 날이었다. 라운드가 시작되기 전에 윤섭을 제쳐두고 자기들끼리 수군댔다. 분양이 핸디를 달라고 했다. 윤섭은 홍 사장을 슬쩍 바라봤다. 홍 사장이 정색하고 공격적으로 입을 뗐다.

"야아, 최 상무님 어제 놀랐어요. 이대로 하다가는 우리 셋 모두 서울 갈 KTX 표도 못 끊겠네요. 어떻게 생각하세요. 핸디를 받아야 될 것 같은데. 그래야 저도 체면이 좀 설 것 같고요."

윤섭은 가타부타 말을 하지 않고 페어웨이만 응시했다. 이 모든 것이 홍 사장 시나리오 속에 들어있었다. 홍 사장이 빌라와 분양을 돌아봤다. 두 사람 모두 홍 사장이 핸디를 받아내기를 바라는 눈치였다. 홍 사장 시선이 윤섭에게로 옮겨왔다. 협상을 끝내겠다는 말투로 단정적으로 말했다.

"각각 핸디 5개 받는 것으로. 상무님 그렇게 결정해도 되겠습니까?"

윤섭은 웃으며 고개만 끄덕였다. 빌라와 분양도 가만히 있었다. 홍 사장이 의기양양하게 마무리 멘트를 했다.

"핸디 5개로 모두 오케이. 결정됐습니다. 불만 없는 것으로 알겠습니다. 라운딩 중에 불평하기 없기입니다. 돈이 없지 가오가 없습니까. 아니 돈도 있고 가오도 있는 분들이니까 한판 붙어봅시다."

전반홀까지는 핸디 준 것 때문에 오히려 윤섭이 잃고 있었다. 점심을 먹으면서 홍 사장이 미안해했다. 윤섭은 제대로 떡밥을 놓았다는 생각에 슬며시 웃었다. 후반홀이 시작되었다. 반주로 마신 막걸리에 몸도 풀렸고, 마음도 풀렸다. KPGA 코리안 투어프로라는 엘리트 의식을 팽개쳐버렸다. 홀을 거듭할수록 판돈이 불어났다. 그만큼 동반자들 숨소리가 안으로 기어들어갔다.

윤섭은 퍼트에는 원래 자신이 있었다. 샷의 정교함까지 살아났다. 샷 감이 이대로만 가 주면 승리할 자신이 있었다. 빌라와 분양이 실수 연발이다. 그들 얼굴에 낭패감과 불만이 가득했다. 하지만 찍소리 못했다. 그와 동시에 홍 사장은 화가 잔뜩 난 얼굴빛이다. 표정 관리를 하느라 나름 애를 쓰고 있었다. 윤섭은 이미 그들을 염두에 두지 않았다. 자기 자신과 게임을 했다. 거의 모든 홀을 싹 쓸어왔다.

마지막 홀 아웃을 했을 때 눈물이 쏟아질 것 같았다. 가슴이 쓰렸다. 이런 모습을 아버지가 알면 얼마나 슬퍼할까? 자신에게 화가 났다. 윤섭은 에어건으로 신발을 털었다. 그리고 동반자들에게 인사도 하지 않고 로커룸으로 들어갔다. 옷을 벗고 샤워기 밑에 섰다. 흐르는 눈물을 주체할 수 없었다. 차가운 물줄기 아래 머리를 들이밀고 한참 동안 울고 나니까 우울감이 좀 가셨다.

윤섭은 샤워를 마친 다음 거울에 비친 자신의 모습을 봤다. 정말 뒤뚱거리는 살찐 닭새끼 같았다. 뒤룩뒤룩한 허리와 배를 손으로 만졌다. 옷을 입고 몇 번이나 전화기를 만지작거렸다. 지우에게 메시지를 보내고 싶지만 참았다. 지우가 뭐라고 할까? 알아보기나 할까? 이런 모습으로 지우를 만나야 하다니. 도박판에 어울려서 딴 돈으로 지우에게 술을 사고 싶지 않았다. 썼던 메시지를 지우고 경주를 떠났다.

꽃에 스토리를 입히면 어떨까?

쇼윈도에 빗방울이 맺혔다가 흘러내렸다. 서영은 창가에 서서 도로를 내다봤다. 소강상태를 보이던 장맛비가 오후부터 다시 시작되었다. 뉴스에서 이번 비를 마지막으로 장마가 끝날 것이라고 했다. 하루 빨리 장마가 지나가기를 바랐다. 그래야 윤섭이 필드 연습 라운드를 할 수 있기 때문이다. 윤섭이 하반기 투어 준비를 한다고 말은 하지만 걱정이 됐다. 몇 주 전에 지방에 간다는 메시지만 보내고 사라졌다가 시무룩한 표정으로 나타났다. 서영은 그런 윤섭을 볼 때마다, 예전 자기 모습이 떠올랐다. 그때 얼굴에 표정이 없다는 말을 많이 들었다. 김 선생이 상념에 빠진 서영을 일깨웠다.

"사장님, 빗소리가 전 굽는 소리 같죠? 이런 날은 금방 구워낸 부추전이 당기지 않아요?"

"먹고 싶으면 시켜?"

"혹시 숍에 냄새 나면."

"비 오잖아. 청각이 미각을 소환하는데."

"그럴까요? 부추전에는 막걸리가 딱인데. 그렇지만 부추전만 시킬 게요."

"왜? 안 좋은 일 있어?"

"아니에요. 왠지 세트메뉴 같아서요."

"도쿄에도 전 집 있어. 막걸리하고 세트메뉴로도 팔아."

"사장님이 어떻게 아세요?"

"그곳에서 알바했거든. 이상 레스토랑이라고 있었어. 시부야역 주변에."

"도쿄에서 공부했어요? 재밌었겠다. 무슨 공부했어요?"

"일본어지 뭐. 아무튼 팍팍한 시간이었지만, 지금 생각하면 그때가 재밌고 좋았던 것 같아. 아직 어렸었거든."

"몇 살 때였어요?"

"대학교 3학년 때 휴학하고 어학연수 가고, 나중에 대학 졸업하고 취업했다가 사표 내고 한 번 더 갔어. 그때는 꽃 배우러 갔지."

"나도 가고 싶어요. 근데, 에구, 돈이……."

김 선생 푸념을 들으며 서영은 슬그머니 웃었다.

대학교 3학년 1학기를 마치고 휴학했다. 도쿄로 어학연수를 떠났다. 친구들이 미국이나 캐나다로 떠나는 것이 유행처럼 인식되었다. 하다못해 호주로 워킹홀리데이를 신청해서 가는 친구들도 있었다. 서영은 일본에 워킹홀리데이를 신청했다가 탈락했다. 그래서 외할머니를 졸라서 1년짜리 어학연수를 떠난 것이다.

빗방울이 탁탁 튀는 도로를 내다보는 서영의 눈빛에 아련함이 담겼다. 처음 일본에 갔을 때였다. 어학연수를 받는 어학원과 그곳에 딸린 기숙사, 그리고 시부야역 주변밖에 몰랐다. 아니 그 주변만 뱅글뱅글 돌았다. 주변에 관광명소가 있다는 말을 들었지만 혼자서 찾아다니는 것은 말처럼 쉽지 않았다. 낯선 곳을 찾아다니는 것도 내키지 않았지만, 시간이 남으면 부족한 수면 보충하기 바빴다. 어학원 수업이 끝나면 시부야역 주변, 이상 레스토랑에서 아르바이트로 나머지 시간을 모두 사용했으니까.

이상 레스토랑은 한국가정요리 전문점이었다. 완전한 한국음식이라고 하기에 많이 부족했지만 그런대로 한국음식 흉내를 냈다. 동남아산 프릭끼누로 버무린 매운맛밖에 나지 않는 김치이지만 향수를 달랠 수 있어서 좋았다. 그곳에서 김치전과 파전이 막걸리와 세트메뉴로 꽤 비싸게 팔리던 것이 기억났다. 정신없이 한 학기가 끝나고 일본어로 대화를 나누는 것에 능숙해졌다. 이상 레스토랑을 관두고 신주쿠로 아르바이트 자리를 옮겼다. 신주쿠에서는 듀티프리 마켓에서 일했다. 식당 서빙보다 수월했기 때문이다.

1월 중순으로 기억되는 어느 날이었다. 퇴근길에 신주쿠역을 향해 터덜터덜 걸었다. 기숙사가 있는 나카노역으로 가는 전철을 타기 위해서였다. 아오야마 플라워 마켓을 지나갔다. 신주쿠역에서 이세탄 백화점으로 이어지는 도로변에 위치한 마켓이다. 바깥은 아직 겨울인데 쇼윈도에 봄꽃들로 디스플레이 되어있었다. 도쿄에서 살면서 꽃에 대해 전혀 관심을 가져본 적이 없었다. 매일 진열대에 진열되어 있는 온갖 화학제품들에서 뿜어져 나오는 인공 향에 코가 마비되어 갔다.

갑자기 꽃향기를 맡고 싶었다. 꽃을 살 것도 아니면서 숍 안으로 성큼 들어섰다. 화사한 색채의 봄꽃들로 가득 채워져 있었다. 서영은 심호흡을 했다. 살아있는 향이 콧속으로 들어왔다. 눈물이 날 것 같았다. 시들어가던 오감이 살아나는 기분이었다. 숍 안을 돌면서 눈과 코를 실컷 호사시켰다. 숍을 다 돌고 나오면서 노란색 튤립 두 송이를 샀다. 다발로 사고 싶었지만 지갑 사정이 빠듯해서 무리할 수 없었다. 그 대신 자주 들르기로 마음먹었다. 그렇게 아오야마 플라워 마켓의 아이쇼핑 단골이 되었다.

마음이 지쳐갈 무렵에 아오야마 플라워 마켓을 발견하게 된 것이다. 아마도 발견이라기보다 갈급한 마음이 그곳을 찾아냈을 것이다. 듀티프리 마켓에 매일 출근하면서 아오야마 플라워 마켓을 지나다녔지만 그동안 눈에 들어오지 않았다. 그런데 어느 날 갑자기 눈에 띄었던 것이다. 그때 기분은 캄캄한 밤하늘에서 유난히 반짝이는 별을 찾은 것과 같았으니까.

아오야마 마켓에 드나들면서 플로리스트에 대해 관심을 갖게 되었다. 일회용 소비재인 꽃에 스토리를 입히면 어떨까? 꽃의 삶을 의미 있게 완성시켜주는 것. 멋있는 직업이라는 생각이 들었다. 마켓에 꽃꽂이 강좌가 있었다. 서영은 취미반 수업에 등록했다. 꼭 플로리스트가 된다기보다 살아있는 꽃향기를 맡을 수 있는 시간이 좋았다. 하루 종일 쿰쿰하거나 텁텁한 아니면 자극적인 냄새에 시달리다가 1주일에 한 번씩 식물을 만지고, 그 향을 맡는 것은 힐링 시간이었다. 주일날 종교기관을 찾는 것과 같은 심정이랄까. 자신을 위한 정화의식. 메말라가는 감성에 물을 뿌려주는 것과 같은 것이었다. 서영은 갓 연애를 시작한 사람처럼 얼굴에 생기가 돌던 것이 기억났다.

신주쿠 생활은 좀 더 자유로웠다. 꽃꽂이 취미반 수업에서 만난 유메를 따라서 가부키쵸거리를 돌아다녔다. 재즈바에 가고, 가라오케에서 노래도 하고, 영화관에서 여러 나라 영화를 봤다. 친구와 홍대거리를 아이쇼핑하는 기분이랄까.

서영은 여전히 눈길을 창밖에 둔 채 윤섭을 생각했다. 그가 시간을 너무 낭비한다는 생각이 들었다. 하지만 마음만 안타까울 뿐이다. 지방에 간다는 그의 메시지를 받고 기분이 몹시 좋지 않았다. 메시지 내용도 변명처럼 보였지만 느낌이 안 좋았다. 윤섭이 서영을 부담스러워한다는 기분이 들었다. 그래서 윤섭에게 더 이상 물어보지 못했다. 그것이 아직도 마음에 남아서 우울하게 했다. 게다가 비까지 내리고 있었다. 비가 오는 날은 꽃을 사는 사람도 적었다. 장례식장 화환 배달만 몇 곳 있었을 뿐이다.

"시부야역에 스크램블 교차로가 유명하다던데 사장님, 그 교차로 건너봤겠네요."

"관광명소야. 사람들이 한꺼번에 뒤섞여서 건너는 것을 보면 대단해. 도쿄 현지인들보다 관광객들이 더 많을 거야. 최근에 갔었는데, 그 장면 찍느라고 한 손에 캐리어 끌고 다른 손으로는 핸드폰을 들고 촬영하는 모습이 진풍경이더라고. 스크램블 교차로는 많은 나라에 있대, 우리나라에도 있고, 테크노마트 앞 교차로도 신호등만 조정하면 스크램블 장면이 연출될 수 있잖아. 그런 교차로는 자동차가 처음 등장했을 때, 보행자를 우선적으로 보호하는 교통정책으로 나왔대."

"사람을 우선시하는 교통정책이 관광명소가 되었군요."

"그렇다고 봐야지."

유메가 지금은 시부야에서 플라워 숍을 하고 있었다. 서영에게 일본으로 여행 오라고 여러 차례 메시지가 왔다. 서영은 유메의 메시지에 시부야역 스크램블 교차점도 건너고 싶다고 답글을 달곤 했다.

"시부야역 주변에 다른 좋은 곳은 없어요? 나중에 친구들이랑 도쿄 여행가면 가보게요."

"요요기 공원이라고 있어. 굉장히 넓고 평퍼짐한 평지위에 오래된 활엽수들이 아름다워."

"그런 공원은 서울에도 많잖아요?"

"많지. 많아도 자기하고 맞는 곳이라는 게 있잖아. 왜 느낌이라는 것 있잖아. 왠지 그곳은 처음부터 좋았어. 많이 와본 곳 같았고, 어딘지 익숙한 곳 같은 느낌이랄까."

요요기 공원도 유메가 데려가 줬다. 어학연수하는 동안 숨통을 틔워준 공간이다. 서영이 요즘도 일본에 가면 빼놓지 않고 찾는 곳이다. 나중에 알고 보니, 서영이 어머니 배 속에 있을 때부터 가끔씩 갔던 곳이었다. 외할머니가 돌아가실 때쯤 들려준 이야기에서 알게 되었지만.

요요기 공원은 오늘같이 비 오는 날도 좋았다. 특히 뿌연 비안개 속 요요기 공원은 비현실적인 공간처럼 느껴졌다. 유메가 비 오는 날 요요기 공원 산책하는 것을 좋아했다. 그래서 유메는 현재 시부야역에서 요요기 공원 가는 길에 플라워 숍을 차렸다. 비가 오면 유메는 애니메이션 속 등장인물처럼 코스프레를 즐겼다. 하루는 빨간 장화를 신고 노란 레인코트를 입고 란도셀을 메고 투명 비닐우산을 들고 나타났다.

"유메, 초딩 같아. 귀여워."

"고마워. 즐기는 거야. 즐기라고 비가 오시니까. 둘러봐. 이 넓은 공원에 우리밖에 없어. 소란스런 지구에서 밖으로 튕겨 나온 것 같지 않아. 상상해봐. 아직 도시문명이 발을 들여놓지 않은 작은 행성이라고."

"정말 아무도 없어. 빗소리밖에 안 들려. 참 좋다."

"우리 춤출까."

"어떻게?"

"빗소리에 맞춰 몸을 움직여봐. 저 나뭇가지처럼 몸이 원하는 대로 흔들면 돼. 이곳은 사사건건 그 행위에 의미를 부여할 필요 없어.

결국 인간의 것은 사라지니까. 사실은 이곳 역사가 좀 복잡해. 일본 역사니까 넌 알 필요 없겠지만. 하지만 지금은 나무와 풀, 새, 개미들만 사는 곳이야. 비가 아름다운 음악을 연주하고 있잖아. 막춤도 괜찮아."

"지나가는 사람이 있으면 어떡해."

"아무도 지적질하지 않아. 내가 메이지 신궁보다 여기를 좋아하는 이유야."

"아무도 지적하지 않는다고."

사람의 발길이 거의 끊어진 넓은 공원에서 노래하고 춤을 췄다. 처음에는 유메를 이해하기 어려웠다. 그런데 수다를 떨면서 공원을 돌아다니다 보면 우리가 사람이라기보다 원래 그곳에서 살고 있는 새들 같다는 자연스러운 생각이 들었다. 신비로운 체험이었다. 유메가 왜 비 오는 날 요요기 공원을 좋아하는지 그 기분을 알 것 같았다.

사계절 모두 아름다운 공원이지만, 서영은 특히 나뭇잎이 다 떨어진 겨울 요요기 공원을 더 즐겼다. 해가 질 무렵 앙상한 잔가지에 어스름이 내리면 공기가 연회색으로 바뀌는 것을 손으로 직접 만져볼수 있었다. 그리고 겨울 요요기 공원 벤치에 앉아 있는 것을 좋아했다. 벤치에 앉아서 저녁노을이 물드는 것을 보고 있노라면 한 폭의 풍경화 속에 들어있는 듯한 기분 좋은 느낌을 받았다.

게다가 타이밍을 잘 맞춰서 가면 할머니 바이올리니스트를 만날수도 있었다. 뉘엿뉘엿 넘어가는 석양 속에서 홀로 벤치에 앉아 바이올린을 연주하는 할머니와 그 옆을 지키는 흰색 포메라니안 한 마리. 연주하는 할머니를 귀를 쫑긋이 세우고 빤히 바라보는 포메라니안이 유일한 관객이다. 서영은 방해가 되지 않을 만큼 적당히 떨어진 벤치에 앉아서 연주를 들었다. 어렸을 때 들었던 조지 W 존슨이 작곡한 〈메기의 추억〉이 바이올린 선율로 다가왔다가 흩어졌다.

"리나, 괜찮았어?"

"꽁꽁."

연주하는 중간중간에 할머니가 포메라니안에게 물었다. 꼬리를 흔들고, 앞발까지 비비며 온몸으로 대답하는 포메라니안이 귀여웠다.

할머니가 연주하는 곡명으로 봤을 때, 아마추어 바이올리니스트 같았다. 붉게 물들었던 노을이 점점 청회색으로 바뀌어가는 드넓은 공원에서 바이올린을 켜는 할머니 모습은 그대로 영화의 한 장면이었다. 멋있다는 감탄사가 저절로 나왔다. 서영은 마음속으로만 박수갈채를 보냈다. 할머니와 포메라니안의 아름다운 시간을 방해하고 싶지 않았다. 그러다가 서울에서 고생하시는 외할머니를 떠올리며 눈시울을 붉혔다.

"사장님, 일본어 어학연수까지 하셨는데, 지금 플로리스트는 어떻게?"

"졸업하고 면세점에서 일했어. 하지만 꽃 배우던 것에 미련이 남았던 거야. 어쩌면 요요기 공원도 한몫했겠지. 항상 가보고 싶었거든. 저녁노을 속에서 바이올린을 켜던 할머니도 보고 싶었고. 음, 꼭 그렇다기보다 면세점 일이 사실 재미가 없었어. 고가 명품들이 나하고 안 맞는 것 같았거든. 그래서 할머니에게 도쿄로 다시 가겠다고. 가서 플로리스트 과정을 다시 공부하고 오겠다고 졸랐어."

"그랬었구나. 도쿄에서 디플롬 받으셨어요?"

"아니 도쿄에서 못 받았어. 할머니가 갑자기 쓰러지셨거든. 그래서 한국과 일본에 분교가 있는, 김 선생도 알 거야. 피베르디에르에서 디플롬을 결국 받은 거야."

외할머니가 뇌출혈로 쓰러졌다는 소식을 듣고 서영은 곧바로 서울로 돌아왔다. 서울에 외할머니를 돌봐줄 사람이 없었다. 3개월 후에 디플롬을 받을 수 있는 시험이 있었다. 아쉬웠지만 포기해야만 했다.

그 후, 외할머니가 회복이 되었지만, 완전히 회복되지는 않았다. 집에서 생활과 병원 생활이 거의 반반이 될 정도로 거동이 불편했다. 결국 외할머니를 요양원에 모시고 집으로 오면서 서영은 얼굴이 퉁퉁 붓도록 울었다. 서영은 외할머니하고 살았던 기억밖에 없었다. 어머니에 대한 기억은 외할머니가 돌아가실 무렵에 조금 이야기를 해준 것이 전부였다. 불행했던 딸의 삶을 외손녀에게 사실대로 전해주기 매우 어려웠던 모양이다.

하루는 외할머니가 누렇게 빛바랜 1호 봉투를 내밀었다.

"이걸 받아라."

"할머니, 뭐예요?"

"이제까지 내가 보관했다만 결국 네게 줄 날이 오고 말았다. 네가

결혼하면 주려고 그동안 감췄는데, 내 명이 요만큼밖에 안 되는 모양
이다. 네 어미 유품이다. 다 알려고 하지 마라. 나는 내 할 일 다 한
것 같아서 마음이 편하구나. 네 어미가 동경에서 고생 많이 했다. 그
때 네가 어미 배 속에 있어서 힘이 되고 위로가 되었다고 하더라만.
네가 차라리 태어나지 않았더라면 ……."

"어머니가요? 도쿄에서 살았어요? 언제요?"

"유학 갔다. 할미 입으로 다 말하기가 그렇다. 그 정도만 알고 있
어라."

"할머니, 제가 태어난 것하고 어머니하고, 무슨 안 좋은 일이 있었
나요?"

"넌, 몰라도 된다. 네 어미가 나쁜 년이지. 어린 것 두고 먼저 갔으
니. 아니다. 이 할미가 나빴다. 모든 것이 할미 죄다. 네 어미도 어미
를 잘못 만나서 그렇게 됐다."

끝내 외할머니가 통곡했다. 울음소리가 너무 처절하여 더 물어볼
수 없었다.

서영은 요요기 공원에 한 번 다녀오고 싶었다. 임신한 몸으로 요
요기 공원 벤치에 앉아 있었을 어머니를 떠올리자 눈시울이 뜨거워
졌다.

전학이 결정되다

아침 식사를 끝내고 윤섭은 스윙 연습기와 쌍안경을 들고 옥상으로 향했다. 쌍안경 렌즈 속으로 들어오는 아침 옥상 풍경은 각양각색이다. 건너다보이는 저층 다가구 주택 옥상에 할머니 한 사람이 매일 항아리를 관리하고 화분에 심긴 식물을 돌봤다.

옥탑방에 살고 있는 어느 가족의 아침 풍경도 흥미로웠다. 40대쯤으로 보이는 아버지가 먼저 출근한다. 샐러리맨은 아닌 모양이다. 백팩을 메고 입은 옷이 훨씬 자유롭다. 그리고 한참이 지나면, 초등학생 남자아이 둘이 등교를 했다. 그런데 아이들 어머니는 보이지 않았다. 몇 달째 지켜봤는데 볼 수 없었다. 가족들이 집을 다 비우고 나면 옥상은 고양이들 차지다. 길고양이 떼가 질주했다. 형제들이 사료를 담아놓은 먹이통 쟁탈전이 벌어졌다.

그 집 초등학생 형제들은 탁구를 좋아했다. 옥탑방 마당에 작은 탁구대가 설치되어 있었다. 형제는 학교에 다녀오면 항상 탁구를 쳤다. 때로는 아버지와 함께 치는 것을 볼 수 있었다. 그럴 때면 세 사람의 웃음소리가 윤섭에게까지 들리는 듯했다.

윤섭도 아버지와 그렇게 웃었을 때가 있었다. 아주 어릴 때부터 아버지를 따라다니면서 골프를 배웠다. 어머니가 골프웨어 숍을 했었다. 그래서 학교가 끝나면 학원에서 학원으로 맴돌았다. 아니면 혼자 집에서 게임을 하거나. 아버지가 집에 있는 날은 학원에 가기 싫었다. 징징대는 윤섭을 아버지는 골프 연습장에 데리고 갔다.

골프 연습장 의자에 앉아서 아버지의 스윙 연습이 끝나기를 기다렸다. 처음에는 공치는 아버지 모습이 멋있었다. 하지만 곧 심심해졌다. 주리를 참듯 엉덩이를 의자에 비비적댔다. 아버지가 지루해하는 윤섭에게 사용하지 않는 퍼터를 줬다. 퍼팅 연습실에서 공을 굴리며 놀라고 했다. 윤섭은 시간 가는 줄 모르고 공굴리기에 푹 빠져들었다.

하루는 윤섭이 퍼팅에 열중하는 모습을 보고 아버지가 내기를 하자고 했다. 아이스크림 내기를 했다. 당연히 아버지가 이겼다. 윤섭은 약이 올라서 눈물까지 글썽였다. 그날 아버지가 윤섭에게 퍼팅 자세를 가르쳐줬다. 윤섭이 매일 아버지를 이겼다. 어쩌면 윤섭이 웃는 것을 보려고 아버지가 일부러 졌을 것이다. 필드 라운드가 없는 날은 아버지가 윤섭을 돌봐야 했으니까. 윤섭은 옥상 가족을 보며 자기 가족을 떠올렸다.

아버지는 KPGA 코리안 투어 정규 리그에서 뛰었다. 그런데 윤섭이 태어나던 해에 허리부상을 입었다. 성적이 하위권에서 벗어나질 못했다. 1부와 2부 리그를 오가던 아버지는 점차 피로감이 쌓여갔다. 그 피로감이 어머니에게도 옮아갔다. 가족 전체가 피로감에 젖었다. 마치 포구에 서 있는 집 같았다. 바다에서 밀려들어오는 물안개가 모든 것을 눅눅하게 절여놓았다. 습한 소금기로 집 안 곳곳이 녹슬기 시작했다. 아버지는 항상 경제적으로 쪼들렸다. 하지만 어머니에게 돈에 대해 이야기하지 않았다. 어머니 또한 그러한 아버지에 대해 무관심했다. 아버지가 어떻게 투어 생활을 꾸려 가는지 알려고 하지 않았다. 어떤 일을 결정할 때 아예 아버지와 의논하지 않는 눈치였다. 이야기하더라도 이미 혼자서 결정한 사항을 통보하는 식이었다. 어머니가 골프웨어 숍을 일반 상가에서 백화점으로 옮길 때였다.

"다음 달부터 백화점 입점해."

"백화점 입점? 뭐가?"

"우리 숍 말이야. 당신, 와이프 하는 일에 너무 무관심한 것 아냐. 그것 때문에 내가 몇 달을 잠 못 자고 고민했는지 모르지. 뜬 눈으로 밤새 뒤척여도 옆에서 코만 푸푸 골면서."

"말해야 알지. 당신은 항상 그런 식이야. 언제 나하고 의논한 적 있어. 통보만 했지."

"의논하면 뭐해. 나 도와줄 것도 아니잖아. 괜히 내 생각 흩뜨려 놓기만 할 뿐."

"그러면 지금은 왜 말해? 통보할 거면 말하지 않아도 돼. 아무것도 기대할 것 없는 사람한테 말할 필요 없잖아. 나도 당신 하는 일 도와

주지 못해서 미안해. 내가 1부에서 우승이라도 했으면 당신 숍 조금이라도 홍보가 됐을 텐데. 쩌리라서. 당신 일이니까 앞으로 당신 혼자서 잘해. 관심 끌 테니까."

"당신, 말을 꼭 그렇게밖에 못해. 그냥 단순히 축하한다하면 될 걸. 알았어. 앞으로 내 일에 대해 말하지 않을게. 아무튼 그런 줄 알라고."

그날 이후로 어머니를 대하는 아버지 표정이 맨송맨송해졌다. 어머니 표정도 다르지 않았다. 서로가 소 닭 보듯 했다. 집 안에서 들리는 목소리들이 해풍에 바싹 마른 링크코스의 갈대처럼 버썩거렸다. 영혼 없는 문장들만 지푸라기처럼 둥둥 떠다녔다. 눈에 보이지 않은 벽들이 생겼다. 집 안 공기가 살얼음이 낀듯했다.

단지 윤섭에 대해 이야기할 때만 의견이 대립되거나 일치하거나 했다. 아버지 자신의 문제나 어머니 자신 문제는 어느 순간부터 남의 사생활이 되었다. 가족이라기보다 쉐어하우스 생활이나 다름없었다. 한 공간에서 함께 잠을 자고 함께 밥을 먹는 일이 버거워졌다.

사실 세 사람이 함께 식탁에 앉는 일이 드물었다. 외식을 해도 윤섭에 대한 것 외에 다른 이야기는 하지 않았다. 아버지 상금 순위가 어디까지 올라갔는지, 현재 컨디션은 좋은지, 경기력이 어떤 상태에 놓여있는지 알지 못했다. 또한 어머니 숍이 잘 굴러가고 있는지, 어떤 취미활동을 하는지 대화하지 않았다. 각자 자기 앞에 놓여있는 음식을 입에 집어넣을 따름이었다. 음식 담긴 그릇이 비면 식사가 끝이

났다. 가족이 함께 밥을 먹는다기보다 혼자 식당에 온 사람들이 우연히 같은 테이블을 사용하는 느낌이랄까.

윤섭은 중학생이 되면서 아버지 어머니가 단지 생물학적 부모라는 생각밖에 들지 않았다. 어떤 예감에 항상 불안했다. 중학교 2학년 때, 그것이 닥쳐왔다. 윤섭을 괴롭히던 불안한 느낌이 실체를 드러낸 것이다. 아버지, 어머니가 이혼하기로 결정했다. 이미 어머니가 집을 나가버린 상태였다. 윤섭도 그러한 사실을 당연시하였다.

2학년 1학기 중간고사가 끝난 후, 어머니가 윤섭을 백화점 지하 1층에 있는 푸드코트로 불렀다.

"먹고 싶은 것 골라봐. 스테이크?"

"없어."

"식사해야지. 집에 가면 먹을 것 없잖아."

"있어. 아빠가 냉장고에 돈가스집 스티커 붙여놨어."

"엄마랑 오랜만에 만났는데, 우리 맛있는 것 먹자. 엄마가 우리 윤섭이 많이 사랑하는 것 알지?"

윤섭은 대답하는 것이 귀찮았다. 어머니에게 눈길을 주지 않고 다른 데를 보면서 대답했다.

"회전 초밥 먹을래."

"전문점 아닌데 괜찮아?"

"응."

초밥이 레인을 타고 나타났다. 손님들로부터 선택받지 못한 초밥 접시가 계속 빙빙 돌았다. 윤섭은 외롭게 돌고 있는 초밥 접시 중, 하나를 잡았다. 그렇게 몇 접시째 고르고 있는데 어머니가 말했다.

"맛있는 것 많은데, 왜 그런 것만 고르니? 저기 나오는 거, 저것 잡아."

"내가 먹고 싶은 것 먹을게. 엄마는 엄마 먹고 싶은 것 골라."

"애는 꼭 지 아빠처럼 말하네. 하여간 피는 못 속여."

윤섭은 초밥 고르던 손을 멈췄다. 어머니를 힐긋 봤다. 의자를 박차고 일어나고 싶었다. 의자를 빙빙 돌렸다. 행동으로 옮길까 말까. 주위를 살폈다. 숨을 훅하고 내쉬었다. 엄마는 안 닮았어? 하고 말하고 싶었지만 참았다. 꾸역꾸역 초밥을 삼켰다. 그때 어머니가 물었다.

"엄마는 우리 윤섭이랑 함께 살고 싶어. 넌 어때?"

윤섭은 고추냉이 덩어리가 목에 턱 걸린 것처럼 전신이 아렸다.

"아빠하고 살면, 네 아빠가 너무 힘들어. 지방 대회도 다녀야 되고 해서……."

어머니가 아버지의 어려운 여건들을 열거하면서 설득했다. 윤섭은 아무도 선택하지 않아 몇 바퀴째 돌고 있는 초밥 접시를 응시했다. 차라리 혼자 살고 싶었다.

"엄마가 아빠에 대해 언제부터 그렇게 관심 가졌어? 처음부터 신경 좀 쓰지."

"애 봐라. 지 아빠 편드네. 엄마가 니 아빠 땜에 얼마나 스트레스 받았는지 모르니?"

"엄마나 아빠나 다 똑같아. 맨날 자기만 옳다고 우기고, 싸우고. 내가 받는 스트레스 생각해봤어? 난 아빠, 엄마 다 싫어. 밉다고! 말하기 싫어. 나 혼자 살 거야."

"미안해. 엄마가 생각이 모자랐어. 하지만 이건 중요한 문제야. 앞으로 네 장래가 달린 거라고. 지금 당장 대답하지 않아도 돼. 잘 생각해봐. 윤섭이가 엄마 미워해도, 다시 말하지만 엄마는 우리 윤섭이랑 함께 살고 싶어."

윤섭은 아버지와 함께 살게 되었다. 아버지는 윤섭에게 의사를 묻지도 않았다. 윤섭과 함께 사는 것을 당연하게 여겼다. 하지만 윤섭은 조금 삐딱하게 생각했다. 어머니에게 줄 양육비가 없었기 때문이라고. 아버지의 현실이 그만큼 경제적으로 어려웠다.

아버지는 매일 술에 절어 살았다. 윤섭은 아버지가 자기를 버릴 것이라는 생각에 두려웠다. 자신이 아버지 골프화 속에 들어있는 돌조각처럼 생각되었다.

윤섭 또한 부모님처럼 살고 싶지 않았다. 특히 어머니와 헤어진 후, 힘들어하는 아버지를 볼 때마다 결혼이라는 계약에 얽매이지 말아야지 했다. 어른이 되면 어떤 관계도 맺지 않을 것이며, 혼자서 자유롭게 살 것이라고 마음먹었다.

아버지가 제주도로 골프 경기를 하러 떠났을 때였다. 윤섭은 아버지가 돌아올 때까지 혼자서 지냈다. 물론 그동안 학원은 자동으로 빼먹었다. 식사는 냉장고에 붙여둔 음식점 광고스티커를 보고 대충 배달시켜 먹었다. 하루 종일 컴퓨터게임을 했다. 싫증이 나면 거실에 퍼팅 매트를 펴놓고 퍼트연습을 했다. 윤섭은 작은 구멍에 공을 정확히 집어넣는 것이 좋았다. 누군가를 맨홀 속으로 밀어 넣는 기분이었다. 홀인이 됐을 때, 온몸으로 짜릿함이 퍼져나갔다. 텔레비전에서 아버지가 플레이하는 모습을 보고 싶었다. 골프 채널을 이리저리 돌렸지만 2부 투어 중계를 찾기가 어려웠다. 광고가 많이 붙는 1부 리그는 같은 경기를 몇 번이나 재탕하면서. 윤섭은 TV 화면을 보며 불공평하다고 화를 냈다. 퍼팅 연습을 하면서 KPGA 코리안 투어 챔피언십 중계를 봤다. 홀컵을 놓치고 아쉬워하는 선수들 모습이 화면 가득 클로즈업되었다. 아, 아쉽다. 아쉬워. 저런 어처구니없는 실수를. 퍼트는 돈이야. 아무리 화려한 스윙 실력을 가졌어도 퍼트가 안 되면 말짱 꽝이야. 아버지의 말투를 흉내 내며 중얼거렸다.

이틀 연거푸 결석했다. 담임선생에게서 전화가 왔다. 윤섭은 책가방에 골프공과 퍼터를 넣어서 학교에 갔다. 방과후에 인조 잔디가 깔린 운동장 구석에서 친구들과 마크 펜으로 홀컵을 그려놓고 공굴리기를 했다. 처음부터 내기할 생각은 아니었다. 친구들 앞에서 퍼트 실력을 자랑하고 싶었을 뿐이다. 아이들이 퍼팅을 해보려고 몰려들었다. 윤섭이 제안을 했다.

"내기 할까? 한 판에 천 원. 여기 동그라미 속에 집어넣기."

여기저기서 '콜' 하고 외쳤다.

"동그라미에 구멍 파자 진짜 홀컵처럼."

누군가 커터 칼을 꺼냈다.

"골프장 가면 홀컵에 공 들어가야 스코어가 카운트 돼."

아는 체하는 소리도 들렸다.

"직접 가봤니? 난 골프 중계에서 봤어. 좆나 어렵대."

다른 아이가 말을 받았다.

"지금부터 시작이다. 구멍 속에 넣는 사람이 다 먹는 거야. 아무도 못 넣으면 다음 판으로 넘어가는 걸로."

가위바위보로 퍼팅 순서를 정했다.

천 원짜리가 눈 굴리듯이 늘어났다. 쉬울 것 같았는데 구멍 속으로 공이 잘 들어가지 않았다.

"씨발, 왜 안 들어가. 학원버스 올 시간 다 됐어."

"나도. 돈 어떻게 할 거야? 그냥 돌려주자."

"그러면 재미없어. 남은 사람끼리 계속 하는 거다."

"1/n로 나누자."

윤섭이 1/n로 나누자고 말했다.

경호가 맨 먼저 가방을 메고 뛰어가면서 소리쳤다.

"내일 또 가져와. 다시 한번 붙자."

그다음 날도, 또 그다음 날에도 방과 후에 운동장 구석에서 모였다. 날이 갈수록 판돈 액수가 커졌다. 퍼팅 거리가 길어졌고 규칙도 더 많이 생겼다. 모두 퍼팅 자세가 좋아졌다. 인터넷에서 검색한 퍼팅 방법을 달달 외우는 아이도 있었다. 학원버스가 와도 아무도 뛰어가지 않았다.

경호가 어드레스를 했다. 현재 돈을 제일 많이 잃었다. 한방에 먹겠다고 공과 구멍을 번갈아가며 노려봤다. 새빨개진 얼굴에 땀방울이 번질거렸다. 다른 아이들에 비해 시간을 두 배나 더 끌었다. 경호는 비만형에 원래 동작이 굼떴다. 퍼터를 잡은 두 손을 부들부들 떨었다. 윤섭이 짜증 섞인 목소리로 재촉했다.

"찌레기, 너무 시간 끌지 마. 10초 안에 못 넣으면 실격이다."

다른 아이가 핸드폰 스톱워치를 켰다.

"실격!"

경호가 퍼터를 휙 던져버렸다. 윤섭이 경호의 종아리를 걷어찼다. 둘이서 몸싸움을 벌였다.

아파트 옥상에서 경호가 뛰어내렸다. CCTV에 찍힌 경호는 옥상에서 오랫동안 배회했다. CCTV를 지켜보던 경비가 119에 신고했지만 이미 늦었다. 경호는 흰색 데이지꽃이 소복한 화단에서 발견됐다. 검붉은 핏덩이가 데이지꽃을 붉게 물들였다.

경호는 공부를 잘했다. 전교 최상위권은 아니지만 항상 상위권에 들어갔다. 아이들은 경호를 찌레기라고 불렀다. 찌레기라는 말에는 숨은 의미가 들어있었다. 경호 어머니가 어느 중학교에서 청소원으로 일하고 있었다. 경호는 찌레기라고 불리면 경기를 일으켰다. 성난 곰처럼 물불을 가리지 않고 덤볐다. 그것이 재미있어서 아이들이 더욱더 찌레기라고 놀렸다.

윤섭과 경호는 아파트 옥상에서 자주 만났다. 둘은 옥상에서 길고양이를 데리고 놀았다. 때로는 윤섭이 피우던 담배를 경호와 나누어 피우기도 했다. 윤섭과 몸싸움을 한 날 밤에 경호가 옥상에서 보자고 했다. 윤섭은 경호 전화를 받고 옥상으로 올라갔다. 경호가 먼저 올라와 있었다. 경호가 담배를 달라고 했다.

"피우자."

"응, 여있어."

"너, 그것 먹어본 적 있어?"

"왜?"

"마실까?"

윤섭은 경호의 얼굴을 살폈다.

"시발, 학원에서 전화가 왔어. 며칠 결석했다고. 엄마가 팔팔 뛰어 집에서 뛰쳐나왔어."

"돈 빼앗긴 거 애기하지 않았지?"

"물론이지. 그것까지 애기했다간 끝이라고."

윤섭이 경호를 데리고 물탱크 뒤쪽으로 돌아갔다. 윤섭만 아는 비밀공간이다. 구석에 감춰뒀던 각성제가 든 깡통과 아직 따지 않은 소주병을 꺼냈다. 둘은 소주에다 각성제를 타서 마셨다. 술을 마시며 경호가 윤섭에게 시비를 걸었다. 낮에 학교에서 빼앗긴 돈에 대해 분이 풀리지 않은 모양이었다.

"씹새, 돈 내놔."

"돈? 그딴 거 이미 끝난 거잖아. 찌레기, 그것 땜에 옥상에서 보자고 했냐?"

"죽여 버릴 거야."

경호가 어퍼컷을 날렸다. 윤섭은 머리가 멀리 날아가는 줄 알았다. 윤섭이 휘청거리다 경호의 종아리를 걷어찼다. 경호가 털썩 주저앉았다. 배관 파이프에 쪼그리고 앉아 두 사람을 지켜보던 길고양이가 울면서 도망쳤다. 윤섭은 경호의 엉덩이를 한 번 더 걷어차고 욱신거리는 턱을 감싸 쥐고 옥상에서 내려와 버렸다. 그리고 게임에 열중했다.

바람이 창문을 거세게 흔들었다. 윤섭은 바람소리를 듣지 않으려고 헤드폰을 꼈다. 하데스를 탈출하기 위해 괴물들을 쏴 죽였다. 119 구급차 소리가 들렸다. 은신처에 숨은 괴물이 피를 흘리고 쓰러졌다. 윤섭은 환호성을 질렀다. 사이렌 소리가 엄청 시끄러웠다. 베란다 창문을 열고 바깥을 내려다봤다. 경광등 불빛이 번쩍였다. 불빛이 번쩍일 때마다 나뭇가지가 몸부림치는 것이 보였다. 18층에서 길바닥이 자세히 보이지 않았다. 베란다 창문을 닫았다. 괴물들을 향해 계속 사격을 했다.

학교가 발칵 뒤집혔다. 윤섭의 아버지가 학교에 불려왔다. 교장실에서 경호 어머니가 윤섭 아버지 재킷을 잡아당기며 대들었다.

"내 아들 살려내! 내 아들 살려내. 당장 살려내라고!"

"제가 잘못했습니다. 제가 죽을죄를 졌습니다. 바쁘다 보니까 미처 아이에게 신경을 못 썼습니다."

윤섭 아버지가 꿇어앉아서 잘못했다고 두 손을 비볐다.

경호 어머니가 데굴데굴 굴렀다. 담임선생이 경호 어머니를 교장실 밖으로 데리고 나갔다. 교장이 윤섭의 아버지에게 위압적으로 말했다.

"아버님이 왜 오셨는지 아시겠죠? 요즘 중학생들이 얼마나 예측불허인지 잘 아시죠? 부모님이 조금만 신경을 쓰지 않으면 무슨 일을 저지를지 몰라요. 윤섭이 학교생활이 어떤지 아세요? 민원이 들어왔어요. 아이들이 학교에서 도박을 한다고요. 말이 됩니까? 자체 조사에 의하면, 몇 몇 아이들이 학교 운동장에서 퍼팅 게임을 했어요. 그것도 돈내기를. 윤섭이 퍼터를 학교에 가져왔고, 경호라는 아이와 함께 놀이를 했다고 합니다. 연관성에 대해서, 학교에서 여러 방면으로 조사를 했어요. 극단적 선택을 한 아이의 동기 속에 윤섭과 함께 한 퍼팅 게임도 일부분 작용하지 않았다고 할 수는 없어요. 그리고 교내 도박도 문제이지만, 퍼터 같은 것은 언제든 흉기로 변할 수가 있어요. 교실에서 우발적인 사고가 많이 일어나거든요. 아이들끼리 다툼이 벌어지면 책임지기 어려운 상황이 안 일어나란 법이 없어요. 지금도 그런 경우죠. 사건의 심각성을 놓고 볼 때 윤섭이 벌을 크게 받아야 합니다.”

“무어라고 드릴 말이 없습니다. 제 책임이 큽니다. 다시는 퍼터 학교에 가져가지 않도록 하겠습니다.”

다시 교장실로 돌아온 담임선생이 대책을 세우라는 어조로 말했다.

“경호가 다행히 윤섭이 이야기를 직접 하지는 않은 것 같아요. 경호 어머님도 다른 사람을 통해 퍼트 놀이에 대해 알았고요. 다행히 그날 아파트 옥상에서 두 사람이 함께 있는 장면이 CCTV에 찍혔지만, 윤섭이 옥상에서 내려온 후에 경호 혼자 옥상에서 서성이는 모습이 남아있대요. 그래서 그나마 직접적인 책임은 면할 수 있었어요. 학업 스트레스로 가닥이 잡히고 있긴 하지만 경호 어머님이 어떻게 나올지, 결과는 아무도 몰라요. 학폭위에서 등교정지를 시켜야 한다는 이야기가 있었어요.”

윤섭의 전학이 결정되었다.

아버지가 선수 생활을 접었다. 골프장 페어웨이를 관리하는 회사에 취업했다. 아버지와 윤섭은 골프장이 있는 춘천으로 이사 가기로 했다. 마지막으로 교문을 걸어 나오면서 아버지가 윤섭 손을 잡으며 눈을 찡긋했다.

퇴근 후에 아버지는 윤섭에게 직접 골프를 가르쳤다. 윤섭은 그때가 가장 행복했다.

나비가 되고 싶었어

주변 상가건물 옥상으로 쌍안경의 초점을 옮겼다. 윤섭이 포스빌 지하 실내골프연습장에서 티칭프로 생활을 할 때 옥상에서 자주 내려다봤던 곳이다. 옥상에서 담배를 피우기 위해 하루에도 두세 번씩 올라갔었다. 그래서 주변 상가건물 옥상 풍경이 익숙하다. 쌍안경으로 상가건물 옥상을 관찰할 때마다 렌즈 속으로 걸어 들어오는 한 남자가 있었다. 그 남자를 찾았다. 남자가 보였다. 남자가 핸드폰을 귀에 대고 통화를 하면서 옥상 가장자리로 다가갔다. 통화를 끝낸 남자가 핸드폰을 바지 뒷주머니에 넣고 두 손으로 난간을 짚었다. 윤섭은 마른침을 삼켰다. 한동안 아래를 내려다보던 남자가 난간에 등을 기대고 서서 담배를 피웠다. 남자가 담배를 피우지 않은 손을 폈다 오므렸다 했다. 바람이 담배 연기를 건물 아래로 밀어 떨어뜨렸다. 남자가 담배꽁초를 난간에 문질렀다. 쓰레기통에 꽁초를 버렸다. 그리고 몸을 돌려 난간 아래를 다시 내려다봤다. 윤섭은 초조하게 남자의 등을 지켜봤다. 남자가 쌍안경 속에서 난간에 다리를 걸쳤다.

순식간에 쌍안경 밖으로 나가버렸다.

　남자는 두 달 전쯤부터 옥상에서 배회했다. 쌍안경으로는 나이를 정확히 가늠할 수 없었다. 옷차림으로 봤을 때 샐러리맨으로 보이지 않았다. 그렇다고 노숙자의 모습도 아니었다. 신도림역 지하도에서 흔히 볼 수 있는 어중간한 평상복차림이었다. 하여튼 세련되었다거나 싱그러운 분위기는 찾을 수 없었다. 그렇게 볼 때 남자는 직업이 그저 그런 사람일 가능성이 높았다. 아니면 기러기 아빠인지도. 얼굴에 피곤이 덕지덕지 쌓였다. 쌍안경 렌즈를 통해 전해지는 느낌이 매우 불길했다.

　처음에는 담배를 피우기 위해서 옥상으로 올라오는 줄 알았다. 그런데 남자의 루틴이 일정했다. 나타나는 시간도 일정하지만, 남자는 항상 누군가에게 먼저 전화했다. 통화를 끝낸 다음에 담배에 불을 붙였고. 담배를 입에 문 남자는 옥상 가장자리로 다가갔다. 난간에 등을 기댄 채 연기를 한숨처럼 뿜어냈다. 윤섭은 남자에게서 자신의 모습을 봤다.

　KPGA 첫 대회인 AB손해보험오픈에서 컷오프를 당했다. 발목골절부상이 완전히 회복되지 않은 상태에서 출전했던 것이다. 사람들은 결과만 가지고 평가했다. 그 결과가 나오게 된 과정을 거슬러 올라가는 것에 인색했다. 불편한 진실까지 들여다보고 싶어 하지 않았다. 현실이 녹록지 못한 탓도 있을 것이다. 아니면 타인의 속내와 마주칠까 봐 깊이 들어가는 것에 주저할 수도. 결국 과정은 당사자의 몫이었다.

서영도 마찬가지였다. 최대한 무관심한 척했다. 윤섭은 때로 그것이 편했다. 너무 밀착되기보다 적당한 거리를 두는 것이 숨 쉬기 수월했다. 하지만 과정을 안다면 바라보는 눈빛이 달라져야 한다. 격려의 말보다 이해가 전제되어야 하는 것이다. 감정은 몸짓으로 드러나기 마련이다. 감춘다고 감춰지는 것이 아니다. 예기치 않은 순간에 어떤 형태로든 상대를 자극한다. 윤섭은 아버지가 어머니에게 그랬듯이 서영의 눈빛이 견디기 힘들었다. 이해가 전제되지 않은 동정은 상대에게 수치심만 안겨줄 뿐이다. 오히려 감정을 돌덩이처럼 만드는 촉매제 역할을 했다. 쿠션이 없는 상태에서 혹 들어오는 상대의 말 한마디는 의욕을 꺾어놓기 딱 좋았다.

서영과 얼굴을 마주하면 주눅이 먼저 들었다. 말로 표현되지 않은 것은 얼마든지 오해의 여지가 있었다. 서로의 마음을 알면서도 모르는 척, 어떠한 호의에도 관심 없는 척했다. 행동의 반복을 통해 만들어지는 것이 습관이라고 한다. 무덤덤한 척하는 동작이 어느 순간부터 몸에 배었다. 버릇이 되어버렸다. 마음은 그렇지 않은데 어조가 부드럽지 못했다. 표현을 매끄럽게 하기 위해 매번 헛기침으로 목을 풀어야 했다. 요즘 들어 서영의 오피스텔을 방문하는 날이 점점 줄어들었다.

하루는 옥상 난간에 기대서서 담배를 피웠다. 별 생각 없이 꽁초를 난간에 비벼 꺼서 아래로 팽개치듯 던졌다. 난간 아래로 떨어지는 꽁초가 윤섭 자신의 몸뚱어리로 보였다. 가볍게 몸을 날리면 고통에서 벗어날 수 있을 것 같았다. 뛰어내리라는 환청까지 들렸다. 윤섭은 난간을 짚고 발을 올렸다. 몸이 균형을 잃고 휘청거렸다. 옥상 바닥을 딛고 있던 다리가 꺾였다. 옥상 바닥에 털썩 주저앉았다. 중학교 때 옥상에서 뛰어내린 경호가 생각났다. 경호의 목소리가 말했다.

'나는 나비가 되고 싶었어. 꽃들 사이에 사뿐히 내려앉으면 행복할 것 같았거든. 하루하루가 지옥이었어. 찌레기라는 별명에서 벗어나고 싶었고, 어머니 잔소리, 담임선생, 학원선생의 눈 흘김으로부터도. 그런데 무서웠어. 매일 밤 길고양이를 따라서 옥상 난간을 빙빙 돌았어. 너하고 한 판 붙었던 날, 드디어 발을 난간에 걸쳤어. 심장이 폭발하는 줄 알았어. 로켓발사 순간 봤지? 거센 회오리바람이 나를 밀어 올렸어. 그 순간 껍질을 벗고 나비가 된 거야. 너도 뛰어내려. 뛰어내려야 나비가 될 수 있어.'

윤섭은 숨소리조차 낼 수 없었다. 피투성이가 된 경호 얼굴이 눈앞에 있을 것 같았다. 경호의 목소리가 사라질 때까지 눈을 감고 기다렸다.

얼마나 무서웠을까. 경호도 막상 뛰어내릴 때, 자기의지로 그렇게 하지 않았을 것이다. 갑자기 불어온 바람에 떠밀렸을 거다. 아니면 길고양이를 붙잡으려다 발을 헛디뎠는지도. 윤섭은 옥상 바닥에 주저앉은 채 얼굴을 감쌌다.

경호가 죽었을 때였다. 담임선생이 교실에 들어와서 경호가 이제

학교에 오지 못한다는 것을 알렸다. 윤섭은 눈물이 나오지 않았다. 여자아이들이 우는 소리에 도리어 짜증이 났다. 자기 때문에 경호가 죽었다고 할까 봐 두려웠다. 담임선생 입에서 각성제라는 말이 튀어 나올까 봐 몸을 잔뜩 웅크리고 지켜봤다. 경호 자리를 곁눈질로 흘끔거리면서 속으로 중얼거렸다. 나 혼자 돈 다 먹지 않았어. 다른 아이들도 땄잖아, 어퍼컷은 경호가 먼저였어, 하고. 여차하면 윤섭도 경호처럼 죽어버릴 거라고 생각했다. 담임선생이 아버지에게 전학을 권유했다. 윤섭은 그때 그 말이 무슨 의미인지 몰랐다. 아버지가 춘천으로 이사 가게 되었다고 했을 때, 오히려 좋아했다. 홀가분한 기분마저 들었다. 경호가 생각나지 않은 곳으로 도망치고 싶었다. 윤섭은 그날부터 옥상 바닥에 쪼그리고 앉아서 담배를 피웠다.

남자가 담배꽁초를 쓰레기통에 던져 넣고 몸을 돌려 옥상 아래를 내려다봤다. 윤섭은 밑으로 내려다보는 남자의 뒷모습을 바라봤다. 쌍안경 속 남자의 뒤통수에 대고 '제발' 하면서 침을 삼켰다. 남자는 윤섭의 말을 듣기라도 하는 것처럼 그때마다 옥상 가장자리에서 물러서곤 했다. 남자가 빠른 걸음으로 옥상 문 안으로 들어가면 윤섭도 그제야 옥상에서 내려왔다.

다음 날이 되면 어김없이 윤섭은 쌍안경을 들고 그 상가건물 옥상을 훑었다. 남자를 만나면 반가워서 소리라도 치고 싶었다. 남자도 윤섭의 존재를 아는 것처럼 쌍안경 속에서 손을 흔들기도 했다. 그러면 윤섭도 남자에게 마주 손을 흔들어줬다.

하루는 윤섭이 남자에게 대화를 시도했다. 이쪽 봉우리에 갇힌 사람이 야호, 하면 저쪽 봉우리에 갇힌 사람에게로 메아리치듯이. 윤섭의 목소리가 허공을 건너가는 삭도처럼 바람을 타고 가서 남자에게 전달될 것이라 생각했다. 남자에게 간곡히 물었다. 왜, 옥상에 올라옵니까? 남자가 대답 대신 수줍게 웃었다. 윤섭은 계속해서 말했다. 제발 전화만 걸고 담배만 피우세요. 전화 걸고 담배 피우기에 옥상 만한 곳이 없죠. 명당이에요. 아무에게도 방해 받지 않고 전화기에 대고 마음껏 소리칠 수 있죠. 담배 연기도 얼마나 자유롭게 흩어지는지. 나만 아니라 당신도 그렇게 생각했을 것 같습니다. 하지만 옥상 가장자리에서 밑으로 내려다보는 당신 뒷모습을 보고 있기가 괴로워요. 제발 옥상 아래로 머리를 쑥 내밀지 말라고요. 당신의 뒷모습이 너무 무서워요. 망설이고 있는 뒤통수에서 당신 고통이 읽혀요. 우리는 갇혔어요. 나는 이쪽 봉우리, 당신은 그쪽 봉우리에. 윤섭은 자신을 원룸 옥상에 갇히게 한 왼쪽 발목을 내려다봤다. 그리고 다시 간절하게 말했다. 우린 친구예요. 점점 당신이 내 속으로 들어오고 있어요. 제발 당신 뒷모습을 지켜보는 또 다른 사람이 있다는 것을 생각하세요. 고독한 친구.

잠시 후, 119구급차가 그 상가건물 앞에 멈춰 섰다. 윤섭은 쌍안경을 내리고 진저리를 쳤다.

렌즈 초점을 돌렸다. 옥탑방 형제들이 들어왔다. 탁구게임을 하면서 해맑게 웃어댔다. 구김살 없는 개구쟁이들을 관찰하면서, 정인의 수줍은 미소를 떠올렸다. 훈탁 씨가 윤섭에게 골프레슨을 부탁한다는 말을 할 때, 간절한 표정으로 바라보던 것이 생각났다.

윤섭은 독학으로 골프를 배우고 있다는 정인이 이해가 되지 않았다. 게다가 그냥 골프를 즐기겠다는 것도 아니고. 꿈이 골프선수라고 했을 때, 속으로 한숨이 나왔다. 윤섭도 첫 우승에 대한 압박감 때문에 현재 슬럼프 상태이다. 정인에게 헛된 희망을 가지게 하고 싶지 않았다. 경제적 뒷받침 없이 골프선수가 된다는 것은, 굼벵이가 매미가 되는 것과 같은 것이다. 영혼을 갈아 넣는 노력은 물론이고, 끈기와 인내의 시간을 견뎌내야 한다. 순간순간 절망감을 안겨줄 자기 환경의 한계를 넘어설 수 있어야 하는 것이다. 윤섭은 솔직히 가르칠 자신이 없었다. 자기 자신이 정인의 고통을 견뎌내지 못할 것 같았다. 발목부상이 재발한 뒤에 수원 그린필드CC에 가질 못했다. 훈탁 씨를 한번 만나야겠다는 생각이 들었다.

타임캡슐

KPGA 상반기 투어가 막바지에 이르렀다. 상반기 투어를 포기했던 윤섭은 하반기 투어를 위해 몸만들기에 들어갔다. 부상당했던 왼쪽 발목이 많이 좋아졌다. 윤섭은 필드 적응 훈련을 하려고 훈탁 씨에게 부탁했다. 가끔씩 윤정인에게 레슨을 해준다는 조건을 붙였다. 수원 그린필드CC에서 예전처럼 틈새 시간을 이용해 연습 라운드를 시작했다.

차를 몰고 수원으로 가고 있는데, 현규의 메시지가 떴다.

-경주 올 수 있어? 공 한 번 치자.
-바쁜데. 스케줄 확인해 봐야 돼.

윤섭은 하반기 투어에 대비하여 스케줄을 촘촘하게 짜 놓았다. 서영하고 외식하는 시간도 아꼈다.

-지우가 오랜만에 함께 라운드 한 번 하자는데.

-지우가?

윤섭은 지우가 라운드 하자고 한다는 말에 의아했다. 홍 사장 팀하고 경주에 갔을 때, 도저히 만날 수 없었다. 만나고 싶다는 메시지를 몇 번이나 썼다가 지우고 다음으로 미루었다. 지금도 마찬가지다. 지우에게조차 동철과 비교당하고 싶지 않았다. 첫 우승 뒤로 미루고 싶었다. 현규의 메시지가 계속 떴다. 윤섭은 댓글을 달지 않았다.

-그래. 뭐가 그렇게 바쁘냐?

현규 댓글에 짜증이 섞였다.

-그건 아니고. 좀 바쁘긴 해.

현규는 지우에 대한 윤섭의 마음을 모를 것이다. 오히려 지우 바라기인 현규가 짝사랑의 괴로움을 늘 토로했으니까. 현규는 윤섭이 자기편이라 믿었다. 그래서 윤섭에게 동철에 대한 질투심을 숨김없이 드러내곤 했다. 윤섭은 현규에게 자기 마음을 들킬까 봐 망설이는 것이 아니다. 타임캡슐을 미리 깨뜨리는 기분이었다. 준비 없이 타임캡슐을 열었을 때, 그다음에 일어날 일을 감당할 수 없을 것 같았다.

현규에게 둘러댈 말을 찾았다. 현규의 독촉이 카톡에서 전화로 바뀌었다. 전화기 속에서 현규의 재촉하는 목소리가 흘러나왔다. 지우와의 필드 라운드에 현규 목소리가 한껏 들떠있었다. 윤섭은 목소리에서 감정을 뺐다. 톤을 납작하게 만들었다. 현규가 눈치 채지 않기를 바라며 말했다.

"알았어. 스케줄 조절해 볼게."

"뭘 망설여. 연습 라운드라고 생각해. 우리도 한때는 괜찮은 선수였다고. 페이스메이커 역할 충분히 할 수 있어. 다음 주 수요일이야. 나도 그날 레슨 비웠어."

"그럴게."

"이왕이면 화요일 밤에 경주에서 먼저 한잔 어때?"

"지우도 함께?"

"물론이지. 지우 아직 경주 있어. 걱정할 것 없어. 티업은 1부 마지막 타임이래. 밤에 마셔도 돼. 나도 오후 연차 내고 갈게. 아 참, 서영 씨도 함께 올래. 서영 씨 공 좀 치지?"

"공은 쳐. 그런데 숍 비우고 가긴 힘들 거야. 알면 오히려 나에게 못 가게 할지도 몰라. 혼자 가는 것이 편해."

"그럼, 그래라. 대단한 스폰서 두어 좋겠다. 그때 보자."

현규와 통화를 끝낸 윤섭은 지우 얼굴을 떠올렸다. 서영에게 조금 미안했지만. 사실, 침대에서 서영을 안고 있으면서 지우를 생각할 때가 종종 있었다. 그때마다 동철에 대해 질투심이 일어났다. 골퍼로서 질투심이 아니었다. 동철이 PGA에서 뛰면 지우도 미국으로 가버리는 것이 아닐까 싶었다. 서영을 안고 지우가 미국으로 떠날까 봐 걱정하는 자신이 우스워 머리를 흔들어버리지만. 지우와 동철이 아직도 사귈까? 궁금했다.

화요일 밤에 경주역에서 내렸다. 현규가 마중을 나왔다. 황리단길 안에 있는 작은 양주 바에서 지우를 만났다. 지우 웃음이 여전했다. 골프선수 시절보다 훨씬 세련되었다. 예술가 분위기가 물씬 풍겼다. 낡은 카키색 빅 사이즈 남방에 같은 계열색의 와이드 면바지를 입었다. 나름 생활이 재미있어 보였다. 지우와 악수를 하면서 윤섭이 첫마디를 던졌다.

"여전하구나. 좋아 보여. 어떻게 지내?"

"반가워. 너도. 바쁘게 지내. 지금 대능원에서 '천마총 발굴 50주년 기념행사' 중이야. 있다가 대능원에 가자. 우리 팀이 맡은 것은 설치미술 파트야. 디지털아트 팀과 합작이지만. 그곳에서 하루 종일 일하다가 왔어."

"그런 지자체 행사에도 참여해? 골프도 잘 쳤는데, 그쪽 분야 커리어가 대단한가 봐."

현규가 대화에 끼어들었다.

"그때 맡았다던 프로젝트가 그거였어?"

"응. 아니, 다른 거 또 있어. 그것은 내년에 필드에 설치될 거야. 지금은 아직 시뮬레이션 중이고."

현규 말투에 두 사람이 서로 터놓고 지낸다는 암시가 담겼다.

"똥철이 전화 요즘도 오니?"

현규의 물음이 뜻밖이었다. 윤섭은 술잔을 들여다보는 척했다. 지우 대답이 어떻게 나올까 궁금했다. 지우가 잔을 비우면서 뜸을 들였다. 현규가 한 번 더 물었다. 술에 약한 현규 목소리에서 벌써 취기가 묻어났다.

"지우 너, 내 마음 알아? 몰라?"

지우가 현규에게서 떨어져 앉으며 웃었다. 현규가 지우를 째려보면서 다시 물었다.

"고등학교 때부터 내가 너 바라기였다는 거 알았어? 몰랐어?"

"알아. 안다고. 바라기가 너 하나뿐이었겠니? 특히 김현규라는 스토커가 얼마나 불편했는지 넌 모르지?"

두 사람이 티격태격했다. 윤섭은 끝내 지우의 대답을 못 들은 것이 아쉬웠다. 그렇다고 현규가 실패한 질문을 되풀이 하고 싶지 않았다. 이야기는 지우의 아트생활로 넘어갔다. 지우는 골퍼에서 설치미술로 바꾼 것에 대해 후회가 없다고 했다. 설치미술 쪽도 나름 승부욕을 자극한다고. 지우 목소리에서 설치미술 판에서 자리를 잡아가는 자신감이 느껴졌다.

윤섭은 옆에 앉은 고양이를 쓰다듬었다. 새까만 고양이털 촉감이 수면 잠옷을 만지는 것 같았다. 지우가 술안주로 나온 육포를 고양이 입에 넣어줬다. 40대로 보이는 남자 사장이 고양이가 바의 마스코트라고 말했다. 상호명이 '캣양주바'였다.

그들이 잡담하면서 꼬냑 한 병을 다 비워갈 무렵에 동철이 나타났다. 윤섭과 지우는 고양이를 만지며 마주 보고 웃었다. 동철이 바 안으로 들어오는 것을 현규가 먼저 보고 놀라면서 인사했다.

"어, 동철이, 네가 어떻게?"

"내가 니네들 초대했는데, 몰랐냐?"

그제야 윤섭도 동철을 발견했다. 지우는 동철을 보고 웃기만 했다. 윤섭이 머뭇거리고 있는데 동철이 먼저 윤섭에게 인사했다.

"서영 씨는 함께 안 왔어?"

윤섭은 대답 대신 고개를 끄덕였다. 윤섭의 반응에 개의치 않고 동철이 덧붙였다.

"네 여친 궁금했거든. 지우만큼 예뻐?"

동철이 지우를 바라보며 물었다. 지우가 샐쭉해지며 동철에게 항의하듯 불평했다.

"얘는, 거기서 왜 내가 나와. 사람 기분 나쁘게 말하는 것은 여전하네."

"그렇게 들렸다면 미안해. 난, 그냥 궁금해서. 니네도 궁금하지 않아?"

"하나도 안 궁금해. 넌, 무엇이 그렇게 궁금한데. 그런 것 궁금해 하는 것은 실례야. 타인의 사생활에 너무 깊이 개입하는 건 사생활 침해라고. 아무리 친구 사이라도."

지우가 동철의 말에 쐐기를 박았다. 갑자기 분위기가 가라앉았다. 윤섭은 기분이 나빴지만 겉으로 드러내지 않고 동철에게 물었다.

"서영 씨하고 지우를 단순 비교하는 것은 여성 모독이야. 그건 그렇고, 네가 우리를 초대했다는 말은 무슨 의민데? 난 지우가 부킹한 줄 알았어. 현규가 분명히 그렇게 말했는데. 그렇지 않아?"

말을 끝낸 윤섭이 현규를 건너다봤다. 현규 표정도 예상 밖이라는 얼굴이다. 지우가 동철을 바라보며 말했다.

"동철이 미국 가기 전에 작별 인사하고 싶대. 그래서 우리 예전처럼 라운드 한 번 하자고 내가 그랬어. 그때 생각 많이 났거든. 동철이 아버지 도움 많이 받았고. 재미있었고. 난 이제 골프 떠났어. 앞으로 너네들하고 함께 필드 가는 일은 없을 거잖아. 그래서야. 별 생각 없이 부킹했는데 괜찮겠지? 너네들 바쁜 시간 빼앗은 것 같아 미안해. 동철이 서울에서 만나자고 했는데, 내가 경주를 떠날 수 없어서야. 지금 행사 기간이라서 그래."

"너, 7월 달에 투어 없어? 언제 가는데?"

현규 얼굴이 밝아지며 동철에게 물었다. 그러고 보니까 벌써 6월 마지막 주였다.

"7월은 신청하지 않아. 휴식 좀 하려고. 생각 정리할 시간을 갖고 싶었어. 하반기 시즌 새로 시작되면 시간 내기 어렵고, 시즌 끝나면 미국 갈 준비하느라고 바쁠 것 같아서. 앞으로 너네들 만나기 힘들 것 같아. 고등학교 때 날 좋아하는 친구들 많았어도, 내가 좋아하는 친구들은 너희들뿐이야. 니네들도 그렇지?"

동철을 뺀 나머지 세 사람 얼굴에 묘한 웃음이 번졌다가 사라졌다. 현규가 동철의 말을 끊었다.

"자뻑은 여전하네. 바쁘겠네. 아무튼 고맙다. 나 같은 루저를 아직도 절친으로 생각해주니. 결혼은 미국서 하겠네. 요즘 KPGA 애들 빨리 결혼하는 것 같던데."

말을 끝낸 현규가 지우를 바라봤다. 지우 표정은 무덤덤했다. 동철의 시선이 지우에게 잠시 머물렀다가 현규 말에 대꾸했다.

"난, 친구 사귈 때 가리지 않아. 우리 아버지가 항상 친구들은 다양해야 좋다고 하셨어. 난, 니네하고 라운딩 할 때가 제일 재미있었어. 마음이 가장 편했어. 특히 현규, 넌 아주 괜찮은 녀석이야. 사람들 기분 잘 맞춰주잖아. 눈치 없는 윤섭보다 네가 훨씬 편했어. 그 대신에 윤섭은 내 실력을 점검할 수 있는 라이벌이었고."

현규가 술잔을 거머잡았다. 얼굴이 똥 씹은 표정이다. 윤섭은 안고 있던 고양이 귀를 꽉 잡아당겼다. 고양이가 송곳니를 드러내며 야옹, 하고 소리를 질렀다. 카운터에 앉아 있던 사장이 건너다봤다. 윤섭의 품에서 뛰어내린 고양이가 카운터 위로 뛰어올라갔다. 그리고 고개를 돌려 윤섭을 노려봤다. 윤섭은 미안한 얼굴로 고양이에게 손을 흔들어 보였다. 현규가 어깨를 으쓱했다. 동철이 말을 이어갔다.

"결혼은 아직. PGA 입단이 최우선 목표야. 여유 시간도 없을 거고."

동철이 말을 하면서 지우의 표정을 계속 살폈다. 현규 시선도, 윤섭의 시선도 지우에게로 쏠렸다. 지우도 세 남자 시선이 자기에게 집중되고 있다는 것을 의식했는지 벌떡 일어나 화장실로 가버렸다. 윤섭은 동철에게 할 말이 없었다. 단지 동철의 계획이 부러웠다. 동철이 혼자서 말을 이어갔다. 현규는 짜증이 잔뜩 담긴 표정을 짓고 있었다. 화장실에 다녀온 지우가 화제를 바꾸었다.

"시간이 벌써. 이제 가봐야 돼. 자릴 너무 오래 비운 것 같아. 내일도 낮 시간 비웠거든. 너네들끼리 더 마실래?"

"아니 그만 일어나자."

윤섭이 말했다.

"지우 보내고 난 다음 다시 생각해보자."

동철이 계산을 하면서 말했다.

네 사람은 대능원 쪽으로 이동했다. 주중의 밤인데 관람객이 북적였다. 지우 말에 의하면, 밤 10시까지 무료 개방이라서 가족 단위 산책객들이 많다고 했다. 게다가 지금은 천마총 발굴 50주년 기념행사 중이라서 특별한 볼거리와 즐길 거리가 풍성하다고 한다.

미추왕릉 뒤쪽 소나무 숲으로 들어갔다. 지우네 팀이 작품 '천년의 빛을 쏘아 올리다'를 디스플레이하고 있었다. 첨성대가 신라시대 별자리를 관측하는 천문대 역할을 했다는 주제로 재현한 작품이었다. 설치미술팀과 디지털아트팀의 협업으로 탄생한 첨성대에서 신라시대 별밤을 바라봤다. 현대 예술가들이 창조해낸 별들이 대능원의 까만 허공에서 반짝였다. 유치원생 남자아이들이 소나무 숲속에 쏟아져 내리는 유성우를 보고 탄성을 질렀다. 지우는 세 남자에게 내일 보자는 인사와 함께 손을 흔들고, 설치미술팀에 합류했다. 윤섭과 현규의 눈치를 보던 동철이 지우 옆에 붙어서며 그곳에 남겠다고 했다.

언제까지 너 부러워해야 하니?

윤섭과 현규는 대능원을 한 바퀴 돌았다. 북문 출구로 걸어 나오면서 현규가 사람들이 줄을 길게 서 있는 곳을 가리켰다. 황리단길에서 점집거리였다. 현규가 윤섭의 팔을 잡아끌었다.

"우리도 점 쳐볼까? 재밌잖아."

"난 흥미 없어. 어디 들어가서 한 잔 더 하자."

"옛날부터 이곳이 점치는 거리로 유명했대. 기분 나쁘지 않아? 똥철이 새끼. 지우 옆에 달라붙는 거 좀 봐. 책임질 것도 아니면서. 곧 미국으로 날아버릴 놈이. 시바, 되는 놈은 좆나 쉬운 것 같은데. 난, 인생이 왜 이렇게 안 풀려. 자꾸 꼬이기만 하고 미쳐버리겠어. 왠지 알고 싶지 않아? 네가 더 궁금할 것 같은데. 언제 우승컵 들어 올릴지. 난 가끔씩 이런 데라도 가보고 싶었어. 근데 나 혼자서는 쪽팔려서."

"난 싫어. 그런 것을 왜 점쟁이한테 물어보냐. 쓸데없는 시간 보내지 말고 한 잔 더 안 하면 가서 잠이나 자자."

"그럼, 내 것만 볼게. 네가 있으니까 덜 쪽팔리겠지. 저쪽이 줄이 제일 짧아. 저기에 줄 설까? 줄이 긴 집이 좋을까? 에이, 짧은 집에 가자."

두 사람은 대기 줄이 가장 짧은 점집 앞으로 갔다. 윤섭은 AB손해보험오픈 때 숙소에서 꾸었던 꿈이 생각났다. 무당 차림을 한 서영과 연못 속에서 했던 섹스가 환상적이었다는 것을 기억해냈다. 페니스가 뻐근했다. 요의를 느꼈다. 현규에게 공중화장실에 다녀오겠다고 말했다. 윤섭은 화장실에 들렀다가 지우가 일하는 현장으로 달려갔다. 왜 그랬는지 모르겠다. 숨이 찰 정도로 뛰어갔는데, 동철과 지우가 나란히 서 있는 뒷모습이 눈에 들어왔다. 다리에 힘이 풀렸다. 스톱한 상태에서 몇 번 심호흡을 했다. 얼굴이 확 달아올랐다. 되돌아서서 다시 달렸다.

현규 차례가 왔다. 생활 한복을 입은 중년 남자 점쟁이였다. 점쟁이 눈길이 현규보다 윤섭에게 먼저 왔다. 현규의 점괘를 뽑는 동안에도 계속 윤섭을 흘끔거렸다. 현규 점괘 설명이 끝난 후, 윤섭에게 말을 걸었다.

"옆에 친구 분, 생년월일 어떻게 되세요?"

"전, 그냥 따라왔어요."

"그건 알아요. 내가 여기 앉아 있어도 가짜는 아니에요. 친구 분, 지금 아무것도 모르고 있죠?

"무얼 모르고 있다는 겁니까?"

현규의 점괘가 설명되는 동안 팔짱을 끼고 있던 윤섭이 팔짱을 풀며 물었다.

"친구 분, 지금까지 되는 일이 없었죠?"

"이 친구 저보다 더 안 풀려요. 뭐가 보여요?"

"보인다 뿐입니까. 당장 부적 써야겠네요."

"부적을요? 그게 무슨 소리이에요? 지금 부적 쓰라는 거예요? 대놓고 사기 치려고 하네. 야, 나가자."

현규가 불쾌하다는 듯 내뱉고 일어섰다. 윤섭도 따라 일어났다. 하지만 발길이 떨어지질 않았다. 점쟁이는 두 사람을 쳐다보고만 있었다. 그 얼굴 표정이 매우 찝찝했다. 뭔가를 괜히 질러보는 소리가 아니라는 느낌이 들었다. 윤섭은 자리에 도로 앉았다. 점쟁이가 앉은 뱅이책상 위를 치웠다. 새로운 손님 맞을 준비를 했다. 윤섭이 앉는 것을 보고 점쟁이 입가에 미소가 어렸다. 너의 죄를 알려 주겠노라는 눈빛이다. 점쟁이가 내미는 종이에 윤섭이 생년월일을 적어서 앞으로 밀었다. 점쟁이가 생년월일을 보고 점을 쳤다.

점쟁이 입에서 휘유 소리가 흘러나왔다. 사주팔자에 살이 꼈다고 한다. 그런데 그것이 어린 나이에 이미 실행에 옮겨졌단다. 그때 죽은 영가가 저승으로 가지 못하고 지금 윤섭 어깨에 올라타고 있다고 했다. 윤섭이 흠칫 놀랐다. 현규가 점쟁이에게 말했다.

"말 함부로 하지 마세요? 제 친구에 대해 무얼 안다고."

"저야 모르죠. 어깨에 올라타고 있는 영가와 어릴 때 안 좋은 일이 있었던 모양이죠. 지금은 밖에서 기다리는 손님들 때문에 길게 이야기할 수 없고. 생각 있으면 내일이라도 연락 주세요. 일대일로 상담해 드리겠습니다."

윤섭은 자리에서 일어섰다. 다리가 휘청 꺾였다. 현규가 비틀거리는 윤섭의 팔을 재빨리 잡았다. 두 사람은 점집을 나섰다. 점쟁이가 무심한 표정으로 그들이 나가는 것을 지켜봤다. 점집 밖으로 나와서야 윤섭이 길게 숨을 토해냈다. 그제야 얼굴에 핏기가 돌았다. 현규가 주위 시선을 의식하고 윤섭의 팔을 놓았다.

"괜찮아?"

"응, 괜찮아."

"어디 좀 들어갈까?"

"그러자. 시원한 것 마시고 싶다."

두 사람은 생맥주집 야외 테이블에 앉았다. 현규가 주문하는 동안 윤섭이 허공만 바라봤다. 꼭 넋이 나간 사람 같았다. 현규가 손바닥으로 윤섭 어깨를 툭 쳤다. 윤섭이 화들짝 놀랐다. 무얼 그렇게 놀라? 하는 현규의 말에 머리를 몇 번 흔들었다. 마른세수를 했다. 현실성 있는 눈빛으로 돌아왔지만 그것도 잠시, 다시 생각에 잠기는 표정으로 바뀌었다. 아니 그것보다 눈앞의 누군가를 응시하는 것 같았다. 현규는 주문한 맥주와 안주가 나올 때까지 입을 다물고 윤섭을 지켜봤다. 남자 종업원이 생맥주 두 잔과 골뱅이무침 안주를 테이블 위에 내려놓았다. 종업원이 테이블 세팅을 끝내고 돌아가자 현규가 윤섭을 불렀다.

"건배부터 하자. 시원하겠네."

윤섭이 현규 말에 맥주잔을 들어 올려 부딪쳤다.

"무슨 생각을 그렇게 골똘히 해. 점쟁이 말 잊어버려. 그 사람들 원래 그렇게 지르는 거야. 그래야 장사 되지. 안 그래?"

"어, 맥주 시원하네. 신경 쓰지 마. 별거 아니야. 생각할 게 좀 있어서 그래."

"근데, 누가 죽은 거니? 자살한 거야. 점쟁이 말이 좀 의외이긴 했어."

"아니, 아무것도 아냐. 술이나 마시자."

말은 그렇게 하면서도 윤섭의 굳은 표정이 풀리지 않았다. 현규도 더 이상 점쟁이 말에 의미를 두지 않았다. 생각보다 잘 나온 자신의 점괘를 속으로 되뇌어보았다.

"나도 곧 정리하고 서울 올라갈 것 같아. 다시 시작해야지. 이대로 가다간 막장으로 떨어질까 봐 겁나."

"잘 생각했어. 그렇게 해."

현규 말에 대꾸는 하지만 윤섭은 여전히 대화에 적극적이지 않았다. 두 사람은 각각 생맥주 1000cc 잔을 비우는 동안 안주가 맛있다는 말과 경주 밤 문화도 즐길 만하다는 이야기만 했다.

현규 차를 타고 보문호수 남쪽에 위치한 블루원 CC로 올라갔다. 골프백을 내려놓고 라운지로 들어갔다. 그린피를 계산하려고 하는데 캐셔가 웃으며 네 사람 분의 그린피가 이미 계산되었다고 설명했다. 현규가 윤섭을 돌아보며 기분 나쁘다는 표정을 지었다. 두 사람은 로커 번호를 받아서 로커룸으로 들어갔다. 골프웨어로 갈아입고 카트가 대기하고 있는 곳으로 내려갔다. 카트 대기실 옆 휴게실에 지우와 동철이 앉아 있었다. 재밌는 이야기라도 하는지 동철이 지우를 바라보며 웃었다. 현규의 인상이 확 구겨졌다. 지우가 먼저 보고 손을 흔들었다. 네 사람은 테이블에 둘러앉았다. 동철이 마실 것을 주문하라고 했다. 윤섭은 어제 점쟁이 말이 계속 신경 쓰였다. 그래서 동철에게 크게 관심을 보이지 않았다. 그저 눈인사만 했다.

네 사람은 카트를 타고 1번 홀로 올라갔다. 하늘에 구름 한 점 없었다. 가마솥에 불을 지피는 것처럼 뜨거운 6월의 불볕이 내리퍼부었다. 라운딩 내내 동철이 지우 옆에서 떨어지지 않았다. 현규가 지우에게 다가가려고 나름 애쓰는 것이 재밌었다. 윤섭은 동철이 PGA 준비한다는 말에 기분이 썩 좋지만 않았다.

전반홀이 끝나고 그늘막에 들어갔다. 후반홀 대기 카트가 많았다. 시간이 30분 정도 딜레이되었다. 그늘막에서 삶은 오징어무침에 캔맥주를 시켰다. 동철이 건배를 제의했다.

"내가 우리의 우정을, 하고 외칠게. 니네들은 위하여, 하고 외쳐. 자 캔 들어, 우리의 우정을!"

"위하여!"

건배가 끝나고 동철이 지우에게 미국 유학을 권했다. 지우가 캔맥주를 홀짝거리며 단호한 어조로 대답했다.

"미국 유학이 제주도 한 달 살기 가는 것쯤이니. 나도 가고 싶어. 하지만 모든 사람이 가고 싶다고 너처럼 쉽게 갈 수 있는 것 아니잖아. 그러니까 너무 티 내지 마. 누구 염장 지르는 것도 아니고. 넌, 꽤 자기중심적이라는 거 알아? 이 세상이 너 위주로 돌아간다고 생각하잖아. 우리가 언제까지 너 부러워해야 하니? 난 이제 빠질래. 나, 골퍼도 아냐. 너네들 우정 이제 나에게 버거워. 설치미술에 전념할 거야. 설치미술팀도 만만치 않아. 더 이상 미국 유학 이야기 꺼내지 마."

윤섭은 지우 말에 속으로 놀랐다. 현규도 마찬가지인 모양이다. 두 사람은 '어어, 지우가?' 하는 눈길로 그녀를 바라봤다. 동철이 정색하고 지우에게 훈계하듯 말했다.

"내가 제주도 한 달 살기 가는 것쯤으로 보이니? 나, 초딩 때부터 지금까지 땀 흘렸어. 이제 시작이야. 나도 너에게 미국 유학이 어렵다는 것은 알아. 하지만 난 네가 더 크게 성공하길 바라. 그리고 어제도 이야기했지만, 나에게 니네들은 한 형제와 같은 친구들이야. 내가 마음을 터놓고 싶은 유일한 친구들이라고. 그래서 니네들 미래가 걱정되고. 니네들이 레벨 업 하길 바라. 오늘 니네들 보면 언제 또 볼 수 있을지. 윤섭은 투어에서 가끔씩은 볼 수 있겠지만. 기분 나쁘게 들렸다면 미안해."

동철의 말에 세 사람은 묵묵히 캔맥주만 들이켰다. 윤섭은 동철에게 그동안 양가감정을 가졌던 것이 사실이다. 하지만 동철의 마음을 이해는 하지만 받아들이는 것은 아직까지 자존심이 상했다. 동철에게 눈으로만 웃어줬다. 윤섭은 라운딩이 끝날 때까지 자신이 정말 루저라는 기분을 떨칠 수 없었다.

변명들이 처박혀 있는 무덤

원룸 임대 기간이 끝나가고 있었다. 윤섭은 차라리 수원 쪽으로 옮겨갈까 생각 중이었다. 경주에 다녀온 다음 날, 서영과 만났다. 테크노마트 전문식당가에서 초밥을 먹었다. 식사하면서 서영이 윤섭에게 시간 관리에 대해 말했다. 경주에 왜 갔는지 직접 묻지는 않았다. 서영 특유의 대화법이다. 윤섭은 서영의 의도를 일부러 모른 척했다. 그녀 말이 틀리지 않았다. 하지만 너무 많은 개입은 싫었다. 그래서 서영에게 수원으로 이사 갈 것 같다는 말을 했다.

"원룸 임대기간이 곧 끝나. 필드 다니느라 시간도 길에서 많이 허비하는 것 같고. 수원으로 갈까 싶어."

"수원? 언제 끝나?"

"7월 말. 그쪽이 원룸 가격도 저렴할 것 같고. 수원 그린필드CC 가까운 곳으로 생각 중이야."

"수원 그린필드는 언제까지 이용할 수 있어?"

"그건 몰라. 그쪽에서도 요구하는 조건이 있어. 내가 그 조건을 들어줄 때까지는 아마도."

"그 조건이 뭔데?"

"그건 별로 말하고 싶지 않아. 그쪽의 프라이버시도 있고 해서."

"레슨이야?"

"응."

"어떤 사람?"

"중학생이야."

"레슨비 대신?"

"그건 아냐? 그 학생도 그린필드하곤 직접 관계는 없는 것 같았어."

"그래. 수원으로 꼭 옮겨야 돼?"

"지금으로선 그것이 최선일 것 같아. 티칭프로 하지 않으면 굳이 여기 있을 필요가 없을 것 같고."

"다른 방법은 없을까? 좀 더 생각해봐."

"나름 고민 많이 했어."

그러고 며칠 후, 서영이 자신의 오피스텔에서 함께 살자고 했다. 윤섭도 하반기 시즌이 끝날 때까지 이사를 미루고 싶었다. 지금으로서는 집을 구하는 시간도 아까웠다. 솔직히 귀찮았다. 또 하반기 투어가 끝나면 티칭프로 자리를 다시 얻을 수도 있겠다는 생각이 없잖아 있었다. 하지만 마음속에서 반발이 일어났다. 단적으로 말하면, 다른 사람과 너무 가깝게 얽히고 싶지 않았다. 윤섭의 내면 깊숙한 곳에 견고하게 자리 잡은 의식이 어둠 속에서 입을 열었다. '아버지처럼 살고 싶지 않아'였다. 타인과의 관계 맺기로부터 자유롭고 싶다는 의지와 귀찮다는 감정이 충돌했다. 감정이 이겼다. 결국 원룸 임대기간이 끝나기 전에 서영의 오피스텔로 이사를 했다.

"배달기사가 접수를 받을 수 없대."

전화기 속에서 서영의 난처해하는 목소리가 흘러나왔다.

"왜?"

"접촉 사고가 났대. 그래서 올 수 없다고."

가위질 소리, 스티로폼에 꽃의 줄기를 찔러 넣는 소리 등, 그녀가 바삐 움직이는 소리가 핸드폰 스피커로 들렸다.

"배달 앱 들어가서 다른 기사 찾으면 안 돼? 대타라도 보내줘야지. 그 새끼, 무책임하네."

"이건 배달 사고가 날 수 있어. 아무나 할 수 있는 일 아냐. 이런 경우 많아. 할 수 없지 뭐. 저녁 식사 함께 할 수 없겠어. 그만 끊어. 바빠."

서영과 동거를 시작한 지 1주째 되는 날이었다. 윤섭은 그녀가 전화를 끊기 전에 재빨리 물었다.

"어디 배달이야?"

"장례식장, 빈소에. 시간이 급해."

서영의 목소리에 짜증이 잔뜩 담겼다. 윤섭은 차 키를 집어 들었다.

"곧 갈게. 기다려."

차를 꽃집 앞으로 끌고 갔다. 서영이 영정사진을 장식할 화환을 만들어 놓았다. 차 뒷좌석에 화환을 실었다. 그때 그녀가 또 전화를 받았다. 꽃바구니 주문이었다. 서영이 걱정스레 말했다.

"혼자 갈 수 있겠어? 김 선생은 숍을 비울 수 없는데. 같이 가면 좋겠는데, 프러포즈용이래."

말을 하며 인상을 찌푸렸다.

"프러포즈용이라고?"

윤섭도 픽 웃었다. 프러포즈라는 말이 왜 그렇게 어색하게 들리는지.

"주소 줘, 갔다 올게."

내비게이션에 상세주소를 입력했다.

회전교차로에서 끼어들기를 하다가 직진 차와 접촉 사고를 일으킬 뻔했다. 순간 급 브레이크를 밟았다. 차 뒷좌석 화환들이 썰매를 타듯 미끄러지는 소리가 들렸다. 교차로 끼어들기에 성공한 후, 룸 미러를 당겨 뒷좌석 화환을 살폈다. 비스듬히 세워둔, 영정사진 프레임을 장식할 화환이 바닥과 앞좌석 사이에 엎어져 있었다. 신호대기를 하는 동안 몸을 비틀어서 다시 화환을 바로 세웠다. 괜찮아 보였다.

내비게이션 지도 위에 도착지점이 떴다. 장례식장 간판이 보였다. 초록색 안내 표시등을 따라 장례식장 지하주차장으로 들어갔다. 순간 지하세계로 빨려 들어가는 느낌이었다. 주차 라인에 차를 세우고 화환을 들어냈다. 하필이면 영정사진을 감쌀 화환에서 꽃송이 하나가 툭 떨어졌다. 아래쪽 줄이 못 쓰게 망가져 있었다. 시간을 확인했다. 영수증에 찍힌 납품시간이 얼마 남지 않았다.

서영에게 전화를 걸었다. 통화 중이었다. 판단이 서지 않았다. 카톡으로 화환이 망가졌다는 메시지를 보냈다. 왜? 바보같이, 김 선생 보낼게, 라는 짧은 답글이 달렸다. 바보같이 라고? 윤섭은 기분 나쁜 것을 참으며 자초지종을 설명하는 댓글을 달았다. 자동 개폐가 되는 통유리로 된 영안실 출입문이 열릴 때마다 통곡 소리가 들렸다. 서영에게서 더 이상 전화도, 카톡도 오지 않았다.

윤섭은 차에서 내리지 않고 좌석에 앉은 채 장례식장 주변 꽃집을 검색했다. 화환을 수선할 수 있는 곳을 찾았다. 전화기 속에서 미친 놈, 하는 소리만 들렸다. 시간은 이미 도착 시각을 지나버렸다.

윤섭은 얼굴 표정을 최대한 여유롭게 지으려고 애를 썼다. '어쩔 수 없지' 하고 혼잣말을 했다. 아랫니가 몽땅 빠진 것처럼 아래쪽 꽃송이가 빠지거나 뭉개진 화환을 차에서 들어냈다. 어깨에 화환을 둘러맸다. 자동개폐기 앞에 섰다. 통곡 소리가 와락 달려들었다. 이대로 들고 들어가면 장례식장 매니저가 클레임을 걸 것이 뻔했다. 윤섭은 자동개폐기 안으로 들어서지 못하고 머뭇거렸다. 그가 어깨를 추스르자 이번에는 영정용 화환의 제일 위쪽 중앙에 포인트화로 장식된 상사화가 떨어졌다. 서영이 화환을 실을 때 주의 사항을 일러주던 것이 생각났다.

"특히 상사화는 빨리 시들어 잘 사용하지 않는데. 조심해야 돼."

"그런데 왜 사용했어?"

"사찰에 가면 많이 볼 수 있는데, 탱화 그릴 때 꽃과 뿌리를 사용하나 봐. 망자가 살았을 때 탱화 그리던 사람이래. 그쪽에서 특별히 주문해서 포인트화로 사용했는데 불안해."

서영의 불안이 맞아떨어졌다. 윤섭은 떨어진 연분홍색 상사화를 주워들고 살폈다. 골프장 화단에서 무리지어 피어있는 것을 본 적이 있다. 잎이 누렇게 시들어 없어지면 그제야 꽃대가 올라오고, 그 꽃대 끝에 몇 개의 꽃이 피는 것을 볼 수 있었다. 잎과 꽃이 서로 만날 수 없다고 해서 꽃말이 이루어질 수 없는 사랑이라고. 윤섭은 꽃말보다 뜬금없이 아버지를 떠올렸다. 아버지가 잎이고 자신은 꽃이라는 생각이 들었다. 잎이 죽듯이 아버지가 죽은 후에 홀로서기를 해야 하는. 시든 상사화를 보니까 자기도 모르게 감정이입이 되었다. 특히 영안실 출입문이 열릴 때마다 쏟아지는 울음소리 때문에 더욱 가슴이 저렸다.

상사화가 꽂혔던 자리에 꽃줄기를 다시 찔러 넣었다. 윤섭의 손동작에 부딪혀 꽃대에 달렸던 낱개 꽃 중에 두 개가 떨어져 나가버렸다. 다시 꽂는다고 해도 이미 제 모습을 찾기 어려웠다. 윤섭은 화환을 수습하지 못한 채 멍청히 서서 영안실 출입문을 바라봤다. 출입문이 열리자 누군가의 절규가 들렸다. 출입문이 닫히고 절규도 끊어졌다. 출입문이 개폐될 때마다 들렸다가 사라졌다 하는 통곡 소리에 심장이 얼어붙는 것 같았다. 정신이 어질어질할 정도였다. 통유리를 통해 바라보는 영안실의 풍경이 딴 세상 같았다. VIP실, 특실, 일반실. 좁은 통로를 따라 칸칸이 나누어진 영안실 앞에 화환들이 빼곡하게 들어차 있었다. 검은 리본이 숲을 이루었다. 저승 입구에 서 있는 기분이 들었다. 커다란 손이 쑥 나와서 뒷덜미를 움켜쥘 것 같다. 윤섭은 엉거주춤한 기분으로 김 선생이 오기를 기다렸다.

김 선생이 나타났다. 그런데 빈손이다. 망가진 화환을 체크하더니 난감한 표정을 지었다. 윤섭은 김 선생 표정만 살폈다. 김 선생이 서영과 통화를 끝내고 엘리베이터로 뛰어갔다. 윤섭도 뒤따라가서 엘리베이터를 타려고 했다.

"최 프로님은 오실 필요 없어요. 장례식장 사무실에 가봐야겠어요. 빨리 매니저 만나야 해요."

김 선생이 흘끗 바라보고 엘리베이터 문을 닫아버렸다. 윤섭은 엘리베이터에서 물러섰다. 하릴없이 그는 운전석에 다시 올라탔다. 멍하니 앞에 보이는 주차장 벽면을 응시했다. 마음속에서 '최윤섭 차빼' 하는 소리가 들렸다. '장례식장 냉동실에는 네가 누워있어. 지금 싣고 온 화환은 너의 영정 사진을 장식하기 위해 서영이 보낸 거야. 여기서 빨리 벗어나. 어물거리다간 다시는 밖으로 나가지 못해'하고 재촉했다. 윤섭은 목소리에 쫓기듯 차를 몰고 출구 표시등을 찾아서 주차장 안을 맴돌았다. '여길 벗어나야 해. 서영에게서 벗어나야 해' 하는 목소리가 내비게이션 멘트처럼 계속 들려왔다.

주차장을 빠져나온 윤섭은 갈피를 잡을 수 없었다. 자신도 의식하지 못한 채, 부서진 화환을 싣고 아버지 유골함이 안치되어 있는 납골당으로 차를 몰았다.

안내실에서 문 닫을 시간이 다 되었다고 통제를 했다. 윤섭은 잠시만 다녀올게요, 하고 유골함이 모셔진 곳을 향해 계단을 뛰어올랐다. 제단에 아버지의 사진을 세워놓고, 담배 한 개비에 불을 붙여 옆에 놓았다. 사진 속 아버지도 오랜만에 들른 아들을 반기는 듯했다. 제단 앞 바닥에 꿇어 엎드렸다. 아버지가 옆에 와서 앉았다. 말없이 윤섭의 부상당한 발목뼈를 쓰다듬었다.

아버지의 손길이 생생하게 느껴졌다. 담뱃불이 꺼졌다. 윤섭은 아버지 사진을 다시 유골함 옆에 놓았다. 납골당을 출발한 차가 춘천 디아너스CC로 가는 도로 위를 달렸다. 골프장 정문으로 들어섰다. 3부에 티업한 골퍼들을 위해 밝혀놓은 라이트가 대낮같이 밝았다.

디아너스CC 클럽하우스의 카트대기실 앞으로 다가갔다. 자동차 정차라인에 다른 차가 대기하고 있었다. 그 차 뒤에 차를 세웠다. 차 트렁크에서 골프백을 내려주는 스태프들이 고개 숙여 인사했다. 모두 낯익은 얼굴들이다. 그중 한 명이 다가와서 말했다.

"고객님, 차 뒤 트렁크 좀 열어 주세요."

윤섭이 트렁크를 열지 않고 가만히 있자, 그가 의심스러운 눈초리로 차 안을 훑어봤다. 차 트렁크를 열어 달라고 하던 사람이 장례식장용 화환을 보고 고개를 갸우뚱거렸다. 그 사람이 맨 뒤쪽에 서 있는 장 팀장에게 다가가서 귓속말을 했다. 장 팀장이 고개를 끄덕이며 낯선 사람을 보듯 경계하는 눈빛으로 윤섭을 바라봤다. 그는 아버지가 살아 있을 때 아버지를 아우라고 불렀고, 아르바이트로 캐디 일을 하는 윤섭에게 골프선수로 성공하라고 덕담을 해주던 사람이다. 그가 의심의 눈초리를 유지한 채 차로 다가왔다. 직접 차를 빼라는 수신호를 했다.

사실 윤섭이 부상을 당한 후, 장 팀장을 찾아갔다. 골프장 측과 손해배상문제로 소송을 벌이기 전에 좀 도와달라고 부탁을 했다. 그런데 장 팀장은 윤섭을 끝까지 모른 척했다. 그의 입장을 모르는 것은 아니다. 그러나 윤섭은 아버지같이 생각해왔던 장 팀장의 돌변에 배신감을 느꼈다. 윤섭은 그를 노려보며 기어 레버를 D로 바꿨다.

골프장 코스 관리인들이 드나드는 페어웨이 옆길 숲속에 차를 세웠다. 화환의 꽃들은 이미 시들어서 볼품없이 되어버렸다. 1번 홀로 다가갔다. 티 박스 주위 라이트가 꺼져있었다. 마지막 팀이 그린 위에서 퍼팅 중이었다. 그린 위에 있는 팀이 홀 아웃을 하고 나면 1번 홀 라이트는 완전히 소등될 것이다. 차를 세워둔 곳으로 되돌아 왔다. 화환을 내렸다. 1번 홀이 어둠 속에 묻히는 것을 확인하고 화환을 들고 워터해저드로 내려갔다.

검은 물이 이웃 홀의 라이트를 받고 물비늘을 번뜩이며 누워 있었다. 골프공 무덤이다. 에이 시발 돌겠네. 공 끝까지 안 봤어. 머릴 들지 말았어야 했는데. 갑자기 바람이 부냐. 캐디가 왜 있어, 방향을 잘 봐줘야지. 아직 몸이 안 풀려서……. 갖가지 변명을 늘어놓는 주인 대신에 수많은 골프공이 수장되어 있는 곳이다. 온갖 변명이 처박혀 있는 물속으로 화환을 던졌다. 윤섭은 스스로 자신을 조롱하는, 입에 붙어 다니는 루저라는 말도 함께 던졌다.

하늘을 올려다봤다. 페어웨이를 비추는 라이트 그 너머에 별들이 빼곡하게 반짝였다. 차로 돌아와서 시동을 걸기 전에 핸드폰을 확인했다. 서영과 김 선생으로부터 부재중 전화가 여러 통 들어와 있었다.

이미 신뢰는 깨졌어

윤섭은 자신이 무엇을 했는지, 자기 자신에게조차 설명하지 못했다. 도어록이 스르륵 돌아갔다. 윤섭은 보고 있던 TV를 껐다. 현관문을 열고 들어오는 서영의 표정을 곁눈질로 살폈다. 그녀가 옷을 갈아입는 뒷모습을 초조하게 지켜봤다. 배달 앱으로 주문한 샐러드와 제육볶음이 배달되었다. 와인병과 와인 잔을 꺼내 식탁 위에 세팅했다. 서영이 욕실에서 손을 씻고 주방 쪽으로 왔다. 냉장고를 열고 생수병을 꺼내서 병째 들이켰다. 윤섭은 옹색했지만 최대한 미안함을 담은 목소리로 서영에게 말을 붙였다.

"앉아, 한잔하자."

서영이 거들떠보지도 않고 침대방 쪽으로 걸어갔다.

"미안해."

그녀의 어깨를 두 팔로 감싸 끌고 와서 식탁 의자에 앉혔다. 맞바람을 피하려면 낮은 탄도로 샷을 해야 한다. 윤섭은 맞바람 앞에서 티샷을 준비할 때처럼 침착하게 잔에 와인을 따랐다. 서영이 한숨을 내쉬고 와인 잔을 들여다봤다.

"진짜 미안해."

윤섭의 목소리가 기어들어갔다. 그녀가 들었던 잔을 내려놓으며 눈을 감았다. 잠시 후, 눈을 내리뜬 채, 윤섭을 바라보지도 않고 입을 열었다. 떨리기까지 하는 새된 목소리가 튀어나왔다.

"너, 미친 거 아니야. 미치지 않고서 어떻게 이런 짓을 벌이니. 어디로 사라졌던 거야? 전화는 왜 안 받아. 생각은 하고 사니? 설명해 봐? 설명해 보라구!"

윤섭이 보낸 카톡 메시지는 아무 쓸모가 없었다. 아무리 생각해도 설명할 말이 떠오르지 않았다. 서영이 눈을 치켜뜨고 다그쳤다.

"왜 설명 못 해?"

"메시지 내용 그대로야."

윤섭은 겨우 한마디 해놓고 마른세수를 했다.

"왜 그랬어? 말을 제대로 해. 분명 의도적이지. 내가 원하는 게 뭔지 잘 알잖아."

그녀의 '내가 원하는 게 뭔지 잘 알잖아'하는 말에, 엉뚱하게 동거 계약서가 떠올랐다.

서영이 윤섭에게 제시한 동거 계약 조건은 간단명료했다. 동거 생활에 필요한 여러 가지 조건 중에 웬만한 것은 까다롭지 않았다. 뿐만 아니라 생활비 전체를 그녀가 부담했다. 그렇다고 그녀와의 생활이 마냥 편한 것은 아니었다. 자존심을 자극하는 내용도 있었다. 계약서에 담긴 내용이 쉬워 보였지만, 지키기가 어려웠다. 서영이 계약서 내용을 철저히 지키기를 확실하게 강요했다.

첫째, give and take에 균형이 깨지면 곧 동거생활을 끝낸다. 둘째, 합의하에서만 섹스를 한다.

그들이 동거를 시작한 날, 섹스했을 때였다. 윤섭은 기타 연주자가 손가락 끝으로 지판을 누르듯, 혀끝으로 그녀를 세심하게 터치했다. 브리지 쪽으로 프렛을 누르는 위치가 옮겨갈수록 높은음을 내듯, 귓불에서 밑으로 내려갈수록 서영이 높은 소리를 냈다. 터치가 강렬해지자, 네일 아트로 잘 다듬어진 가늘고 긴 손톱이 윤섭의 등을 파고들었다. 윤섭은 AB손해보험오픈 때 꾸었던 꿈을 떠올렸다. 서영의 몸속을 뚫고 들어가던 드릴 같은 힘이 잊히지 않았다.

서영은 윤섭의 페니스 위에 올라앉았다. 그의 코어근육 움직임을 관찰했다. 근육이 불끈거릴 때마다 상상했던 것 이상으로 단단한 힘이 느껴졌다. 허리부상에서 벗어났는가? 두 다리로 윤섭의 허리를 스패너처럼 꽉 조였다. 두 개 몸뚱어리가 하나로 합체되어 리듬을 탔다. 서영은 눈을 감고 허공에서 춤을 추는 자신을 상상했다. 윤섭이 쳐 올릴 때마다, 그네를 타고 하늘 높이 솟아오른다. 알몸으로 자유로이 허공을 유영한다.

두 사람의 호흡이 느려졌다. 서영의 다리가 바르르 떨리더니 힘이 풀렸다.

윤섭은 땀방울이 맺힌 서영의 가슴을 혀끝으로 핥았다. 페니스를 깔고 앉은 서영이 진지하게 말했다. 운동선수는 코어근육이 발달했기 때문에 밑에서도 피스톤 운동을 잘 하리라 판단했다고. 물론 농담이겠지만, 윤섭은 자존심이 상했다. 하지만 이미 촉발되어버린 행위를 멈출 수가 없었다.

셋째, 생활비는 소서영이 전담한다. 넷째, 청소와 쓰레기 분리수거는 최윤섭이 전담한다. 특히 욕실청소를 깨끗하게 해야 한다. 다섯째, ······.

계약서에 사인할 때는 이것쯤이야, 했다. 그런데 그것이 아니었다. 처음에는 경제적인 이유로 위축되는 줄 알았다. 서영이 특별히 생색내는 것도 아니었다. 윤섭을 배려하는 서영의 마음을 그도 피부로 느꼈다. 하지만 서영에게서 거스를 수 없는 어떤 것이 느껴졌다. 특히 섹스할 때 마음이 불편했다.

"그렇게 싫었니? 네가 한다고 했잖아. 어떻게 날 이렇게까지 난처하게 만들어. 이건 게임이야. 골프만 게임이 아니라고. 딜레이는 게임 아웃이야. 그 장례식장에서 다시는 오더가 오지 않을 거야."

"내가 장례식장에 찾아가면 안 될까?"

서영의 목소리가 냉랭하게 가라앉았다.

"이미 신뢰는 깨졌어. 네가 깨뜨린 거야. 재수 없어."

그녀가 와인 잔을 손으로 밀쳤다. 와인 잔이 산산 조각났다. 윤섭은 캐노피로 날아가 떨어지는 붉은 액체를, 마룻바닥에 흩어지는 잔 파편을 맥없이 바라봤다.

"난 너와 달라. 네 그레이드에서 해석하지 마."

그녀가 선언하듯 마지막 말을 내뱉고, 방으로 들어가 버렸다.

윤섭은 현관문을 박차고 나와 옥상으로 올라갔다. 층계참에서 거미줄을 만났다. 무당벌레만 한 거미가 방사형 거미줄 중앙에 웅크리고 앉았다. 거미줄을 머리에 뒤집어쓰지 않으려면 기다시피 하든가 아니면 걷어내야 했다. 호주머니에 들어있던 꽃집 영수증으로 거미줄을 둘둘 말아서 구석진 곳으로 영수증 채 던져버렸다. 옥상으로 나가는 철문 손잡이를 돌렸다. 철문이 열렸다. 직사각형 구멍으로 허공이 쑥 들어왔다. 먹이를 향해 잔뜩 벌린 악어 입속의 백태가 낀 혓바닥처럼 희끄무레했다. 짙은 녹색 방수액으로 도포된 옥상바닥에 거친 바람이 회오리쳤다. 옥상의 가장자리를 향해 무거운 발걸음을 옮겼다. 난간에 기대어 서서 자동차 불빛이 질주하는 도로를 내려다봤다. 서영의 말처럼 정말 미친 것이 아닐까. 왜 그런 짓을 벌였는지. 반성조차 되지 않았다.

신도림역을 출발하는 전동차가 쌍안경 속으로 들어왔다가 나갔다. 김밥말기 하나가 끝나면 김 위에 재료들이 다시 놓이듯 승강장에 사람들이 모여들 것이다. 통깨 한 알이 아주머니의 손끝에서 떨어지는 순간, 김밥 밖으로 굴러가지 않으려면 어떤 각도로 떨어져야 할까?

'골프는 각도 싸움이다. 임팩트 순간의 각도가 모든 것을 결정한다. 정확한 임팩트 각을 찾기 위해 수많은 시간을 쏟아붓는다. 하지만 정작 투어 때 공이 빗맞으면 모든 것이 말짱 헛일이 된다. 그러면 임팩트 각을 찾기 위해 다시 수많은 스윙 연습을 해야 한다. 그런데 이보다 더 중요한 것이 있다. 그 모든 과정을 견디기 위해서는 무엇보다 강한 멘탈이 중요하다. 어떠한 상황에서도 흔들리지 않을 멘탈을 만들어야 한다.' 초등학교 때 처음 골프를 시작하면서 들었던 아버지의 말이다. 골프 교재에 온갖 종류의 스킬이 기술되어 있었다. 하지만 윤섭은 아직도 함께 김밥을 먹으면서 아버지가 들려주던 그 말을 잊지 않았다.

아버지는 피부암으로 암병동에 들어가기 전까지 윤섭의 골프채를 관리했다. 윤섭이 연습장을 다녀오면 골프백에서 클럽을 꺼내 제일 먼저 임팩트 순간 공이 맞은 위치를 확인했다. 아이언 그루브에 생긴 볼 맞은 자리만 봐도 임팩트 각을 읽어냈다. 윤섭은 그것이 싫었다. 아버지가 아이언 세트를 점검하지 못하도록 연습이 끝나면 클리너로 그루브에 생긴 볼 흔적을 깨끗이 지워버렸다. 그렇지만 아버지는 귀신같이 알아냈다. 윤섭은 그것이 사랑이라는 것을 아버지가 죽은 후에야 깨달았다. 아버지는 암병동 생활을 하는 동안 골프채를 닦아주지 못해 걱정했다.

아버지는 연명치료를 거부했다. 마지막으로 암병동에 입원한 날, 윤섭에게 당부했다. 일종의 유언이었다.

"정신이 맑을 때 네게 이야기 해두고 싶다. 나중에 위급한 상황이 되면 연명치료는 하지 마라. 더 이상 온갖 종류 주사바늘로 내 몸을 학대하고 싶지 않다. 지금으로도 충분하다. 내 생각은 항암치료도 포기하고 싶다만. 솔직히 안락사를 했으면 싶다. 하루 빨리 이 고통에서 벗어나고 싶다. 너는 자식 도리를 다하고 싶겠지만 내가 원하지 않는다. 너의 효도가 나에겐 고통의 연장일 뿐이다. 내 의식이 혼몽해지면 의사하고 상의해라. 그리고 이것을 의사에게 보여줘라."

아버지가 몸을 일으켜 침대 옆 사물함을 열었다. 그 안에서 편지봉투 하나를 꺼냈다. 아버지가 자필로 쓴 연명치료를 하지 않겠다는 글이 들어있었다.

"아버지, 한 번은 더 시도해 봐야지 않겠어요?"

"네 마음은 알겠지만 그럴 필요 없다. 내가 내 상태 잘 안다. 내가 원래 근육질 몸에 체력이 좋았기 때문에 이 상태가 오랫동안 지속될 것 같아 두렵다. 그래서 이번에 입원하기 전에 급하게 쓴 거다. 미리 작성해서 등록해 놓아야 했던 것인데, 그때는 미처 생각 못 했다. 지난번에 입원했을 때 옆 침상 사람이 연명치료 들어가기 싫은데, 자식들에 의해 억지로 치료 당할까 봐 연명치료 거부의사를 밝히는 사전연명의료의향서 작성해 등록해 놓았다기에 나도 써놓은 것이다. 사전연명의료의향서 양식은 아니지만 내 의사가 담긴 것이니까 의사가 판단하는 데 도움이 될 거다.”

윤섭은 아버지의 글을 받아들고 눈시울을 붉혔다. 아버지가 윤섭 손을 잡았다.

“아파트까지 팔아서 미안하다. 네게 물려줘야 할 것인데, 못난 아버지 만나서 …….”

“아버지, 제 걱정 마세요. 저는 아버지가 하루빨리 완쾌되시길 바랄 뿐이에요. 아버지가 제 골프백 메고 함께 페어웨이를 걸을 수 있기를 바라요. 아버지, 저는 그날만 기다려요.”

“그래, 내가 가장 바라던 거다. 하지만 이제는 자신 없다. 내가 네 가방 메고 필드 나간다는 것은 다 지나간 말이고. 마음에 두지 마라. 훌륭한 캐디가 얼마나 많은데. 혹시 그 말이 네게 부담된 것은 아니지. 아버지가 네게 잔소리만 했던 것 같아 미안하다. 그래도 우리 아들한테 마지막 잔소리를 해야겠다. 실수할 자격은 누구에게나 있다. 하지만 그것을 만회하는 사람은 많지 않아. 부끄럽지만 나도 그 사람 중, 하나야. 쉽지 않다는 거지. 그런데 방법은 있어. 연습이다. 연습밖에 없다. 연습만이 성공할 수 있는 지름길이다. 명심하고. 내가 옆에 없어도 연습 게을리하지 말고. 우리 아들이 KPGA 우승컵 들어 올리는 것 보고 싶었는데.”

“아버지, 제가 미안해요. 곧 아버지께 우승컵 안겨 드릴게요. 그때는 완쾌되셔야 해요. 아버지하고 우승컵에 샴페인 따라 마셔야지요.”

“그래야지, 그러자꾸나 우리 아들.”

윤섭은 아버지의 뼈만 앙상한 손을 잡고 웃었다. 아버지는 얼굴을 벽 쪽으로 돌렸다. 윤섭은 아버지의 뒤통수를 바라보며 눈시울을 붉혔다. 뒤엉켜있는 몇 올밖에 남지 않은 머리카락이 바스러진 겨울 러프처럼 보였다.

윤섭은 장례식장에서 들었던 소리를 되새김질했다. 서영을 떠나라는 목소리가 왜 들렸는지 궁금했다. 그 목소리가 자기 내면의 소리였는지 아니면 다른 누군가의 목소리였는지. 지금 서영에게서 벗어나지 않으면 안 된다고 했는데, 그럴지도 모른다. 한 주였지만 그동안 서영에게 전적으로 의존해 산 것이나 마찬가지였다. 자괴감이 들었다. 어쩌면 서영 발아래 스스로 무릎을 꿇었을지도.

도림천 산책로에 사람들이 걷고 있었다. 희뿌연 가로등 아래 모노톤의 무리가 끝없이 이어졌다. 순례자들 행렬처럼 보였다. 이어폰에서 쏟아져 나오는 아비치의 〈The night〉를 따라 부르는 군중들 떼창소리와 믹싱이 되어 현실세계라는 느낌이 들지 않았다. 모든 광경이 반투명의 얇은 막에 싸인 듯 낯설었다.

무리를 내려다보고 있는 윤섭 자신이 오히려 이곳으로 추방되어 지상의 세계를 그리워하며 훔쳐보는, 신으로부터도 인간으로부터도 버림받은 존재자가 아닐까? 어쩌면 서영도 윤섭이 사라지기를 바랄지 모른다는 생각이 들었다. 남들이 미친놈이라고 조롱하겠지. 윤섭의 푸념에 장례식장에서 들은 목소리가 다시 들렸다.

네가 여기에 왜 올라왔는지 알아. 사라지고 싶은 거지. 아니, 날고
싶지. 윤섭은 고개를 끄덕였다. 하지만 너의 가슴뼈는 이미 평평하게
내려앉아 버렸고, 너의 날개는 퇴화된 지 오래야. 날개가 있어야 할
자리에 지방덩어리만 두툼하게 만져지잖아. 윤섭은 겨드랑이를 만졌
다. 근육이 있어야 할 자리에 비계덩어리만 손에 잡혔다. 얄밉지만
아니라고 할 수 없었다. 하지만 윤섭은 목소리의 헤살을 애써 무시
했다. 난간에 두 손을 짚고 한 발을 올렸다. 날아봐, 네가 뛰어내리면
행인들이 살찐 닭새끼의 추락이라 놀릴걸. 순간 몸이 휘청거렸다. 얼
른 발을 내리고 난간에서 물러났다. 높다란 첨탑에 갇힌 것 같아. 빠
져나갈 수 있을까. 탈출할 도구가 아무것도 없는데. 윤섭의 말에 목
소리가, 완전 환자네. 네가 갇혔다고? 아무도 널 가두지 않았어. 스
스로 널 이곳에 처박았잖아. 바보야, 언제까지 날지도 못하는 닭새끼
처럼 뒤뚱거리며 재수 없이 살 거냐? 내가 날지 못하는 재수 없는 닭
이라고?

목소리가 현규와 똑같은 말을 했다. 윤섭은 주위를 둘러봤다. 앞이
보이지 않은 어둠만이 자신을 둘러싸고 있었다. 아니 자신이 어둠 속
에 꼼짝 없이 갇혀 있었다. '어떠한 벽에 부딪쳐도 깨고 나갈 수 있는
무쇠 같은 강한 멘탈이 중요하다' 아버지의 목소리가 겹쳐서 들렸다.

양심껏 사는 좀도둑

    윤섭은 신경정신과 병원을 찾았다. 트라우마 치료를 받기 위해서다. 대기자 명단을 확인했다. 윤섭 앞에 두 명이 더 있었다. 그는 대기실 소파에 앉아 티칭프로 구직 사이트를 검색했다. 자신이 쓴 구직 글에 댓글이 달리지 않았다. 하품이 나왔다. 매달 치료를 받아도 우울한 기분은 여전했다. 경주에서 점쟁이한테 들은 말을 떨치지 못했다. 자신의 몸속에서 무언가가 움직이는 것 같았다. 하지만 물질적이고 감각적인 것이 아니다. 누군가에게 조종당하는 느낌이다. 다시 말해 자기 의지대로 되는 것이 없었다. 기분이 업다운이 심했다. 시시때때로 바뀌었다. 그리고 그 변화 주기가 매우 짧았다. 어느 순간부터 스스로 컨트롤할 수 있는 범위를 넘어섰다. 서영하고 화해는 했지만 마음이 가벼워지지 않았다. 머리를 쥐어뜯는 윤섭을 서영이 옆에서 지켜보기만 했다.

    간호사가 윤섭을 호명했다. 윤섭을 건너다보는 의사의 눈길이 부드럽다.

"최윤섭 님, 잘 지냈어요? 오늘 좋아 보입니다."

"네."

"잠은 잘 자요?"

"네."

"아직도 몸속에서 무언가가 움직이는 것 같아요? 누군가에게 조종당하는 느낌이고."

"네."

"요즘 하고 있는 일, 말해 줄 수 있어요?"

"네."

의사가 윤섭의 말을 기다린다. 윤섭은 '네'라고 했지만 할 말이 떠오르지 않는다. 의사가 차트에 무언가를 적는다. 윤섭은 끝내 물음에 답할 적절한 말을 찾지 못했다. 왜냐하면 진료를 받을 때마다 의사가 원하는 말을 다 해버렸다. 윤섭은 프로골퍼이고, 자신의 문제가 무엇인가를 여러 번 반복해서 말했다. 윤섭의 이어질 말을 별로 기대하지 않는지, 의사가 의례적인 말을 던졌다.

"처방해준 약은 잘 복용하고 있죠? 식사는요? 규칙적인 생활을 하셔야 합니다."

"네."

"이명 같은 것은 없죠? 이명이 있으면 귀에서 여러 가지 소리가 들리는데, 그 소리가 스트레스를 많이 유발시키는 경우가 있어요. 누군가가 옆에서 계속 말하는 것 같기도 하고, 라디오가 지지거리는 듯

한 소리가 나기도 하고. 귀뚜라미가 우는 것 같기도 하대요. 어떤 사람은 외계인이 자신의 몸을 빌려 다른 외계인과 교신한다는 사람도 있어요. 그 정도이면 누군가가 몸속에서 움직이는 것 같고, 또 자신이 조종당하고 있다는 착각을 불러일으키는 수가 있죠."

윤섭은 건조한 목소리로 짤막하게 대답했다.

"귀에서 소리는 나지 않습니다."

"이번 달에는 복용하실 약을 조금 바꿔보겠습니다. 이 약은 좀 효과가 좋을 겁니다. 부작용도 거의 없어요. 약 복용 중단하지 마시고, 다음 진료일에 경과를 한 번 봅시다."

의사가 간호사를 불렀다. 간호사가 윤섭을 진료실 밖으로 데리고 나갔다.

윤섭은 자신이 모노드라마 속 주인공 같다는 생각이 들었다. 극작가가 써준 대사를 의사라는 관객 앞에서 독백한다는 기분이었다.

막이 오르고 윤섭이 대사를 읊는다. 의사가 간간이 고개를 끄덕인다. 윤섭은 암기하고 있던 대사를 다 읊어버리고 멍하니 앉아있다. 의사가 침묵을 견디기 힘든지, 아니면 시간 낭비라고 생각하는지, 몇 가지 기계적인 질문을 던진다. 그리고 윤섭에게서 더 끄집어낼 대사가 없다는 것을 눈빛으로 확인한다. 의사가 차트에 기록한 것을 컴퓨터에 입력한다. 간호사를 부른다. 진료가 끝난다. 약 처방전을 받고 다음 진료를 예약한다. 접수를 끝낸 사무원이 '안녕히 가세요'라고 하며 업무용 미소를 짓는다.

윤섭은 병원 건물을 나섰다. 노점상들이 있는 쪽으로 걸었다. 한 씨가 졸고 있는 것이 시야에 들어왔다. 한 씨 쪽을 바라보며 무얼 살 까 생각하면서 다가갔다. 한 씨가 눈을 떴다. 언제 졸았느냐는 듯 졸음기가 싹 가신 눈빛이다. 한 씨가 좌판 앞에 멈춰 서는 윤섭을 올려다보고 웃었다. 윤섭이 먼저 입을 열었다.

"점심 식사하셨어요? 아직이면 순대국밥 하실래요?"

"점심 전이요만. 그래 어쩐 일이오?"

"병원에 다녀옵니다. 식사부터 먼저 하세요."

한 씨가 전기 통닭구이 장수에게 좌판을 부탁하고 윤섭을 따라왔다. 두 사람은 뒷골목에 있는 순대국밥 집으로 들어갔다. 주인이 텔레비전을 보고 있다가 한 씨를 보고 반겼다.

윤섭과 한 씨는 카운터 가까운 자리에 앉았다. 식당 주인이 카운터에서 건너다보며 오랫동안 못 봤다며 농담을 던졌다. 어조에 원망이 담겼다.

"한 사장님, 오랜만이오. 그 동안 수배라도 당한 줄 알았소. 바로 옆에 살아도 얼굴 보기 왜 이렇게 어렵소?"

"그러오. 누가 지키라고 하지도 않는 길바닥 지키느라 그렇소."

"하하 그렇소. 나도 마찬가지요. 맨날 뒷골목에서 순댓국 솥이나 지키다 보니까 손바닥이 야들하니 여자 손이 돼 버렸소."

윤섭은 텔레비전으로 눈길을 보내놓고 두 사람의 이야기를 들었다. 주거니 받거니 하는 말 속에서 두 사람이 공유하는 추억이 묻어났다. 과거 어느 시간대를 함께했던 동료의식 같은 것이 담겼다. 이야기는 음식이 나올 때까지 이어졌다. 순대국밥이 나오자 식당 주인이 소주 한 병을 땄다.

"한 잔 드시오. 젊은이도 한잔하시오."

"우린 밥만 먹으러 들어왔는데. 이렇게 서비스까지 줘버리면 남는 거 있소?"

"안 남아도 한 사장을 그냥 보낼 수 없지. 우리가 길바닥에서, 뒷골목에서 버러지처럼 살아도 우린 큰 도둑질은 안 하잖소. 안 그러오? 우리 힘대로 노력해서, 좀스럽지만 버는 대로 먹고살지. 젊은이 그렇지 않소?"

"여전하오. 그 기백이 옛날이나. 하나도 안 변하니 좋긴 좋소만, 그러니 살기가 항상 빡빡하지."

"이만하면 괜찮지 않소? 우린 양심껏 사는 좀도둑이요. 젊은이."

이야기 내용에 길바닥 인생의 냄새가 풍겼다. 대화를 나누는 두 사람 목소리에 정감이 넘쳤다.

식사를 끝내고 한 씨가 윤섭을 지그시 바라보며 말했다.

"최 프로, 그동안 많이 바빴소?"

"예, 어르신. 제가 한동안 바빠서 자주 찾아뵙지 못했어요."

"그렇다니 좋소."

윤섭은 한 씨와 헤어져 곧바로 오피스텔로 올라왔다. 오후에 허 변호사와 약속이 있었다.

옷부터 먼저 골랐다. 가장 비싼 옷을 선택했다. 윤섭은 거울 앞에서 골라놓은 옷을 들고 몸에 대어봤다. 거울에 몇 번 비춰보다가 자신의 행동이 우스웠다. 옷더미를 침대 위로 던졌다. 결국은 제일 편한 것으로 결정했다. 베이지색 면바지에 같은 계열의 라운드 티를 입고 다크브라운 재킷을 걸쳤다.

약속한 시간보다 조금 일찍 허 변호사 사무실에 도착했다. 일과가 끝날 무렵이라서 그런지 대기실에 텔레비전만 켜져 있었다. 상반기에 치러졌던 KPGA 코리안 투어 녹화중계를 방영하고 있었다. 윤섭의 시선이 흔들렸다. 피하고 싶었지만 피할 수 없었다. 누군가 자신을 골려주려고 고의로 골프 중계를 틀어놓은 것 같았다. 윤섭은 시간을 확인했다. 도망가듯 흡연실로 갔다. 담배에 불을 붙였다. 연기를 폐 깊숙이 빨아들였다가 내뿜었다. 연거푸 두 개비를 피우고 대기실로 돌아왔다. 정수기에서 물을 뽑아 입을 가셨다. 텔레비전에서 여전히 중계가 계속되었다. 윤섭은 소파에 등을 기대지 못하고 웅크리고 앉았다. 텔레비전으로 눈길을 보내지 않으려고 바닥을 내려다보는 자세를 취했다. 동철의 이름이 들렸다. 올해 상금 랭킹 5위 안에 들어갈 것이 예상된다는 아나운서 멘트였다. 윤섭은 귀를 감싸 쥐고 싶었다. 동철의 숨소리까지 다 들리는 것 같았다. 발작할 것 같이 속이 답답했다. 출입문을 박차고 뛰쳐나가고 싶었다. 그때 접견실 문이 열렸다. 허 변호사가 웃으며 다가왔다. 윤섭이 인상을 찌푸리고 있는 것을 보고 무슨 일이 있었느냐는 듯 눈을 둥그렇게 떴다. 윤섭은 허 변호사를 한 방 갈길 듯이 벌떡 일어섰다. 허 변호사가 놀라 한 발짝 물러서며 물었다.

"윤섭 씨, 어디 안 좋으세요? 얼굴이 왜 이렇게 굳었어요?"

"아, 아닙니다. 그냥 좀."

"들어갑시다."

허 변호사 말투가 사무적으로 돌아갔다. 윤섭은 엉거주춤한 기분으로 허 변호사를 따라 들어갔다. 홀인원을 한 동철이 환호성을 질렀다. 윤섭이 텔레비전을 힐긋 쳐다봤다.

접견실 소파에 앉으며 허 변호사가 입을 뗐다.

"골프 중계 좋아하세요? 아 참, 골퍼시지. 잠시 잊고 있었네. 저는 골프 치는 것도 좋아하지만 중계도 좋아합니다. 특히 선수들 표정이 좋아요. 자연을 닮았잖아요. 전혀 가식이 없어요. 그 몸짓이 먹이를 낚아채는 밀림의 야수같이 얼마나 진지합니까. 한 샷 한 샷 집중하는 그 눈빛, 초집중 상태랄까. 무념무상의 상태랄까. 오직 한 가지 욕망만 번뜩이잖아요. 움직임이 너무 단순해서 아무것도 틈입하지 못하잖아요. 자기 믿음만이 있을 뿐이죠. 그렇지 않아요?"

"네."

윤섭은 짧게 대답했다. 빨리 이곳에서 벗어나고 싶었다.

"필드에서 윤섭 씨 모습 빨리 보고 싶은데."

"그만 끝내죠."

"이런 골프 이야기가 너무 길었네. 그동안 생각 해봤어요?"

"변호사님 말씀대로 정리하겠습니다. 빠른 시일 안에 결과를 알려 주시면 감사하겠습니다. 그럼 전 이만 일어나겠습니다."

윤섭은 남의 일처럼 말하고 도망치듯 접견실을 나왔다. 윤섭의 등 뒤에서 허 변호사의 당황한 목소리가 들렸다.

"곧 결정해서 연락드리겠습니다. 윤섭 씨가 더 이상 신경 쓰지 않 도록……."

허 변호사 말이 거기까지 들리고 접견실 도어가 닫혔다.

퇴근을 한 서영이 실내복으로 갈아입으며 윤섭에게 말했다.

"허 변이 말하던데, 윤섭 씨 일 어떻게 됐니?"

"알면서 왜 물어. 허 변 말대로야. 끝내기로 했어."

"그렇게 끝나도 괜찮아? 정말 괜찮은 거니?"

"뭐가 괜찮다는 거야? 내가? 아니면 허 변이?"

"말이 왜 그래. 뭐가 잘못된 거니?"

"아니, 허 변이 원하는 대로 하기로 했어."

"허 변이 원하는 대로? 남 일처럼 말하지 말고. 그런 일은 회피한 다고 해결되는 것이 아냐. 윤섭 씨가 원하는 대로 결정해야지."

"회피가 아냐. 결정할 때가 되었어. 허 변이 알아서 해 준다고 했 으니까 기다려봐야지. 그만하자. 피곤해. 허 변은 언제 만났어?"

"숍에 왔었어. 함께 저녁 먹었어."

"그랬어. 그렇구나. 그런 관계였구나."

윤섭은 말을 끝내고 출입문 쪽으로 걸어갔다.

"윤섭 씨!"

서영이 정색을 하고 윤섭을 불렀다. 윤섭은 돌아보지도 않고 현관문을 열고 밖으로 나왔다.

옥상으로 올라갔다. 옥상 난간에 기대어 서서 담배에 불을 붙였다. 한숨과 함께 들이마셨던 연기를 내뱉었다. 그제야 살 것 같았다. 담뱃재가 난간 아래로 떨어졌다.

윤섭은 바닥을 향해 떨어지는 담뱃재를 바라봤다. 어느 봄날 흰 데이지 꽃 위로 떨어지는 경호를 떠올렸다. 그때 경호는 무슨 생각을 했을까? 떨어지는 경호 눈에 무엇이 보였을까. 눈은 떴을까, 아니면 눈을 꼭 감았을까. 눈을 감는 것이 덜 무섭지 않을까. 서영과 허 변호사는 단순히 초등학교 동창생만일까. 서영은 왜 허 변호사 입장만 이야기할까. 지우는 어떻게 지낼까. 아직도 동철과 지우가 만날까. 생각에 생각이 꼬리를 물었다.

쌍안경으로 신도림역을 내려다봤다. 전동차가 황사로 뒤덮인 플랫폼에 사람들을 토해내고 사라졌다. 신도림역에서는 항상 사람들이 바쁘게 움직였다. 사람들 몸짓에 여유라고는 찾아볼 수 없다. 모두들 종종걸음 쳤다. 한 씨는 구로구가 원래 가난한 사람들이 살던 곳이라서 그렇다고 했다. 구로구 역사가 그렇게 생겨먹은 것이라고. 윤섭은 초점을 바꿔 도림천을 살폈다. 숲에서 왜가리들이 유유히 날고 있었다. 새들이 사람들보다 부유하다는 생각이 들었다.

나와 같은 생각일까?

지우에게서 메시지가 왔다. 왜지? 하지만 선뜻 묻지 못했다. 궁금한 것을 감추고 답글을 달았다.

-아직도 경주에서 일하니?
-응, 아직. 한 번 볼 수 있겠니?

지우의 댓글이 곧바로 떴다. 윤섭도 지우를 보고 싶었다. 그래서 장난스럽게 댓글을 썼다.

-나, 내일 경주에 가.
-웬일로?
-누굴 좀 만나려고. ㅎㅎ
-그래라. 근데 난 일 때문에. 클로즈 전까지는 맘대로 자리 못 비워. 시간 맞춰 와.
-오케이.

카톡을 끝내고 곧바로 경주행 KTX열차표를 예매했다. 윤섭은 꽃 배달 사건 이후로 서영에게 스스럼없이 다가가기 어려웠다. 자기도 모르게 데면데면하게 굴었다. 아버지가 어머니를 피하던 모습이 떠올랐다. 내일이 되면 자신의 마음이 어떻게 바뀔지. 경주행을 포기할지 몰라 불안해서였다.

다음 날, 윤섭은 저녁 8시가 넘어 경주역에 도착했다. 지우의 퇴근 시간에 맞췄다. KTX열차에서 내려 렌트카를 타고 지우가 일하는 대능원 현장으로 갔다. 어둠 속에서 불쑥 나타난 윤섭을 보고 지우가 놀랐다. 지우 표정이 걱정했던 것과 달리 밝았다. 지우가 웃으며 소리쳤다.

"야, 사람 놀라게?"

"시간 잘 맞췄지. 너 끝날 때까지 저쪽에 있을게. 신경 쓰지 마."

"곧 끝나. 잠시만 기다려. 마무리하고 올게."

윤섭은 지우가 일하는 현장 주변 벤치에 앉아서 기다렸다.

지우가 백팩을 메고 나타났다. 두 사람은 윤섭의 렌트카를 타고 대능원 주차장을 떠났다. 담장이 색색깔 연등으로 둘러싸인 분황사를 지나갔다. 경주는 낮보다 밤 풍경이 더 고풍스러웠다. 차를 타고부터 지우는 한마디도 하지 않았다. 윤섭은 '왜 만나자고 했니?'라는 말을 끝까지 참았다. 침묵이 고등학교 때부터 지금까지 지우에 대한 감정의 우물을 길어 올렸다. 윤섭은 기억의 펌프질을 멈추고 지우의 숨소리에 귀 기울었다. 창밖으로 시선을 두고 있는 지우 표정을 흘끔거렸다. 보문호수 근처 이면도로에 차를 세웠다. 두 사람은 보문호수 쪽으로 내려갔다.

호수를 둘러싸고 있는 벚나무에서 매미가 떼를 지어 울어댔다. 누군가에게 항의하는 것으로 들렸다. 굼벵이에서 성충으로, 인고의 시간. 변태의 시간. 겹겹이 걸치고 있던 두꺼운 옷이 찢겨나가는, 껍질이 터지는 아픔과 희열. 네가 그것을 아느냐고 묻는 것 같았다. 호수를 건너서 불어오는 밤바람이 한여름의 더위를 식혀줬다. 호숫가에 사람들로 북적였다. 윤섭과 지우도 인파 속으로 걸어 들어갔다. 대부분의 사람들이 팔짱을 끼거나 손을 잡고 걸었다. 윤섭은 지우 손을 슬쩍 내려다봤다. 지우도 호숫가 분위기를 의식하는지 윤섭을 힐긋 돌아봤다. 둘은 마주 보고 웃었다. 자기들이 생각하기에도 웃음이 어색했다. 지우가 먼저 입을 뗐다.

"발목 괜찮아?"

"그때가 언젠데, 괜찮아. 지금 멀쩡해."

"다행이야. 걱정했어."

"우와, 네가 내 걱정을 다해주고. 고마워. 넌, 어때? 재밌어?"

"응, 재밌어. 넌?"

"하반기에 몇 개 신청해뒀어."

지우가 걱정스러운 눈길을 보냈다.

"야, 걱정 안 해도 돼. 우리 어른이야."

윤섭의 입에서 어른이라는 단어가 튀어 나갔다. 왜 그런지 지우에게 그런 말을 해 주고 싶었다.

"윤섭아, 내가 네 걱정할 처지는 아니지만 너의 좋은 모습 보고 싶어."

"알았어. 너나 잘해. 나 배고파. 뭘 좀 먹자. 경주에서 유명한 것 뭐 있니?"

"아직 저녁 안 먹었어? 나도 뭐가 유명한지 몰라. 우선 밥 되는 걸로 먹자."

호수 주변에 있는 레스토랑으로 들어갔다. 파스타를 먹고 다시 호숫가를 걸었다. 걸으면서 많은 이야기를 했다. 그러나 이야기에 점점 맥락이 없어졌다. 의미 없는 에피소드가 서투른 끝말잇기처럼 계속되었다. 두 사람 모두 자신들 이야기가 겉돌고 있다는 것을 느꼈다. 그것을 눈치 챈 순간 또 긴 침묵이 이어졌다. 호수 한가운데서 분수가 물을 뿜어 올렸다. 물줄기가 화려한 조명을 받으며 춤을 췄다. 연인들이 분수를 배경으로 셀카를 찍었다. 흰색 커플티를 입은 한 쌍이 눈치를 보며 머뭇거리더니, 남자가 윤섭에게 핸드폰을 내밀며 부탁했다.

"저기요. 사진 좀 찍어 주시면 감사하겠습니다."

윤섭은 그들이 포즈를 취하는 대로 사진을 찍었다. 지우는 한쪽에 가만히 서 있었다. 남자가 고맙다며 윤섭과 지우에게도 사진을 찍어주겠다고 포즈를 취하라고 했다. 호숫가의 들뜬 분위기에 자연스레 스며들지 못한 윤섭과 지우였다. 남자에게 두 사람이 방금 크게 다툰 것 같이 보였는지 모르겠다. 윤섭이 핸드폰을 남자에게 건네주고 지우 손을 잡았다. 지우가 손을 빼지 않고 가만히 있었다. 화려한 조명을 뒤집어쓴 벚나무 아래서 두 사람은 말없이 핸드폰을 바라봤다. 남자가 웃으며 부추겼다.

"두 분 잘 어울리십니다. 좀 더 다정하게. 밤의 호수가 아름답잖아요. 물론 사람이 더 아름답지만요."

윤섭이 지우 어깨에 손을 올렸다. 지우가 역시 가만히 있었다. 두 사람은 서로 어깨를 기댄 채 웃었다.

"자, 됐습니다. 잘 나왔어요."

사진을 찍고 난 후, 지우가 윤섭의 손을 놓았다. 손을 한 번 잡은 후부터 마법에서 풀려난 것처럼 좀 전의 숨 막힐 것 같은 기분이 많이 사라졌다. 두 사람은 서로 사진을 찍어주면서 호숫가 연인들 사이로 섞여들었다. 호수의 밤이 무르익어 갔다.

밤 12시가 넘어가자 호숫가 산책로에 인파가 많이 줄어들었다. 호수를 가로지르는 다리를 건너 스타벅스가 있는 곳까지 걸었다. 호수를 한 바퀴 다 돈 것 같았다. 스타벅스 앞에서 벤치에 앉았다. 윤섭은 두 손을 호주머니에 넣은 채 두 발을 까닥거렸다. 지우가 핸드폰을 꺼내 시간을 확인했다. 그리고 윤섭을 바라봤다. 윤섭이 그러는 지우를 지켜봤다. 지우가 입을 열었다.

"숙소는 예약했니? 요즘 주중에도 방 잡기 어려운데."

"못 잡으면 PC방에 가면 돼. 너 모르지 우리 고등학교 때 연습하기 싫으면 PC방으로 잠수 탔던 거. 그때가 재밌었어."

"맞아. 니네들 잠수 탄 거, 나 다 알고 있었어. 코치님이 화낼 때마다 입이 간지러워 혼났어."

"현규가 그러디?"

"응. 우리 중에서 네가 골프 중계 화면에 제일 빨리 나올 줄 알았어."

"나는 네가 KLPGA를 평정할 줄 알았지. 너무 걱정 마. 곧 중계 화면에 나와 줄게."

윤섭은 말을 해놓고 아차 싶었다. 지우의 허리부상이 떠올랐다.

"그랬으면 좋겠다."

"넌, 언제쯤 서울 올 거니?"

"이번 일 끝나면 또 다른 프로젝트가 있어, 언제가 될지 몰라."

"바쁘겠네, 계속. 우리 어디 가서 술이나 마시자. 술 마시다가 KTX 첫차 타게."

"5시 지나야 첫차 있어. 코로나 이후로, 그때까지 영업하는 집 아마 없을걸."

"괜찮아. 내 걱정 마. 술 마시다가 너 먼저 들어가. 내일 일하려면 일찍 자야지. 난 찜질방이나 PC방 갈게."

지우가 말없이 호수를 바라봤다. 윤섭도 지우의 시선을 따라갔다. 지우는 무슨 생각을 하고 있을까? 나와 같은 생각일까? 호숫가 풀숲에서 물닭 우는 소리가 들려왔다. 지우의 숨결에 따라 가슴 곡선이 오르내렸다. 윤섭은 지우에게 무슨 생각을 하고 있는지 물어보고 싶었다. 아마도 자신과 같은 생각을 하고 있을 것 같았다. 윤섭은 지우 원룸에 가보고 싶었다. 지우를 흘깃 훔쳐봤다. 심호흡을 했다. 눈치를 보며 입을 뗐다.

"너 집에서 재워주면 안 되겠니?"

"그래, 우리 집에 가자. 술 사 가지고 가서 마시자. 나도 너 그냥 보내기가 좀 그랬어."

지우 대답이 예상 밖이었다. 갑자기 '동철이하고 어떻게 됐니?' 하고 묻고 싶었다. 윤섭은 자신의 천박한 호기심에 얼굴을 붉혔다. 두 손으로 마른세수를 했다.

편의점에 들러 술과 안줏거리를 사서 지우 원룸으로 갔다. 윤섭은 지우의 원룸에 들어가면서 핸드폰을 껐다. 원룸은 복층 구조였다. 침실은 위층에 있었다. 아래층은 거실 겸 부엌이었다. 아래층 식탁에 앉아서 술을 마셨다. 편의점에서 사온 소주가 바닥이 나자 지우 냉장고에 있던 캔맥주까지 다 마셨다. 술이 동나자 할 일도 할 말도 없어졌다. 두 사람은 작동을 멈춘 로봇처럼 멍한 상태로 마주보고 앉아있었다. 술에 취했지만 정신은 오히려 말똥거렸다. 윤섭은 인내심에 한계가 왔다. 참고 있던 말을 일부러 불쑥 내뱉었다.

"동철이 자주 보니?"

지우가 말끄러미 건너다봤다. 그리고 입을 열었다.

"마음이 열리지 않아."

윤섭은 솔직해지고 싶었다.

"그래서, 어쩌려고?"

"몰라."

대꾸는 심드렁해도 지우의 얼굴에 그늘이 졌다. 고민스럽다는 표정이 역력했다.

"왜 보자고 했니?"

"네게는 내 마음을 솔직하게 털어놓을 줄 알았어. 그런데 고등학교 때 같지가 않아. 나도 모르는 사이 그동안 너에게도 벽을 쌓아올린 것 같아. 미안해."

"미안해할 필요 없어. 네 고민을 들어줄 남사친에서 제외됐다는 말이잖아. 뒤집어 말하면, 나를 이제부터 다르게 보겠다는 것 아냐."

윤섭은 자신의 말이 너무 어설프다는 생각에 웃었다. 지우는 웃지 않았다.

"마음대로 생각해. 니네들에 대해 내 감정이 많이 바뀌었다는 거야."

"통보야? 동철이, 현규에게 전달하라는 의미니?"

"그건 아니야. 시간이 거리를 만들겠지."

윤섭이 화장실에 가려고 일어섰다. 화장실 쪽으로 걸어가는 윤섭을 보고 지우가 아래층에서 자고 가라며 이불을 폈다.

윤섭은 옷을 입은 채 이불 속으로 들어갔다. 모든 감각신경이 위층에 있는 지우에게로 향했다. 지우가 뒤척이는 소리, 이불을 끌어당기는 소리, 조그맣게 몰아쉬는 한숨소리에까지 윤섭의 몸이 반응했다.

잠이 오지 않았다. 윤섭은 이불을 정리해 두고 원룸을 나왔다. 모든 사물이 새벽 물안개에 묻혀 희미한 실루엣으로만 보였다. 두터운 안개 터널을 걷는 것 같았다. 윤섭은 걸으면서 지우의 한숨 소리를 떠올렸다. 너만 바뀌지 않았어. 나도 조금씩 변해왔겠지. 마음이 아팠다.

서울역에서 내린 윤섭은 지하철 2호선을 탔다. 출근하는 사람들로 붐볐다. 윤섭은 왼손으로 손잡이를 잡고 오른손으로 핸드폰을 확인했다. 서영의 전화가 여러 통 온 것이 보였다. 걱정과 불안, 의문이 뒤섞인 메시지가 마지막으로 들어와 있었다. 지우 메시지는 없었다. 윤섭은 무거운 마음으로 오피스텔로 갔다. 도어록 비밀번호를 눌러 현관문을 열었다. 출근했을 거라 생각했던 서영이 드레스 룸에서 나왔다. 머뭇거리는 윤섭을 발견하고 서영이 입을 열었다.

"왔어?"

메시지 내용과 달리 태연한 목소리였다. 윤섭은 속으로 놀랐다. 얼른 욕실로 들어가며 대답했다.

"아침 식사는?"

문이 닫혔다. 서영이 무어라고 하는데 말이 들리지 않았다. 윤섭은 거울을 바라보며 한숨을 내쉬었다. 서영이 좀 전에 샤워했는지 거울에 짙은 안개 같은 수증기가 잔뜩 서렸다. 거울 속에서 서영의 얼굴이 불쑥 나타날 것 같았다. 두루마리 화장지를 뜯어 얼른 수증기를 닦았다. 거울에 비친 자기 모습을 들여다봤다. 밤새 노숙한 사람처럼 얼굴이 초췌했다. 들어온 김에 세수를 했다. 기분이 조금 맑아졌다. 표정을 가다듬고 욕실 밖으로 나왔다. 서영이 소파에 앉아있었다. 윤섭이 나오는 것을 보고 서영이 소파에서 일어났다. 핸드백을 들고 현관문을 향해 걸어가면서 말했다.

"저녁에 시간 있어? 우리 밖에서 식사하자."

"알았어. 저녁에 숍으로 나갈게."

"숍으로 나오지 마. 내가 전화할게."

"어제 미안해. 전화 못 받아서."

윤섭의 말에 서영이 대답하지 않고 현관문을 열었다.

윤섭은 커피를 내리면서 지우에게 출근 잘 했느냐고 메시지를 보냈다. 창을 통해 바라보이는 하늘에 먹구름이 잔뜩 끼었다. 소나기라도 한줄기 쏟아질 것 같았다. 윤섭은 지우와 보냈던 지난밤을 떠올렸다. 솔직히 이제까지 지우에 대해 가졌던 감정이 무엇인지 잘 몰랐다. 그냥 가끔씩 그리움의 정서에 젖어들게 했던 좋은 여자애였다. 지우도 그랬을 거라고 생각해왔다. 하지만 어제 처음 지우의 원룸에 갔을 때 참 편안하다는 느낌이 들었다. 서영에게서 느끼지 못하는 것이 있었다. 서영과 동거하고 있지만 항상 조심스러웠다. 어쩌면 자신이 찾던 사람이 서영보다 지우가 아닐까 싶었다. 물론 서영이 싫은 것은 아니다. 윤섭은 두 여자를 비교했다는 생각에 피식 웃었다.

날씨 정보를 검색했다. 하루 종일 흐림으로 떴다. 스윙 연습기와

웨이트트레이닝 매트를 챙겨들고 옥상으로 올라갔다. 몇 시간 동안 땀을 흘리고 나니 찌뿌둥하던 몸이 개운했다. 윤섭은 쌍안경을 들고 시가지와 눈 아래로 보이는 건물 옥상을 탐색했다. 그리고 마지막으로 한 씨를 찾았다. 빨간색 플라스틱 스툴에 앉아 꾸벅거리는 한 씨를 확인하고는 아들 같은 미소를 지었다.

서영과 자주 가던 레스토랑에서 저녁식사를 했다. 서영이 스테이크를 썰다가 나이프를 든 채 윤섭을 건너다봤다. 눈에 부드러운 미소가 담겼다. 윤섭은 서영의 눈을 마주보기가 어색했다. 그렇다고 시선을 내리깔 수도 없었다. 윤섭은 자신의 시선이 흔들리지 않기를 속으로 조심했다. 서영 눈에 담긴 웃음의 의미를 파악할 수 없었다. 어제 어디 있었느냐고 추궁할까 봐 마주 보고 웃기도 좀 그랬다. 피할 수 없다고 생각한 윤섭이 먼저 말했다.

"어제 지방에 좀 갔었어. 친구 만나고 오늘 새벽 첫차 타고 온 거야."

"알아. 그 친구가 여자라는 것도."

윤섭은 포크로 혀를 찌를 뻔했다. 어떻게 알았을까? 스테이크 조각을 다 씹을 때까지 생각해봐도 현규 외에는 없었다. 하지만 윤섭이 경주에 간 것을 현규는 모른다. 게다가 지우를 만났다는 것은 더더욱 모를 것이다. 현규가 알면 절대로 안 되는 상황인데. 그래도 혹시 모르니까, 현규에게 전화해 봐야겠다. 윤섭은 속이 안 좋은 척 인상을 찌푸렸다. 화장실에 잠시 다녀오겠다, 하고 밖으로 나왔다. 현규에게 전화를 걸었다. 신호음이 가는 동안에도 초조했다. 윤섭은 현규가 전화를 받자마자 물었다.

"야, 어제 너 뭐했니? 별일 없었어?"

"목소리가 왜 그래. 뭣에 쫓기는 사람 같다. 나 어제 필드 레슨 했어."

"어디로 갔는데?"

"주변에 갔지. 뭐가 궁금해. 연습장 팀 데리고 갔었어. 푼돈이지 뭐."

"그랬어. 알았어. 나중에 또 연락하자."

윤섭은 떨떠름해하는 현규를 내버려두고 먼저 종료버튼을 눌렀다. 그러면 누구지? 서영에게 알려줄 사람을 더는 찾을 수 없었다. 윤섭은 생각에 잠겨 안으로 들어갔다. 서영이 여전히 웃는 얼굴로 윤섭을 쳐다봤다. 윤섭은 남은 음식을 구겨 넣듯 입속으로 거듭 집어넣었다. 서영이 와인으로 입가심을 하고 조용히 말했다.

"윤섭 씨하고 갈 데가 있어."

"어디로?"

"그런 데가 있어. 지금 당장이 아니고. 갈 수 있지?"

서영의 표정으로 봐서는 속내를 읽을 수 없었다. 냉엄해 보이기까지 하다. 윤섭은 고개를 끄덕였다. 거역할 수 없게 만드는 그녀 특유의 부드러운 미소에 저항의지마저 잃어버렸다. 두 사람은 말없이 식사를 계속했다. 침묵이 무거워질 때쯤 허 변호사로부터 전화가 왔다. 벨소리에 서영이 건너다봤다.

"허 변호사. 받고 올게."

서영이 궁금해 하는 표정을 지었다. 윤섭은 전화기를 들고 레스토랑 밖으로 나왔다. 허 변호사의 사무적인 음성이 들렸다. 골프장 측에서 제시한 것보다 좀 더 유리한 조건으로 합의를 볼 것 같다고 했다. 통화 내용이 대부분 허 변호사의 생색내기였다. 윤섭은 허 변호사에게 될 수 있으면 지금의 합의선에서 더 이상 후퇴할 수 없다고 못 박았다. 허 변호사의 목소리가 처음보다 가벼워졌다. 윤섭은 속으로 '자식, 속 시원하겠네'하고 전화를 끊었다. 길게 숨을 들이쉬었다가 내쉬었다. 배상금을 받으면 숨통이 좀 틜 것 같았다.

　　윤섭은 머릿속으로 통화내용을 점검하면서 자리에 와서 앉았다. 서영이 눈으로 물었다.

　　"합의 볼 것 같대."

　　"잘 됐네. 윤섭 씨 원하는 선에서?"

　　"좀 더 유리한 조건이래."

　　"그래. 역시 허 변이야."

　　윤섭의 표정이 굳어졌다.

디자인이라는 이름으로

허 변호사가 소영꽃집에 왔다. 서영에게 꽃바구니를 주문했다. 꽃바구니 주문이라면 전화로도 충분하다. 그런데 왜지 싶다. 배달받을 고객의 이름과 주소를 적은 메모지를 내놓았다. 여자 이름이었다. 서영은 궁금했지만 메모지를 받아서 견적서와 함께 백보드에 꽂았다. 허 변호사가 작업대로 사용하는 테이블 앞에 플라스틱 스툴을 당겨서 앉았다. 서영이 꽃바구니 카탈로그를 허 변호사 앞에 가져다놓으며 물었다.

"마음에 드는 것으로 골라봐. 안 바빠? 커피 줄까?"

"알아서 만들어. 오늘 재판 들어갔다가 머릴 좀 시키려고. 꽃향기 맡으니까 신경이 이완돼."

"그렇지. 향수보다 치유 효과가 더 좋아."

"플로리스트 아니랄까 봐."

서영은 커피를 내려 허 변호사 앞에 놓으며 눈치를 봤다. 윤섭의 문제를 허 변호사에게 확인해야겠다는 생각에서다.

"피곤하지. 윤섭 씨 건 물어봐도 돼?"

"괜찮아. 그 친구 일은 이제 끝났어. 생각보다 쉽게 해결됐어. 사실은 사건이라고 할 것도 없지 뭐. 그건 그렇고 그 친구하고 계속 갈 거야? 네 취향이지만 미래가 불안하잖아. 괜찮겠어? 널린 게 골편데. 괜히 개고생하는 거 아냐? 아직 KPGA 정규 투어 우승도 못 했으면 좀 그렇지 않아? 걱정이다."

"네 말뜻은 알아. 하지만 내 걱정할 필요 없어. 나도 판단력 있거든. 윤섭 씨 일 잘됐다니 고마워. 내가 밥 한 번 살게."

"말 나온 김에 라운드 한 번 갈까? 그렇지 않아도 내 고객이 동반해서 한 게임하자고 하는데."

"그건 네 와이프랑 가야 하는 거 아냐. 내가 왜?"

"비즈니스야. 누가 와이프랑 가니. 와이프랑 라운드 가면 싸우기밖에 더 하겠어. 네게도 괜찮아. 수주할 수 있을 거야. 네게 달렸겠지만."

"무슨 회산데?"

"네가 오케이하면 말해 줄게."

"사람 변하지 않는다더니. 초딩 때 버릇 여전하구나. 언제야?"

"부킹되는대로 날짜 알려줄게. 고마워."

"고맙긴. 돕고 사는 거지."

"기분 안 좋은 일 있어? 분위기가."

"분위기가 뭐?"

서영은 잘되었다 싶다. 지난번에 윤섭의 실수 때문에 장례식장 거래처 한 곳을 잃어버렸다. 그 장례식장 수주를 다시 받으려면 춘성 만신의 도움을 받아야 하는데. 만신에게 윤섭의 실수를 말하고 싶지 않았다. 혼자서 장례식장 측과 거래를 회복시켜보려고 노력하는 중이었다.

커피를 다 마신 허 변호사가 함께 저녁 식사를 하자고 했다. 서영은 자신의 현재 기분을 허 변호사가 눈치 챈 것 같아 망설였다. 그저께 윤섭이 외박을 했다. 지방에 갔다가 왔다고만 말하고 끝이었다. 함께 저녁식사 하면서 넘겨짚었을 때, 윤섭이 화들짝 놀랐다. 하지만 그가 말하지 않는 것을 자세히 묻고 싶지 않았다. 말하기 싫어한다는 것까지만 짐작하고 말았다. 그 수위가 어디까지일까 궁금했지만. 윤섭이 장례식장에 화환을 싣고 갔다가 실수했을 때, 너무 심하게 굴었나 싶었다. 그가 화환이 망가졌다고 메시지를 보내왔을 때, 재빨리 대처했어야 했는데 그렇지 못했다. 따지고 보면 서영 자신에게도 잘못이 있었다. 유메하고 보이스톡을 하느라고 윤섭의 메시지를 가볍게 넘긴 것이다. 그리고 리스크를 윤섭에게만 떠넘겨 버렸다. 윤섭에게 미안하다고 말하고 싶었지만 마음이 원하는 대로 움직여 주지 않았다. 유치할 정도로 자존심이 상했다. 일단 화해하긴 했지만 완전히 화가 풀린 것이 아니었다.

허 변호사를 따라 필드 라운드라도 다녀올까. 파트너 역할 한다고 윤섭에게 미안해할 필요가 있을까. 수주를 위해서라면. 윤섭의 존재는 동거인에 불과할 뿐이야. 그렇게 따지면 윤섭에게 서영 자신도 마찬가지이다. 윤섭이 외박해도 탓할 명분이 없다. 오히려 자신이 윤섭에게 집착하는 것이 아닐까. 서영은 꽃바구니 디자인을 끝냈다. 디자인에 맞춰 김 선생에게 꽃을 준비하라고 시켰다. 서영과 김 선생이 꽃바구니 만드는 것을 허 변호사가 옆에서 구경했다. 서영이 꽃을 커팅하는 것을 관찰하던 허 변호사가 질문했다.

"장미 종류가 몇 가지야?"

"많아. 수천 종류래. 왜?"

"그걸 어떻게 다 기억할까. 신기해서. 플로리스트들에게는 '장미'가 상위개념의 보통명사잖아. 하위분류 체계가 또 있을 테니까. 로미오와 줄리엣에서, 줄리엣이 로미오에게 '로미오, 장미가 이름이 바뀐다고 해서 장미의 달콤한 향기가 달라지는 것이 아니에요'하는 대사가 있어. 이름이 바뀐다고 해서 그 사물의 본질이 달라지는 것이 아니라는 거지."

"로미오와 줄리엣에 나오는 대사도 기억하고 제법이네. 아는 만큼 보인다고 하잖아. 플로리스트 업계도 마찬가지야. 난 공부하려면 아직 멀었어. 소재에 대해 알면 알수록 다루기 어려워. 마음공부도 더 해야 하고. 꽃과의 관계 맺기라고 할까. 아니 정 떼기라는 것이 맞을 거야. 아무리 식물이지만 자르고, 구부리고, 떼어내고, 솎아내는 것이. 디자인이라는 이름으로 생명체에 제멋대로 가위질하는 것이. 이런 짓을 사람에게 한다고 생각해봐 끔찍하지 않아? 맥락이 닿는지 모르겠지만 사람에게 가스라이팅한다고 생각해봐. 그러고 보니까 허 변하고도 아직까지 정 떼기를 못 한 것 같아."

"그럼, 정 떼기하겠다고? 우리는 죽을 때까지 관계 맺기해야지. 난 그렇게 생각하는데. 넌?"

"몰라. 요즘 들어와서 사람과 관계 맺기가 매우 어렵다는 생각 들어."

"그런 의미로 저녁이나 먹으러 가자. 술 한잔하고 싶어. 사슴 같은 눈빛으로 아이스크림처럼 웃을 줄 아는 여자랑."

김 선생이 쿡 웃었다.

"김 선생, 왜 웃어요?"

허 변호사 말에 김 선생이 끝내 까르르 웃음을 터뜨렸다.

"진부하긴, 올드해. 김 선생 못 들은 걸로 해. 허 변 함께 밥 먹을 여자가 많이 고픈가 봐. 나한테까지 아부 떠는 것 보니까. 끝났어. 가자. 김 선생, 이것 배달시키고, 뒷정리하고 퇴근해요."

서영은 출근할 때 윤섭에게 제주도로 골프 라운드 간다는 말을 하지 않았다. 그렇다고 윤섭의 외박에 대한 맞대응이라고 생각하지 않았다. 바람이나 쐬고 오자는 기분이었다. 푸른 제주 바다를 바라보면서 복잡한 머리를 식히자는 생각이다. 페어웨이를 밟으며 마음을 짓누르는 무거운 느낌을 떨쳐내고 싶었다.

핸드폰 벨소리가 울렸다. 윤섭의 전화였다. 서영은 전화를 받지 않

고 허 변호사 차에 올라탔다. 허 변호사가 서영을 힐긋 바라보고, 카
오디오의 볼륨을 높였다. 조지 거슈윈의 재즈가 흘러 나왔다. 두 사
람은 일상적인 잡담을 하며 김포공항을 향해 달렸다.

제주도의 8월은 서울보다 덜 더웠다. 롯데스카이힐제주CC 골프장
주변에 있는 호텔에 체크인했다. 그런데 룸이 한 개밖에 예약되지 않
았다. 서영은 당황했다. 허 변호사의 등을 살짝 터치했다. 허 변호사
가 카드키를 받았다. 노려보는 서영의 눈길을 외면했다. 서영은 머뭇
거리다가 앞서가는 허 변호사를 뒤따라갔다. 하지만 엘리베이터 앞에
서 되돌아섰다. 허 변호사가 서영의 어깨를 돌려세웠다. 엘리베이터
문이 닫히자 서영이 허 변호사를 다시 노려봤다. 허 변호사가 씨익 웃
었다. 서영은 더욱 눈꼬리에 힘을 줬다. 짐을 풀기 전에 프런트에 전화
를 했다. 룸을 하나 예약하겠다고 하자 풀이라고 했다. 캐리어의 손잡
이를 붙잡았다. 허 변호사가 만류하려고 서영의 팔을 잡았다.

"예약하기 전에 왜 알려주지 않았어?"

서영이 허 변호사 손을 뿌리치고 베드 하나에 걸터앉으면서 짜증
을 냈다.

"푸하하하. 이왕이면 파트너 노릇 제대로 해야지. 내가 예약한 것
아냐."

서영은 얼른 화장실로 들어갔다. 거울 앞에 섰다. 얼굴이 발갛게
달아올라 있었다. '아, 저 인간을 어떡해. 기어코 사고 쳤어. 꼼짝 없
이 파트너 역할을 해야겠네.' 전화벨이 울렸다. 허 변호사의 목소리가

들렸다. 함께 온 사람들과 저녁식사 시간을 조율하는 모양이다. 서영은 화장실 안에서 생각을 정리했다. 화장실에서 나오는 서영을 보고 허 변호사가 빙글거리며 입을 열었다.

"옷 갈아입어. 식당으로 내려가자. 서 회장팀이 기다린다고 했어. 저녁식사하고 술도 마실 거야. 옷은 편하게 입어도 돼."

"알았어. 먼저 내려가. 옷 갈아입게."

"함께 내려가야지. 저들에게 우린 파트너야. 유치하게 행동하지 않는 게 좋아."

"네가 사람 유치하게 만들고 있잖아. 잘 알아둬. 저녁식사하고 술 마시는 것까지야. 나, 가볼 곳이 있어."

"어딜 가? 내일 컨디션 관리 안 해? 너, 18홀 돌기 힘들어 하잖아."

"내 걱정 마셔. 빨리 나가. 옷 갈아입게. 자꾸 그러면 캐리어 끌고 나간다."

"명심해. 비즈니스야. 그것 때문에 여기까지 왔잖아. 괜한 자존심 부리지 마. 내가 너 잡아먹지는 않을 테니까. 그 골퍼 자식 땜에 그러니?"

허 변호사를 문밖으로 밀어내고 옷을 갈아입었다. 서영은 엘리베이터 문에 비친 자신의 모습을 힐긋 봤다. 비즈니스 모임으로 만들어야지. 어디까지나 비즈니스야. 저 인간이 어떻게 생각하던 난 분명한 계획이 있어. 목선이 약간 파인 검은색 슬리브리스 실크 쉬폰 원피스에 화이트골드 체인 목걸이로 포인트를 줬다. 너무 튀지 않을까. 허 변호사의 파트너가 아닌 커리어우먼으로 그 자리에 있고 싶었다. 허 변호사가 레스토랑 입구에서 예약석 쪽을 훑었다.

창가 자리에 남녀 두 사람이 보였다. 그들 쪽으로 허 변호사가 나아가기 전에 귓속말로 속삭였다. 그의 목적은 귓속말 내용에 있다기보다 창가에 앉은 두 사람에게 보여주기 위한 제스처였다. 서영은 일단은 허 변호사의 의도를 받아들였다. 그녀도 다정한 척 고개를 끄덕였다. 허 변호사가 두 사람에게 다가서면서 서영의 손을 잡았다. 그들에게 목례를 하고서야 손을 놓았다. 그리고 의자를 빼서 앉으라고 잡아줬다. 서영은 의자에 앉으면서 그들에게 부드럽게 미소를 지었다. 비록 허 변호사 계략에 말려들었지만 당당해지기로 했다.

허 변호사가 서 회장님이라고 부르는 남자보다 그 옆에 앉은 여자에게 관심이 갔다. 캐주얼하게 차려입었다. 서영보다 나이가 많이 어려 보였다. 대학생 정도? 아니면 갓 졸업을 한 신입사원 정도랄까. 여자가 서영의 시선을 느낀 모양이다. 새치름하게 내리뜨고 있던 시선을 서영에게로 보냈다. 그리고 씨익 웃었다. 개구쟁이 웃음이었다. 서영도 마주 웃었다. 예상과 다른 여자의 모습에서 신선함이 느껴졌다. 여자가 서영을 똑바로 바라보면서 입을 열었다.

"사모님, 자녀분들 케어해줄 도우미 있으시나 봐요? 대학 때, 초딩들 하고 도우미 알바했거든요. 사모님 중에 필드 가시면서 부탁하는 분들 꽤 있었어요."

이건 뭐지? 정말 당돌하군. 서영은 여자의 말에 잠시 망설였다. 허 변호사가 고개를 돌려 서영을 힐긋 봤다. 그의 눈에 재밌다는 웃음이 담겼다. 서영은 여자 말을 무시할까 하다가 그녀를 똑바로 건너다봤다. 네가 나를 도발해. 그러면 나도 적절한 응답을 해야겠지. 대수롭지 않다는 듯 미소를 지으며 나직하게 대꾸했다.

"네, 도와주시는 분 있어요. 취준생인데 표정이 매우 예쁜 분이죠."

"표정이 매우 예쁜 분? 표현이 좀 애매하군요."

"그렇죠, 애매하지요."

"의도가 담긴 것 같아요"

"생각 나름이겠죠."

"두 분, 인사가 좀 길어지네요."

서 회장이 끼어들었다.

"여성분들끼리 공감대가 형성되는 순간입니다."

허 변호사도 한마디 거들었다. 두 여자의 탐색전은 거기서 멈췄다.

식사를 하면서 나누는 이야기는 전혀 비즈니스적이지 않았다. 유치할 정도로 일상적인 이야기들을 하고 웃어댔다. 자연히 여자가 대화의 중심이 되었다. 모두 호기심 어린 얼굴로 여자의 이야기에 웃음을 터뜨렸다. 서영은 등을 꼿꼿이 세우고 포크와 나이프를 사용했다. 그러면서 유리창을 통해 여자를 관찰했다. 자신의 비즈니스에 대해 저렇게 자연스럽고 당당하게 웃을 수 있다니. 칙칙하고 추한 구석이 없어. 쿨하고 산뜻해. 어디서 나오는 자신감일까. 아직 어린 나이이기 때문일까.

서영은 윤섭을 떠올렸다. 윤섭에게서 요즘 농담이 사라졌다. 서영은 그러한 윤섭이 안쓰러우면서도 짜증이 났다. 그래서 점점 윤섭과 대화 시간이 짧아지고 있었다. 윤섭에게서 자신의 존재에 대해 다시 생각했다. 윤섭이 슬럼프에 빠져 있는데 자신조차 발랄함을 잃어버렸다는 것을 여자를 보면서 깨달았다. 윤섭에게 저 여자처럼 활기 넘치는 대화를 나눌 사람이 필요하지 않을까. 처음 그녀의 당돌한 질문에 당황했던 것과 달리 서영은 여자의 상큼한 말투가 재미있었다. 치기 어린 대학생 같은 웃음을 마구 터트리는 두 남자를 바라봤다.

여자가 리드하는 대학생 MT 같은 분위기 속에서 식사가 끝났다. 와인바로 장소를 옮겼다. 여전히 분위기를 주도하는 사람은 여자였다. 어느새 서영도 여자의 분위기 속에 아무 저항 없이 빨려 들어갔다. 적당히 취해서 헤어졌다. 내일 라운드를 기대한다고 하면서 여자가 서영에게 손을 내밀었다.

룸으로 돌아오자 허 변호사가 서영의 어깨를 감싸 안으려고 했다. 서영이 획 뿌리쳤다. 허 변호사가 비틀거리며 욕실로 들어갔다. 서영은 허 변호사가 샤워하는 소리를 듣고 방을 나왔다. 호텔 산책로를 걸었다.

허 변호사 메시지가 떴다.

─어디야? 찾았는데.
─먼저 자. 곧 올라갈 거야.

-올라가지 말고 양주바로 와. 여기 있어.

-내일 일찍 일어나야지. 난 그냥 올라갈게. 천천히 와.

-지금 나 혼자 있어. 여기 조금만 더 있다가 올라가자. 어차피 가 봐야 잠 오겠어?

서영은 허 변호사 말이 맞을 것 같았다. 침대에 누워도 쉽사리 잠이 올 것 같지 않았다. 차라리 취한 것이 서로에게 덜 어색할 것 같았다. 양주바에 사람들이 듬성듬성 앉았다. 구석진 자리에 허 변호사가 양주잔을 앞에 놓고 생각에 잠겨 있었다. 서영이 다가서자 고개를 돌려서 처다봤다. 맞은편에 앉는 서영 앞에 웨이터가 잔을 가져다 놓았다. 허 변호사가 서영의 잔에 술을 따르고 얼음을 띄웠다. 서영이 술잔을 드는 것을 보고 허 변호사가 잔을 부딪쳤다. 그리고 혀 꼬부라진 소리로 입을 열었다.

"피곤하지, 미안해. 내가 잘못 생각한 것 같아. 널 동반자로 선택하지 말았어야 했는데. 내 기분만 생각한 것 같아. 정말 미안해."

"미안한 줄 알면 됐어. 나도 비즈니스라는 말에 덥석 쫓아온 것이 우스워. 적당히 마시고 올라가자."

"야, 소서영, 비즈니스라고! 순진하고 착한 소서영. 잘 들어. 처음이자 마지막 내 고백이야. 내가 너 초딩 때부터 좋아한 것 알고나 있니? 너, 어릴 때, 일본 만화에 나오는 여자아이 같았어. 원피스에 나오는 여자 캐릭터 중에 내가 제일 좋아했던 '아인'. 아인이 어떤 캐릭터인 줄은 알아? 상대방을 12년 전으로 되돌려버리는 사기 캐릭터야. 너만 보면 내 시간은 과거로 회귀해 버려. 지금도 그래. 넌 어떻게 생각할지 모르지만 난 아직 초딩 때 널 좋아했던 허영효야. 그만큼 단순해져. 널 어떻게 해보겠다고 여기까지 데려온 것 아냐. 단지, 정말 단순하게 초딩 때 소풍가는 기분으로 너랑 함께 동반자로 오면 좋겠다는 아주 단순한 생각뿐이었어. 그런데 막상 룸에 들어가 보니. 나도 당황하겠더라. 우리 자주 공치러 다녔잖아. 화내는 널 보고 그때서야 아차 우리가 초딩이 아니지. 그리고 이게 무슨 시추에이션이지 싶었어. 현타가 온 거야. 정말 미안해. 그런데 널 좋아하고, 널 사랑하는 것에 불순한 의도가 있는 것은 아냐. 그것만은 인정해줘. 다시 말하지만 단지 정말 단순하게 하룻밤 같이 지내보고 싶었어. 왜, 있잖아. MT 가면 가끔씩 멤버들이 술 마시다가 남녀가 한 방에서 뻗어버리는 거. 정말 그렇게만 생각했어."

"니들은 MT 가면 혼숙했는지 모르지만 난 그러지 않았어. 너 생각이 그렇다면 진탕 마시자."

횡설수설하는 허 변호사 말을 서영이 차갑게 받았다. 허 변호사가 히히 웃으며 덧붙였다.

"화내니까 되게 귀엽네. 우리 와이프는 무서운데. 가끔씩 네가 우리 와이프였으면 좋겠다는 생각했어. 우리 와이프 곰이야, 곰. 도통 상냥한 데가 없어. 여우하고는 살아도 곰하고는 못 산다고 하잖아."

"허 변, 쪼다네. 내 앞에서 네 와이프 뒷담화해도 된다고 생각하니. 듣는 사람이 다 기분 나빠. 네 지금 발언 여성 폄하 발언이라는 거 알아? 여자를 아직도 그렇게 분류를 한다는 것은, 아직 여자를 한 인간으로 보지 않고 있다는 거잖아. 와이프를 깔치가 아닌 함께 살아가는 동반자로 봐야지. 너의 그 올드한 인식의 틀부터 뜯어고쳐."

"깔치? 너 그런 말도 알아?"

"그보다 더한 말도 알아. 상대의 수준에 맞추는 거지."

"내 수준은?"

"바닥."

"그렇다 쳐. 난 오히려 기분이 좋은데. 맹한 순둥이인 줄만 알았는데. 말 나온 김에, 대부분 깔치까지는 아니지만 그래도 와이프가 좀 그런 면도 있으면 좋잖아. 수녀 같은 여자보다. 안 그래? 넌, 윤섭 씨 만족해?"

"갑자기 윤섭 씨는 왜?"

"그냥. 넌 그 골퍼에게 만족하는 것 같아서. 잘 해줘?"

"백 퍼센트 만족이라는 게 어딨어. 살면서 맞춰가는 거지 뭐. 그런 대로 좋아."

"난, 와이프하고 각 방 쓴지 오래됐어. 이혼 할지도 몰라."

서영은 허 변호사 말에 술잔을 내려놓았다. 그가 곧 쓰러질지 모르겠다는 생각이 들었다. 앉아 있는 것이 위태위태했다.

"그만 마셔. 올라가자. 내일 비즈니스 해야지. 나 18홀 버거워하는 거 알지. 올라가."

"벌써 올라가면 안 돼. 나 아직 정신 말짱해. 사고 칠지도 몰라. 하나만 물어보자. 너 그 자식하고 계속 갈 거니?”

　허 변호사가 뭉그적거리는 사이 서영이 계산했다. 서영은 허 변호사의 마지막 말에 대답하지 않았다. 윤섭과 계속 가야 할지 말아야 할지에 대한 답변은 자신이 없었다. 서영은 허 변호사를 바에 내버려두고 밖으로 나왔다. 로비를 통과해서 호텔 출입구를 향해 걸음을 옮겼다. ‘윤섭과 계속 갈 거니?’하고 자신에게 물었다.

렌즈 속 세상

　윤섭은 여느 날과 다름없이 쌍안경을 들고 오피스텔 옥상에 올라갔다. 소란스러운 도시를 훑었다. 쌍안경을 구입한 후의 루틴이다. 한낮의 거리는 파도가 출렁이는 바다를 연상시켰다. 자동차들이 일렁이는 사이로 사람들이 작은 파도처럼 몰려다녔다. 윤섭은 사람들 신발에 초점 맞추기 좋아했다. 바삐 걸어가는 각양각색의 신발을 보고 있으면 그들과 함께 걷는 기분이 들었다. 그들 대화와 그들의 한숨 소리가 들리는 듯했다. 옥상에서 내려가서 사람들 속으로 섞여들고 싶었다. 재밌는 것은 같은 거리풍경인데, 맨눈으로 볼 때와 쌍안경으로 볼 때가 완전히 달랐다. 쌍안경으로 보면 세상이 다르게 보일 것이오, 하던 한 씨 말처럼 렌즈 속은 그야말로 딴 세상이었다. 시야의 확장뿐 아니라 사물을 표피적이지 않고 내부 깊숙이 들여다보게 했다.

　소영꽃집에 초점을 맞췄다. 윤섭의 쌍안경에 허 변호사가 잡혔다. 양복 차림이 아니다. 브라운색 바지에 베이지색 티셔츠 차림으로 승용차에서 내렸다. 윤섭은 마른침을 삼켰다. 허 변호사가 서영의 꽃집에서 골프백을 들고 나와 승용차 트렁크에 실었다. 필드 라운드?

윤섭이 서영의 전화번호를 눌렀다. 오랫동안 신호음이 가는데 받지 않았다. 고객이 전화를 받을 수 없다는 멘트가 이어졌다. 윤섭의 쌍안경 속에서 서영이 허 변호사 승용차 조수석에 올라탔다. 윤섭은 엘리베이터가 있는 곳으로 뛰어 내려갔다. 1층에서 올라오는 엘리베이터 속도가 너무 느렸다. 엘리베이터 버튼을 주먹으로 내려치고 싶었다. 엘리베이터가 1층에 도착하자 윤섭은 곧장 소영꽃집까지 뛰었다. 윤섭이 도착했을 때, 이미 허 변호사의 승용차는 사라지고 없었다. 허탈감에 윤섭은 하늘을 쳐다봤다. 하늘에 얄미울 정도로 구름한 점 없었다. 태양이 이글거렸다. 아니 윤섭에게 그렇게 보였다. 얼굴이 따갑고, 등허리가 축축했다. 스쳐 지나가는 사람들이 모두 자신을 비웃는 것 같았다. 테크노마트 앞, 거리의 소음들이 모두 웃음소리로 바뀌어서 하하거렸다. 그렇다고 김 선생에게 확인하고 싶지는 않았다. 윤섭은 인상을 잔뜩 찌푸린 채 하릴없이 걸었다. 시선을 둘곳이 없어 보도블록만 헤아렸다. 그때 한 씨 목소리가 들렸다.

"최 프로, 어디 가는가?"

"아, 어르신, 안녕하세요? 잠시 일이 있어서 내려왔습니다."

"점심은 먹었는가? 아직이면 같이 한 그릇할까?"

"예."

윤섭은 입에서 나오는 대로 대답했다. 허깨비 같은 기분이다. 발이 허공에서 흐느적거리는 것 같았다. 한 씨가 좌판을 뻥튀기 장수에게 부탁하고 앞장섰다. 윤섭은 한 씨 뒤를 따라갔다. 순대국밥 집으로 들어갔다. 그제야 자기 손에 핸드폰만 들렸다는 것을 알았다. 오피스텔 옥상에 쌍안경과 스윙 연습기, 웨이트트레이닝 운동기구들을 그대로 두고 왔다는 것도. 한 씨가 식당 주인하고 대화를 나누었다. 윤섭이 난처한 표정을 지었다. 한 씨가 윤섭 표정을 흘끔 살피더니 짓궂은 웃음을 머금고 말했다.

"최 프로, 바쁜 일 있소?"

"아닙니다. 어르신, 10분 안에 다녀올게요."

"밥값 걱정 말어. 오늘은 내가 낼 테니까."

"그것 때문이 아니고요. 10분이면 됩니다. 말씀 나누고 계셔요."

"내가 바쁜 사람 붙잡았는가? 아무리 바빠도 밥은 먹어야지. 사람도 참."

"그런 것 아닙니다. 곧 다녀오겠습니다."

윤섭은 포스빌 오피스텔을 향해 바삐 걸었다. 한 씨가 자신의 얼굴에서 무언가를 읽어낸 것이 아닐까? 쇼윈도에 비치는 자기 모습을 힐긋 바라봤다. 후줄근한 트레이닝복 차림에 머리가 부스스했다. 누가 봐도 만신창이가 된 게임 캐릭터 같았다. 몸은 살찐 닭새끼처럼 뒤뚱거리고, 마음은 고철처럼 덜그럭거렸다.

꽃배달 사건 이후부터 서영이 윤섭에게 틈을 주지 않았다. 한 공간에 있어도 없는 사람 취급했다. 서영에게 윤섭은 그림자조차 없었다. 침대에서 몇 번이나 서영을 안으려고 시도를 했다. 그때마다 서영이 몸을 돌렸다. 사실은 서영이 돌아누워서가 아니라 윤섭 자신이 선뜻 손을 내밀지 못했다. 몇 주째 섹스리스 생활이 지속되었다. 윤섭이 따로 매트를 까는 것이 자연스러워졌다. 같은 시간에 한 공간에 있는 것이 고통스러웠다. 서로에게 사물화되어가는 기분이었다. 서영을 떠날 때가 다가오고 있다는 생각에 마음이 무거웠다. 떠날 때 떠나더라도 신뢰를 회복하고 싶었다.

오늘도 마찬가지였다. 윤섭을 만나기 전부터 허 변호사와 서영이 친구였고, 함께 필드 라운드 다니는 사이라는 것은 알고 있었다. 그런데 오피스텔 옥상에서 꽃집까지 뛰어오게 만드는 이 감정은 무엇일까. 때로는 까닭 모를 질투심에 화가 머리 꼭대기까지 오를 때도 있었다. 윤섭은 허 변호사에 대해 점점 의심이 높아졌다.

윤섭은 허 변호사 전화번호를 터치하려다 멈췄다. 지금으로서는 딱히 전화를 걸 이유가 없었다. 허 변호사 중재안대로 골프장 측과 합의를 봤다. 규정보다 위로금을 조금 더 받았다. 서영과 허 변호사가 윤섭의 사건을 계기로 계속 만난다고는 할 수 없었다. 그들 사이에 윤섭이 끼어들 명분이 없었다.

윤섭은 옥상에 흩어져있던 쌍안경과 스윙 연습기, 웨이트트레이닝 기구를 들고 내려와 신발장에 정리했다. 옷을 챙겨 입고 한 씨가 있는 식당으로 갔다. 한 씨와 주인이 박장대소했다. 윤섭이 들어오는 것에 맞춰 순대국밥 두 그릇이 나왔다. 윤섭은 순대국밥에 간을 맞추면서 한숨을 내쉬었다. 좀 전에 본 서영과 허 변호사 모습이 음을 소거한 동영상처럼 눈앞에서 어른거렸다. 윤섭의 한숨 소리를 들었는지 한 씨가 국밥 그릇에 깍두기 국물을 부으면서 건너다봤다.

"최 프로, 밥그릇 앞에서 한숨 쉬면 복 날아간다는 옛말이 있소. 예전에 우리 어머니가 그런 말씀 자주 하셨거든. 내가 어렸을 때 어려운 가정 형편 때문에 자주 한숨을 쉬었던 모양이야. 밥 먹을 때는 항상 감사하는 마음을 가지고 밝은 마음으로 먹어야 체하지도 않고 그것이 살이 되고 피가 된다고 했소. 어머니 그 말이 아직도 잊히지가 않아. 일단은 맛있게 먹어요. 그래야 음식을 내온 사장님도 기분이 좋을 거고."

"죄송합니다. 감사히 먹겠습니다."

"옳지. 그렇게 말하니, 사람이 얼마나 요샛말로 있어 보여."

한 씨가 거기까지 말하고 국물을 입으로 떠 넣었다. 국밥그릇을 잡고 있는 한 씨의 마디가 잘린 오른손 손가락이 눈에 띄었다.

"사람은 원래 잘생겼잖아요."

카운터에 앉아 윤섭과 한 씨를 바라보던 주인이 한마디 거들었다.

윤섭은 말없이 국밥을 입안으로 밀어 넣었다. 사실 두 노인의 위로가 귀에 들어오지 않았다. 머릿속에 서영과 허 변호사가 어느 CC로 갔을까만 맴돌았다. 그들이 라운딩하는 CC를 안다고 해서 쫓아갈 것도 못 되지만, 자꾸 어디 CC일까 궁금했다. 밥을 먹는 동안 온갖 궁리를 했다. 심지어 불륜커플을 미행해서 사진을 찍어주는 파파

라치에게 의뢰해볼까 하는 생각까지 했다. 윤섭은 그러고 있는 자신이 한심했다. 서영이 제시한 동거 계약서에 give and take에 균형이 깨지면 곧 동거생활을 끝낸다, 라는 항목이 분명히 명시되어 있었다. 그리고 자신은 사인을 했고. 하지만 그대로 물러나고 싶지는 않았다. 윤섭이 서영을 허 변호사에게 빼앗길 수 없다, 까지 생각했을 때 한 씨가 숟가락을 놓았다. 윤섭도 깍두기로 입가심을 하고 얼른 숟가락을 내려놓았다. 그리고 커피자판기로 가서 믹스 커피 두 잔을 뽑아왔다. 한 씨가 커피를 건네받으면서 주인에게 인사를 했다.

"맛있게 잘 먹었소. 언제 먹어도 최고요. 변함없는 손맛도 좋고."

"고맙소. 한 사장의 변함없는 말씀이 나는 좋소."

두 노인이 서로를 칭찬하는 것이 우습지만 좋아보였다. 윤섭도 덩달아 한마디 했다.

"정말 맛있게 잘 먹었습니다. 어르신 감사합니다."

"최 프로, 많이 바쁘시오?"

한 씨가 주인에게 카드를 주면서 윤섭에게 물었다..

"아니, 괜찮습니다. 같이 나가시죠."

윤섭은 한 씨와 나란히 걸었다. 한 씨에게서 아버지의 냄새가 났다. 아버지가 살아 있었으면 어떻게 말씀해 주셨을까, 하고 생각해봤다. 한 씨가 생각에 잠겨 있는 윤섭을 힐긋 바라보고 입을 열었다.

"살다보면 어려울 때가 한두 번이 아니오. 급할수록 돌아가라고 하지 않소. 최 프로는 아직 젊지 않소? 멀리 보고 현재 상황을 잘 이

거내소. 너무 기죽지도 말고, 그렇다고 세상을 얕보지도 말고. 차근차근 살펴보면 해결책이 떠오를 것이오. 내가 가방끈이 짧아 말주변이 좀 없소. 그렇지만 길거리에서 오래 구르다 보면 사람 볼 줄은 좀 알아요. 최 프로는 좋은 관상을 가졌소. 지금은 잘 안 풀리는 시기요. 이 시기를 잘 극복해내면 그때는 아마 요샛말로 별이 될 거요. 길거리 노인의 헛소리로만 듣지 마소. 앞으로 좋은 시절 올 거요."

"네, 감사합니다. 어르신 말씀 명심하겠습니다."

모르는 것이 문제인지 모르고

한 씨가 빈 스툴을 손짓으로 가리켰다. 그의 손짓에 이끌려 윤섭은 의자에 엉덩이를 엉거주춤 걸쳤다. 노점 앞을 지나가는 사람들이 윤섭을 힐끔거렸다. 한 씨는 윤섭을 앉게 해놓고 그새 잊어버렸는지 눈을 감고 있었다. 그가 눈을 감고 있는 것이 오히려 시선 두기가 편했다. 윤섭은 독백하듯 자신이 결정하지 못하고 있는 것을 털어놓았다. 윤섭 이야기가 끝나자 그가 눈을 감은 채 슬며시 웃었다. 웃음의 의미가 궁금했다. 왜요? 하는 윤섭의 눈길을 피하지 않고 마주 보더니 한 씨가 입을 열었다.

"반짝 이벤트가 아닌 이상, 잔디밭에서 하는 게임은 잔디밭이 많은 곳으로 가는 것이 승산이 있지 않소? 그곳이 지방이든 그보다 더한 곳이든. 내가 이곳에 좌판을 벌인 것은 구청 단속이 귀찮지만, 사람들 발이 북적거리는 곳이라야 먼지라도 떨어지기 때문이오."

그리고 덧붙였다.

"다들 서울살이 사수하느라고 전쟁이야. 지켜야 하는 것이 무엇인지 모르고, 지키고 있는 것이 무엇인지도 모르고. 모르는 것이 문제인지도 모르고"

뻥튀기기 장수와 전기통닭구이 장수가 함께 웃었다. 한 씨 말뜻을 그들은 알고 있는 눈빛이다. 한 씨의 말은, 필드 연습 라운드를 쉽게 할 수 있는 곳으로 일자리를 찾으라는 의미로 들렸다. 골프장이 많은 지방도 괜찮지 않으냐고 말하는 듯했다. 윤섭도 지방이 연습하기에 유리하다는 것은 안다. 하지만 서울을 벗어나는 것이 왠지 두려웠다. 꼭 OB 라인을 벗어난 로스트볼 같은 기분이 들어서다. 정말 무엇이 우선인지 모르겠다. '모르는 것이 문제인지도 모르고'라는 한 씨의 말이 그냥 말장난이 아니라는 생각이 들었다.

윤섭은 항상 궁금해 하던 것을 물었다.

"손가락은……어쩌다가?"

한 씨가 왼손으로 오른손을 감싸 쥐면서 엷게 웃었다. 헛기침을 몇 번 하더니 말을 이어갔다.

한 씨는 이제 기억마저 아련해진 그날 아침을 떠올렸다.

그는 역대합실에서 긴장한 눈빛으로 밖을 내다봤다. 철로 위에 아침 햇살이 비쳤다. 이슬에 젖은 철로가 반짝였다. 군산역에서 서울행 기차를 타기 위해 집에서 해가 뜨기 전에 시외버스를 탔다. 비포장도로를 달리는 차창 밖으로 누런 먼지를 뒤집어쓴 낯익은 풍경이 밀려났다. 그는 대문을 나선 후, 한 번도 집 방향으로 돌아보지 않았다. 잡지에서 본 멋있는 승용차를 몰고 이 집으로 다시 돌아올 때까지는 이 골목길을 밟지 않으리라 마음먹었다.

여러 갈래의 철로가 기다란 생명체처럼 꿈틀거렸다. 그 철로 중에 서울행 선로를 선택하게 될 것이라고 생각하니 마음이 설레었다. 고향을 떠나올 때 조금 서럽던 마음이 맑게 퍼져나가는 햇살 속에서 선로 위의 이슬과 함께 사라졌다. 역무원의 안내 방송이 흘러나왔다. 잠시 후, 서울행 통일호열차가 역으로 들어왔다. 그는 두려움과 함께 두근거리는 가슴을 안고 기차에 올랐다.

그가 취업한 곳은 영세한 철공소였다. 아버지 친구 소개로 얻은 일자리였다. 중학교를 함께 졸업한 친구들 대부분은 읍내 고등학교에 진학했다. 그런데 그는 공부에 별 취미가 없었다. 게다가 6남매의 둘째였다. 부모님 기대는 공부 잘하는 장남에게 모두 가 있었다. 농사짓고 소 키워서 장남 학비 대기에도 항상 허덕였다. 그의 밑으로 여동생 둘 남동생이 둘 더 있었다. 중학교 1학년생부터 젖먹이까지 줄줄이 이어졌다. 그는 읍내 고등학교를 졸업해봐야 장래가 보장되는 것도 아니라는 생각이 들었다. 차라리 취업해서 야간 고등학교에 다니는 것이 더 낫겠다고 생각했다. 그는 육체노동에는 자신이 있었다. 초등학교 때부터 아버지를 도와 농사일을 많이 했다. 형이 읍내에서 고등학교를 다녔기 때문에 집안 농사일에 그가 장남 몫을 했다. 게다가 그는 학교에서 레슬링 선수로 활동했다. 비록 전국 단위는 아니지만 군 단위 대회에서 준우승까지 해봤다. 그래서 서울이 그렇게 무서운 곳이 아니었다. 중학교를 졸업하기 전에 이미 아버지 친구 주선으로 취직자리가 만들어진 셈이었다. 새벽에 집을 나설 때도 아무에게 알리지 않고 혼자서 집을 나왔다. 아버지가 들판에 나간 사이 대문을 빠져 나온 것이다. 괜히 어머니 눈물을 보고 싶지 않았다. 나중에 자가용 타고 집 대문을 들어설 때 어머니가 반갑게 맞아주면서 기뻐서 흘리는 눈물만 보고 싶었다. 어쩌면 고향을 떠나는 자신의 초라한 모습을 이웃 친구들에게 들키고 싶지 않았는지도 모른다.

영세한 철공소의 월급은 월급이라기보다 숙식 해결 정도였다. 하지만 그는 그곳을 그만두지 않고 악착같이 기술을 배웠다. 3년 정도 견디니까 대충 회사 돌아가는 상황을 알 수 있었다. 그는 아직 회사에서 아무것도 아니었다. 잔심부름하는 '한 군'에 불과했다. 회사에서 오랫동안 일을 해도 학벌이 낮은 사람은 학벌 높은 사람들에게 승진에서 밀리는 것을 봤다. 그는 사장을 만났다. 사장이라야 함께 일하는 기름때 묻은 옷을 걸친 늙은 남자였다.

"사장님, 야간 고등학교에 가고 싶습니다. 야간 잔업 좀 빼주시면."

"그러면 잔업 수당이 줄어들 텐데. 먹고 살 수 있겠어? 시골에 돈 안 보내도 돼?"

"주중 야간잔업을 토요일, 일요일 야간잔업으로 돌리면 괜찮을 것 같은데요."

"맹랑한 놈 좀 보게. 네가 사장해라. 알겠다. 대신에 열심히 해야 한다. 겉멋 들지 말고. 다 때가 있는 법이다. 배울 수 있을 때, 때 놓치지 말고 맘껏 배워라. 그래야 나중에 사장도 되고 회장도 된다. 난 그 때를 놓쳐서 사장이지만 넥타이 한 번 못 매보고 맨날 기름옷이다."

한 씨는 정말 열심히 했다. 야간기계공고를 졸업했다. 기술자가 되니 월급도 올랐고, 작은 철공소였지만 대리 달고, 결혼하고 아이도 둘 남매를 뒀다.

IMF는 한 씨에게 반전의 기회가 되었다. 다니던 철공소가 부도가 났다. 그때 장인의 도움으로 철공소를 인수했다. 소위 말해 사장이 됐다. 그때부터 중학교 동기회에 나갔다. 동기회 회장에도 당선되었다. 회사 규모를 많이 키웠다. 간이 배 밖으로 나왔다. 한 씨는 자기 스스로 최면을 걸었다.

"나라고 정주영이 되지 말라는 법이 없다고 생각했거든."

회사 규모가 커지자 여러 가지 일들이 줄줄이 터졌다.

이야기를 하는 한 씨 얼굴에 그늘이 지나갔다.

"예전에 이 지역 전체가 크고 작은 공장이 빼곡 들어찬 공단지대 였으니까. 전국적으로 노조바람이 불었소. 여기 구로공단에서 시위도 많았소. 나도 여러 번 시위에 참가했소. 분신한 친구도 있었고, 지금 이야기해서 뭣하겠냐만. 누가 동지고 누가 우리를 이용해 먹는 놈들인지 사실 잘 몰랐소. 무엇인지도 모르면서. 진실보다 눈앞에 보이는 것이 더 크게 눈에 들어왔지. 더 강하게 자극받고. 같은 공장에서 일하던 친구 중에 사장 된 사람도 여럿 있고, 위장취업해서 노동운동하다가 정치인으로 출세한 사람도 많고. 그때는 다 그렇게 살았지. 그래도 그때가 좋았소. 피가 펄펄 끓었으니까."

한 씨는 그때가 생각나는지 유쾌하게 웃었다. 그러고 다시 이야기를 이어갔다.

"사장이 된 다음 허튼짓도 많이 했소. 도박도 하고. 여자도 만나고. IMF가 내게 기회를 줬다면……."

눈빛에 회한 같은 것이 스쳐 지나갔다.

한 씨가 잘린 손가락을 만지작거렸다. 그러고 "흐흐흣"하고 웃었다.

"여차여차하다 보니까 회사가 부도 위기에 직면하게 되었소. 그때 손가락 두 마디가 잘렸소. 쇠를 자르는 절단기에서. 사장이라고 거들먹거리다가 사고가 난 것이오. 공장이 부도날 조짐이 보이니까 현장에 일할 사람이 없었소. 그래서 직접 기계를 만지다가 기계에 당한 것이오. 원래 쇳가루 먹는 사람들 근성이 있소. 곤조라고 하지. 그런데 근성만으로 회사를 붙잡기는 역부족이었지. 그 스트레스를 마누라한테 부리고 말았소. 마누라 앞에 무릎을 꿇어도 시원찮을 판에. 회사가 남의 손에 넘어가고 결국 마누라와 이혼까지 하게 되었소."

길게 한숨을 내쉬더니 무심한 듯한 평소 저음으로 돌아왔다.

"노숙자로 한 4년 헤매다가 초심으로 돌아가자 싶었소. 내가 처음부터 사장이 아니었다는 것, 중졸로 철공소 심부름꾼으로 시작했었다는 것을 깨달았소. 그래서 다시 시작하게 되었소. 비록 남들처럼 번듯하게 재기하지는 못했소만. 길거리 난전에서 장사를 하지만 재미가 있소. 여기에 앉아 있으면 별의별 사람들을 만날 수 있소. 지난번에 쌍안경도 어떤 노인이 요양원에 들어간다고 하면서 팔고 갔소. 베트남 참전 때 사용했던 거라던데, 이제는 짐이 되어서 처분하기로 했다고. 값을 달라는 대로 줬소. 병원비에 보태라는 심정으로. 천하 없이 아끼던 것도 짐이 될 때가 오는 것이오. 그때가 오기 전까지는 후회 없이 살아야 하지 않겠소. 내 이야기가 너무 길었소."

"아닙니다. 어르신. 많은 것을 배웠습니다."

이야기를 끝낸 한 씨가 눈을 감았다. 지나가던 할머니가 한 씨에게 길을 묻고, 그가 눈을 떴다. 두 남녀노인이 함께 어딘가를 향해 손짓하고, 함께 고개를 끄덕였다. 지하도에서 사람들이 끊임없이 쏟아져 나왔다. 상가 분양 전단지를 돌리는 아주머니들이 테크노마트 앞 광장에서 행인들을 따라서 맴을 돌았다.

윤섭은 쇠꼬챙이에 꽂혀 쉼 없이 돌아가는 전기통닭구이를 건너다봤다. 자신도 쇠꼬챙이에 꽂혀서 돌고 있는 것 같았다.

샘물은 강물이 될 수 있어

윤섭이 한 팀장에게 전화했다. 한 팀장 목소리가 곧바로 들렸다.

"최 프로님, 그렇지 않아도 전화 기다렸어요. 연습 라운드 안 오세요?"

"네. 감사합니다. 내일 가겠습니다. 정인이 만날 수 있겠죠? 열심히 하고 있죠?"

"눈 빠지게 기다리고 있어요. 그럼 내일 보도록 하죠. 기다리겠습니다."

윤섭은 차를 몰고 수원 그린필드CC로 향했다. 마음이 무거웠다. 정인을 가르쳐야 한다는 것이 부담으로 다가왔다. 하지만 한편으로는 잘 가르쳐보자는 의욕이 없지는 않았다. 정인의 표정이 잊히지 않았다. 무한한 선망이 담긴 목소리가 아직도 귀에 선하다. 발목부상 재발로 인해 상반기 투어 일정을 망쳐버렸다. 정인에게 해줄 이야깃거리가 마땅찮았다. 분명히 투어 결과를 질문할 텐데. 정인에게 상반기 투어에서 컷 당한 경험담을 들려줘야겠다. 뭐 할 수 없다. 학교에 다닐 때, 그렇게 싫어했던 선생들 말을 떠올리는 자신이 신통했다. 실패도 좋은 경험이 될 수 있다고 했던가. 벌써 선생 노릇 하겠다고. 쓴웃음을 지었다. 어쩌면 정인은 윤섭보다 더 많은 시행착오를 겪어야 하리라.

페어웨이 관리팀 사무실에서 다시 만난 정인이 벌떡 일어나 윤섭에게 인사했다. 정인이 옆에 앉아있던 여학생이 함께 일어나 웃으며 윤섭에게 고개를 숙였다. 웃는 모습이 해맑았다. 윤섭은 누구지? 하는 눈길로 마주 인사를 했다.

"김혜지입니다. 정인이 친구예요."

"오늘 프로님 만나러 간다고 하니까 사인 받는다고 따라왔어요."

"반가워요. 물론 사인 해 드려야죠."

한 팀장이 냉장고에서 음료수를 꺼내왔다.

"최 프로님, 오신 김에 정인이하고 라운드 하시겠어요? 18홀은 부담되니까 9홀만이라도. 마침 정인이 응원해 줄 여친도 왔으니까요. 혜지 양, 어때요?"

"좋아요. 정인이랑 투어프로님 라운드를 직접 볼 수 있어 너무 기뻐요."

"좋습니다. 그렇게 하죠."

"프로님, 감사합니다. 열심히 하겠습니다."

정인의 얼굴이 빨개졌다. 혜지가 정인 손을 잡았다. 두 사람의 모습이 매우 자연스러웠다. 한 팀장이 손을 잡고 있는 정인과 혜지를 보고 웃었다.

한 팀장이 카트를 몰았다. 조수석에 윤섭이 앉았다. 뒷좌석에 앉은 정인과 혜지가 이스트홀 티 그라운드에 도착할 때까지 손을 놓지 않고 꼭 잡고 있었다. 혜지가 정인의 티 케이스에서 롱티를 꺼냈다. 빨간색 피노키오 인형이 달렸다. 소녀 감성이 느껴졌다. 윤섭은 혜지 선물일 거라고 짐작했다.

"심지 뽑기 할까?"

"프 프로님 먼저 치세요."

"그러면 재미없잖아. 선수들이 티샷 순서에 얼마나 예민한데. 게임은 티 박스에 오르면서 이미 시작된 거야. 볼 마크로 순서 정하자. 동시에 던져서 뒤집어지는 사람이 나중에 하는 거다. 준비, 던져."

윤섭의 볼 마크는 뒤집어지고, 정인의 볼 마크는 앞면으로 떨어졌다.

"정인이 네잎 클로버네. 누가 사줬어?"

윤섭은 볼 마크도 혜지 선물이지 싶어 짓궂게 물었다. 그런데 뜻밖의 대답이 돌아왔다.

"할아버지가요. 행운이 올 거랬어요."

할아버지라면? 한 팀장이 싱긋이 웃었다.

"행운이 꼭 올 거야. 정인이 먼저네. 파이팅!"

정인이 잡고 있던 혜지의 손을 놓고 티 그라운드에 섰다. 드라이버 헤드로 잔디 위를 스치듯 훑으며 티 꽂을 자리를 찾았다. 아주 능숙하게 평평한 곳을 골랐다. 한 팀장과 윤섭이 숨을 죽이고 지켜봤다. 정인이 천천히 뒤로 물러서서 연습 스윙을 하고 셋업을 했다. 동작 하나하나가 신중했다. 느낌이 좋았다.

"굿샤앗."

"나이스."

정인의 티샷에 한 팀장과 윤섭이 동시에 탄성을 질렀다. 혜지의 시선이 날아가는 공을 끝까지 따라갔다. 티샷을 끝낸 정인이 가슴을 쓸어내렸다. 혜지가 얼른 드라이브 클럽을 받았다. 윤섭이 티 그라운드에 오르면서 정인의 어깨를 툭 쳤다.

"잘 쳤어."

"감사합니다."

정인과의 라운딩이 느릿느릿 진행되었다. 정인이 골프선수가 되기에는 그 또래 선수에 비해 아직 많이 부족했다. 전반홀이 끝나고 후반홀부터는 윤섭이 혼자서 라운드를 했다. 한 팀장은 사무실로 돌아가고 정인과 혜지가 갤러리로 따라왔다.

라운드를 끝내고 한 팀장이 함께 식사하자고 했다. 골프장 주변에 있는 닭갈비집으로 들어갔다. 식사가 시작되었다. 한 팀장이 먼저 입을 열었다.

"정인이, 오늘 라운드 해 보니까 어때?"

"너무 행복했어요. 너무 좋아서, 흥분이 돼서 제대로 못 한 것 같아요. 더 잘할 수 있었는데."

"잘했어. 조금만 샷 교정하면 좋은 구질 만들 수 있을 거야. 연습 엄청 했나봐. 실수가 거의 없어."

윤섭은 정인에게 될 수 있으면 호기심이 담긴 말은 하지 않으려고 조심했다. 대화하면서 신중하게 어휘를 선택했다. 선수 자신이 자기 환경에 민감해서 좋을 것이 없다. 자신의 핸디캡을 의식하면 할수록 멘탈이 흔들릴 가능성이 있기 때문이다. 윤섭이 그것을 지금 겪고 있는 중이다. 특히 동철과 같은 조에서 뛰었던 AB손해보험오픈을 떠올리면 얼굴이 붉어졌다. 윤섭은 정인의 장점을 말했다.

"정인이 웨이트트레이닝 많이 해? 근육이 아주 좋아. 골퍼로서 이상적인 몸을 가졌어. 신체조건이 좋아서 잘할 수 있을 거야. 그런데 샷 교정은 좀 해야 해. 오늘 OB 많이 났지. 그것은 임팩트 순간 각도 문제야. 정확한 각도로 다운스윙이 내려오면 정확한 임팩트가 만들어지는데. 나도 아직 잘 안 돼. 모든 선수를 괴롭히는 문제야. 연습하면서 항상 정확한 백스윙이 정확한 다운스윙을 만들고, 정확한 임팩트를 만들어낸다는 것을 생각하면서 해야 해. 다른 것은 또 다음에 이야기해줄게. 우선은 정확한 백스윙 연습부터 해. 다니는 연습장 있지?"

"예."

"그래, 열심히 해. 오늘은 전체적인 점검을 했으니까. 다음에는 백스윙 다운스윙 임팩트 구간까지 볼 거야. 마구잡이로 연습하지 말고 백스윙 시 오른팔이 90도를 유지하는지. 오른팔과 어깨와 클럽이 디귿 자를 잘 만들고 있는지 항상 점검해야 한다. 얼마나 정확하게 올

라갔다가 내려오느냐 이걸 염두에 두라고. 이것이 완전히 몸에 육화
돼야 해. 육화된다는 말은 알겠지. 몸에 배도록. 예를 들어 우리가
밥을 먹을 때 머리로 숟가락을 어떤 각도로 들어야 입속으로 정확하
게 음식을 떠 넣을 수 있는지 따로 계산하거나 생각하면서 밥 먹는
것은 아니잖아. 골프 스윙도 마찬가지야. 네가 사용하는 클럽이 네
몸에 완전히 각인되어 있어야 한다는 거야. 다시 말하지만 그래야 네
가 공을 보내고 싶은 대로 구질을 만들어 낼 수 있다는 거지. 그 정
도는 되어야 프로선수가 될 수 있어. 알겠지. 넌 근육이 좋으니까 잘
할 수 있어. 비거리가 많이 나도 OB 나면 아무 의미 없어. 아니 더
큰 문제야. 알았지?"

윤섭은 정인의 약점을 자극할 만한 말은 많이 생략했다. 정인보다
혜지가 더 긴장해서 들었다. 정인이 입술을 꼭 물었다가 풀면서 대답
했다.

"네. 알겠습니다."

윤섭은 정인에게서 어릴 때 자기 모습을 봤다. 아버지가 어린 윤섭
에게 항상 강조하던 말을 정인에게 그대로 한 것 같아 피식 웃었다.
다음 주가 기대되었다. 정인이 얼마나 바뀐 샷으로 올지.

서울로 돌아오면서 오랜만에 아버지를 생각했다. 등산길에 옹달샘
에서 생수병에 물을 채우며 아버지가 들려준 말이 생각났다. 윤섭이
한창 골프에 신바람이 나 있을 때였다. 세상 사람들은 강물은 샘물

이 되지 못한다고 생각해. 실제로 본 적이 없었으니까. 흔히들 강물이 샘물 된다면 망조 들었다고 생각할 거야. 반면에 샘물은 강물이 될 가능성이 있어. 샘물은 어디에서 시작되니? 햇빛도 비치지 않은 이런 어두운 곳에서 바위틈을 뚫고 나오지. 물병 하나 채우려면 한참을 기다려야 하는 양이잖아. 하지만 샘물은 흘러가면서 점점 힘이 강해져. 그다음에 어떻게 될까? 강물이 되는 것은 당연한 순서이고. 그다음은? 거센 물결이 기존의 것을 무너뜨리고 새로운 것을 가져다 쌓잖아. 결국은 주변이 중심이 되지. 중심이 주변으로 밀려나고. 투어프로 위치가 바로 그런 것과 같은 거야. 명심해라. 샘물이 강물이 되지만 언젠가 그 강물은 대부분 바다에 이르지 못하고 땅속으로 사라진다. 하지만 그 시기를 늦출 수 있지. 그 비결이 뭔 줄 아니? 바로 꾸준함이다. 그리고 힘에 부치면 내려놓을 줄도 알아야한다. 욕심을 버리고 마음을 가볍게 해야 길고 오래까지 투어선수로 뛸 수 있을 거다.

아버지가 살아 있었다면 윤섭에게 무어라고 했을까. 아마도, 넌 이미 지류가 아닌 본류에 합류된 것이라고 하겠지. 소용돌이 속에서 튕겨나가지 않아야 된다고, 아니 선두에 서야 된다고. 그러려면 강한 의지를 가져야 할 것이라고 말할 것이다. 윤섭은 넵, 하고 큰 소리로 대답했다. 아버지가 듣고 계실 거야.

슬럼프와 승부욕

　윤섭을 다시 만난 정인이 온몸으로 반가움을 표현했다. 그런데 한 팀장과 혜지는 나오지 않았다. 두 사람만 라운드를 시작했다. 지난번 라운드보다 좀 더 친근해졌다. 정인도 덜 수줍어했다. 윤섭은 정인의 빠른 적응이 대견했다. 두 사람은 라운드에 필요한 말 외에 다른 말은 하지 않았다. 샷에 집중하기 위해서이기도 했지만, 무슨 말을 해야 할지 몰랐기 때문이다. 세 번째 홀까지 서로 탐색전을 펼쳤다고 할까. 네 번째 홀로 가면서 주스 병을 정인에게 건넸다.

　"혜지는 왜 안 왔니?"

　"코딩 자격증 시험 있대요."

　"그렇구나."

　"걔도 골프 잘 쳐요. 같은 연습장에서 연습하거든요."

　스스럼없는 정인의 말에 윤섭이 놀랐다.

　"그래? 다음에는 혜지하고 함께 라운드 한 번 하자."

　"네. 걔도 좋아할 거예요. 걔, 나보다 골프 실력이 나아요. 스크린 골프 치면 항상 제가 깨져요."

"그렇다고? 궁금하다. 너도 많이 좋아졌어. 그동안 연습 많이 했어?"

"좆나 많이 했어요. 프로님이 가르쳐준 샷 자세를 밥숟가락 사용하듯이 몸에 박히도록 하라는 말 명심하고 열라 하고 있어요."

"아직은 몸에 덜 박힌 것 같아. 하하하."

"더 열심히 하겠습니다."

정인이 친구들끼리 쓰는 비속어를 아무렇지 않게 사용했다. 굳었던 입이 풀린 모양이다. 윤섭은 고등학교 때, 동철이네 골프장에 연습 라운드 다녔던 것을 떠올렸다.

동철이, 현규, 지우, 윤섭이 넷이서 라운드를 하면서 짓궂게 지우를 놀렸다. 어쩌면 놀렸다기보다 관심을 그렇게 표현했다. 지우도 마찬가지였지만. 하루는 네 사람이 라운딩하면서 내기했다. 꼴찌한 사람이 일등 한 사람을 홀 아웃 할 때 업어주기로 했다.

"야, 씹새. OB 좀 내라. 인간이 아니네. 아이 씨, 머신이야."

현규가 윤섭에게 욕설을 내뱉었다.

"새끼, 비거리가 짧아서 OB가 안 나."

동철이 윤섭의 짧은 비거리를 비꼬았다. 키가 비슷했지만 동철이 윤섭보다 파워가 더 강했다. 윤섭은 속으로 넌, 한우 매일 먹잖아, 하고 동철을 째려보며 빈정댔다.

"넌, 퍼트가 왜 그 모양이냐? 구멍 못 찾아 그것 하겠냐."

"니네들 왜 서로 못 잡아먹어 안달이야."

지우의 말에 남자 셋은 킥킥거렸다. '지우, 너 때문이야' 하는 말은
차마 하지 못했다.

윤섭은 그때를 생각하며 정인에게 농담을 던졌다.

"필드 라운드할 때 혜지랑 내기 해봤니? 업어주기 내기하면 재밌어."

"우린 떡볶이 내기해요. 혜지가 떡볶이 좋아하거든요."

"알겠다. 네가 일부러 져주지?"

"어, 어떻게 알았어요?"

"우리 때도 그랬어."

두 사람은 대화를 나누면서 거리감을 좁혀갔다.

웨스트홀로 넘어갔다. 윤섭이 정인에게 내기하자고 했다.

"떡볶이 내기할까?"

"핸디 얼마 주실 거예요?"

"달라는 대로."

"그러면 9개 주세요. 히히"

"매 홀마다 한 개씩, 오케이. 지는 사람이 사는 거다."

"넹, 좋아요."

정인이 내기에 몰두했다. 승부욕이 대단했다.

"정인이, 너 참 괜찮은 선수가 될 것 같다. 가능성이 보여. 승부욕
이 좋아. 프로선수에게는 승부욕이 아주 중요해. 승부욕 없으면 아
무것도 할 수 없거든. 특히 한 번씩 사람 미치게 만드는 슬럼프가 오
는 때가 있어. 그때 승부욕 없으면 슬럼프에서 못 빠져나와."

정인에게 한 말이지만, 윤섭 자신에게 하는 말이었다.

"잘 치고 싶어요. 특히 내기하면 누구에게도 지기 싫어요. 혜지를 제외하고."

"혜지는 왜?"

"혜지는 어린이집 때부터 짝꿍이었어요. 임대아파트 같은 라인에 살았고요. 그땐 무엇이든 내가 많이 이겼거든요. 다른 사람들은 모르던데. 프로님은 눈치가 굉장해요. 사람들은 저를 '할아버지하고 가난하게 사는 주제에' 하고 일단은 이상한 시선을 갖고 보는데, 난 그것이 싫어요. 그런 시선 받고 싶지 않아요. 불쾌하거든요. 언젠가는 되돌려주고 싶어요. 그래서 좆나 열심히 하고 있어요. 부자선수들로부터 너 참 안됐다, 하는 시선 받지 않을 수 있게 진짜 열라 하고 싶어요."

정인의 얼굴이 빨개졌다. 윤섭은 앞으로 정인에게서 안타까운 시선을 거두기로 마음먹었다. 18홀 아웃을 했다.

"내가 이겼어."

"넵, 내기하니까 훨씬 재밌어요. 다음에는 제가 이길 겁니다."

"그래라. 오늘 떡볶이는 네가 사는 거다."

"넹. 프로님."

정인의 표정이 자연스러워졌다. 윤섭에게 솔직하게 자기 생각을 말해주는 것이 대견했다.

신이 사는 곳은?

서영은 아침 일찍 서둘렀다. 며칠 전부터 윤섭에게 다른 약속을 하지 말라고 했다. 두 사람은 차를 타고 깊은 산속으로 들어갔다. 계곡 입구에 있는 주차장에 차를 세웠다. 차에서 내린 그들은 지화 재료들이 담긴 박스를 들고 계곡을 따라 걸었다.

"어디야?"

윤섭이 물었다. 서영은 대답 대신 입술만 살짝 움직여 웃었다. 여리게 수줍은 듯. 즉답을 피하고 싶을 때 그렇게 잘 웃는다. 서영이 제주도에 다녀와서도 그랬다. 시무룩해 있는 윤섭을 웃으면서 가만히 안아주는 것으로 모든 것을 허물어버렸다.

산세가 잘 생겼다. 신선이라도 살 것 같은 맑은 기운이 느껴졌다. 아름드리 소나무들이 눈을 즐겁게 했다. 좁은 길을 한참 동안 걸었다. 화전민들이 살았을 것 같은 집터 흔적이 띄엄띄엄 보였다. 어느덧 길이 오솔길로 바뀌었다가 토끼길같이 점점 좁아졌다. 길의 경사도가 완만했지만 실제로는 내리막길이었다. 산 중턱쯤 내려가자

몸이 앞으로 쏠렸다. 갈수록 가파른 내리막길에서 발이 미끄러졌다. 중심을 잡기 위해 주변 나무를 붙잡았다. 나무를 붙잡고 몸의 균형을 잡으며 잠시 숨을 골랐다. 발아래 붉은 수피의 소나무가 바다를 이뤘다. 쭉쭉 뻗어 올라간 몸통들이 골짜기를 가득 메웠다. 하늘을 올려다보려면 고개를 뒤로 젖혀야 했다. 나무들 사이로 파란 하늘이 아스라이 눈에 들어왔다. 윤섭은 약간 어지러웠다. 현기증 같지는 않은데 순간 시야가 흔들렸다. 나무들 우듬지가 하늘에 박혀 있는 것처럼 보였다. 수많은 나무가 허공에 둥둥 떠 있는 것 같았다.

윤섭은 하늘을 바라보며 신과 가까워지고 있는 기분이 들었다. 신이 사는 곳은 어딜까? 자기가 던진 물음에 스스로 답을 찾으며 다시 걸음을 옮겨놓았다. 자연스레 시선이 아래쪽으로 향했다. 큰 웅덩이 속으로 걸어 들어가는 기분이었다. 점점 깊은 골짜기 속으로 들어갔다. 사람들 발길이 닿은 흔적이 거의 보이지 않았다. 피부에 와 닿는 기운이 서늘했다. 저절로 옷깃이 여며졌다. 약속하지 않았는데도 두 사람은 입을 다물고 있었다. 침묵 속에서 계곡 바닥까지 내려갔다.

계곡 바닥에 큰 연못이 있었다. 서영이 연못을 '천경담'이라 불렀다. 정말 하늘이 얼굴을 비추고 있었다. 그들이 내려온 골짜기가 천경담에 비쳐 물속에 기둥처럼 솟았다. 좁은 관을 통해 하늘을 쳐다보는 기분이다. 까마득히 올려다 보이는 하늘에 매 한 마리가 날개를 펴고 유유히 날아갔다. 날아가는 매가 천경담 속에서 헤엄을 치는 것 같았다. 매의 비행을 따라가던 윤섭 귀에 딱딱따르르 하는 소리가 들렸다. 딱따구리 소리였다. 한 마리가 내는 소리인지 여러 마리가 내는 소리인지. 꼬리에 꼬리를 물고 온 골짜기를 울렸다.

소나무 군락지가 끝나고 활엽수들이 천경담을 둘러싸고 있었다. 나무 둥치 밑으로 가느다란 시냇물이 흘렀다. 천경담으로 들어갔다가 밖으로 빠져나가는 물인 듯했다. 나뭇잎들 사이로 들이비치는 햇살이 시냇물 위에서 반짝였다. 물 표면에 반사되는 빛이 살아 있는 생명체들처럼 튀어 올랐다. 딱따구리 소리에 뒤질세라 뻐꾸기가 울었다. 눈에 보이지 않지만 딱따구리의 자진모리와 뻐꾸기의 진양조가 절묘하게 조화를 이루었다. 계곡에는 작은 새들이 떼를 지어 짹짹 소리를 지르며 관목 사이로 폴폴 옮겨 다닌다. 낯선 방문객에 골짜기 전체가 수런거렸다. 서영은 계곡 길이 익숙한 듯했다.

"어디로 가는 거야?"

윤섭이 다시 물었다. 서영은 의문이 가득 담긴 그의 시선을 모른 척했다. 생각에 잠겨 발끝만 보고 걸음을 옮겨놓았다. 사실, 윤섭에게 쉽게 설명하기 어려웠다. 서영에게 비즈니스 공간이자 학습의 장이기도 했지만, 또 다른 면에서 춘성 만신을 만나러가는 것은 가족을 보러가는 기분이었다.

천경담 주변에 평퍼짐한 평지가 펼쳐졌다. 화산지대에서 흔히 볼 수 있는 작은 분화구 같은 모양새다. 천경담을 지나 좀 더 걸었다. 약간 오르막길이었다. 골짜기 제일 안쪽. 구릉지인 곳에 샌드위치 판넬로 지은 직사각형 건물 한 채가 보였다. 건물 전체가 검은색이다. 무성한 나뭇가지에 가려져 있었다. 주의 깊게 보지 않으면 쉽게 눈에 띄지 않았다. 의도적으로 은폐해놓은 것이라는 생각이 들었다.

서영은 숨을 돌리고 윤섭에게 다 왔다고 말했다.

"굿당이야. 굿당 처음 봤지?"

"굿당? 이런 산속에?"

"원래 이런 곳에 있어. 이것저것 묻지 마. 곤란해."

서영은 윤섭에게 미리 주의사항을 말했다.

굿당 크기가 작은 컨테이너 정도였다. 지붕에 태양열 집열판도 설치되어 있었다. 윤섭은 도박하우스로 사용하면 좋겠다는 생각이 들었다. 서영이 노크를 했다. 초로의 여자가 출입문을 열고 반겼다. 진한 향냄새가 훅 끼쳤다. 실내의 시원한 공기가 밖으로 빠져 나왔다. 실내로 들어서기 전에 서영이 원주댁이야, 하고 속삭였다. 원주댁의 손짓에 따라 안으로 들어갔다. 굿당 안에 할머니가 한 사람 더 있었다. 서영이 윤섭에게 귓속말로 저분이 '만신'이라고 일러줬다. 만신이 얼굴 가득히 웃으며 서영을 맞았다. 그런데 만신이 할머니가 아닌 여장을 한 남성이었다. 쏘아보는 눈빛이 윤섭을 얼어붙게 했다. 순간 전자파가 얼굴에 와 닿는 느낌이랄까. 윤섭은 서영의 티셔츠 밑자락을 살짝 잡아챘다. 서영이 조용히 하라는 눈짓을 해보였다. 만신의 정체가 궁금했지만 더 물어볼 엄두를 못 냈다. 윤섭이 손으로 자기 티셔츠 목깃을 문질렀다. 무의식적으로 옷깃을 여미는 동작이라는 것이 맞을 것이다.

원주댁이 방석을 내놓았다. 윤섭은 곁눈질로 실내를 살폈다. 한쪽 벽면을 차지한 제단 한가운데 장군 영정이 걸렸다. 원주댁이 차를 끓였다. 서영이 만신과 친근한 말투로 안부를 나누었다. 윤섭은 들고 간 박스를 풀었다. 서영이 포장지에 싸인 재료들을 꺼냈다. 만신 앞에서 하나씩 확인하듯 개봉했다. 하나도 망가지지 않았다. 원주댁이 감탄했다.

"아유, 사랑스러워. 역시 믿을 만해. 꽃 한 송이도 직접 만들어 정성을 드려야지. 그래야 우리 장군님이 많이 사랑해주시지."

확인을 마친 후, 원주댁과 서영이 만신을 도와서 지화를 만들기 시작했다. 서영을 바라보는 만신 눈에 사랑스러움이 가득했다. 만신과 서영은 한 가족 같은 말투로 이야기했다. 대화 내용이 서영의 외할머니 이야기로 바뀌었다.

"할머니가 그리워요."

"네 할머니 몸집은 자그마해도 강단이 있었던 분이야. 네 엄마 때문에 한풀 꺾여서 그렇지."

만신이 윤섭을 흘깃 봤다.

윤섭은 방 안 분위기가 어색하게 느껴졌다. 밖으로 나가야 할 것 같은 기분이 들었다. 출입문을 열면서 원주댁에게 화장실을 물었다. 원주댁이 따라 나왔다. 앞장서서 굿당 뒤로 돌아갔다. 숲속에 이동식 화장실이 보였다. 역시 검은색으로 칠해놓았다. 얼핏 보면 선바위 같아 보였다. 건물 뒤쪽에 놓인 에어컨 실외기까지 검은색인 것을 보고 윤섭은 슬며시 웃었다. 그는 화장실에 들렀다가 어슬렁거리며 천경담을 돌았다. 생각보다 둘레가 길었다. 한쪽은 깊은 숲속으로 깊숙이 들어가 있었다. 하늘에 깔린 새털구름이 천경담에 내려앉아 있었다. 윤섭은 고개를 갸웃거렸다. 낯설지 않은 느낌이었다. AB손해보험오픈에 출전했을 때 꾸었던 꿈이 생각났다. 꿈에서 본 연못과 이미지가 비슷했다. 1시간쯤 시간을 보내고 굿당으로 들어갔다.

서영과 원주댁이 제단을 장식했다. 윤섭은 신기한 눈길로 구경했다.

"내일이죠? 하루 사용하고 불태우기에는 너무 아까워요. 보관해뒀다가 다음에 사용해도 괜찮지 않을까요?"

"큰일 날 소리. 장군님 들으실라. 모든 것은 정성이야. 다른 곳에서는 사다 쓴다고 하더라만 이곳은 안 돼. 여기 만신님은 어림도 없어."

원주댁 말소리가 서영을 나무라는 어투다. 서영의 얼굴이 붉어졌다. 일이 마무리될 때까지 아무도 입을 열지 않았다. 기성품 세트를 사서 제단을 꾸며도 되지만 이곳에서는 일일이 손으로 만들었다. 실제 지화를 직접 만들어 사용하는 굿당이 줄어드는 추세다. 그 이유는 지화를 만들어 사용하던 세대들이 세상을 떠나고 있었기 때문이다. 젊은 층에서 지화를 직접 만들려는 사람이 별로 없었다. 그렇다고 만신들이 지화 만드는 방법을 아무에게나 전수해주는 것도 아니었다. 서영은 굿당에 갈 때마다 춘성 만신에게 지화 만드는 법을 배웠다. 춘성 만신은 서영에게 지화 만드는 법을 전수해주고 싶어 했다.

심연에 촘촘히 뿌리 내린 벽

제단 장식이 끝나자 굿당 안 공기가 달라진 느낌이었다. 현실성이 제거된 기이한 기운이 감돌았다. 만신이 윤섭을 지그시 바라봤다. 먹이를 주시하는 매의 눈빛 같았다.

"어렸을 때 무슨 일이라도 있었소?"

"네?"

놀라는 윤섭을 보고 만신이 빙그레 웃었다.

"하는 일마다 될 듯 될 듯하다가 잘 안 되지요? 몸도 상하고."

"아, 네."

윤섭이 거역할 수 없는 기운이 자신과 만신 사이에 터널을 만드는 것 같았다. 그 터널을 통해 마음속 생각이 만신에게로 흘러가는 기분이 들었다. 아무런 저항 없이 현재 상황을 만신에게 솔직하게 털어놓았다.

"맘고생이 심했겠소? 내가 부적을 써 줄 테니까 윗도리 호주머니에 넣고 다니겠소?"

"네? 네."

윤섭은 '네' 소리만 간신히 냈다. 갑자기 바보가 된 기분이다. 만신이 주사로 부적을 써서 줬다.

"나중에 백중에 다시 오시겠소. 그날은 저승 못 간 영가들을 잘 대접해서 저승으로 보내는 날이오. 그럼 그때 다시 봅지요."

윤섭은 부적을 보며 생각에 잠겼다. 전혀 근거 없는 말이 아니었다. 경주 황리단길에서 이미 경험을 했었다. 그때도 부적을 쓰라고 했다. 혹시 사기꾼에게 걸려든 것이 아닐까 했지만. 서영이 옆에서 조용히 웃었다. 그리고 만신과 눈길을 주고받았다. 윤섭은 그 의미가 궁금했지만 대충 짐작이 갔다. 경호를 떠올렸다. 부상당한 것도 어쩌면, 하는 생각이 들었다.

"제가 무엇을 준비해야 합니까?"

"특별히 준비할 것은 없소. 마음을 깨끗이 하고 오시게."

"비용은?"

"신경 쓰지 않아도 되네. 어차피 백중날 여기서 불쌍한 영가들을 위해 제를 올리니까."

"감사합니다."

두 사람은 만신에게 인사를 하고 굿당을 나섰다. 서영은 계곡을 내려오면서 어머니를 떠올렸다. 어렸을 때, 외할머니하고만 살았다. 가끔씩 외할머니가 어머니 이야기를 하긴 했지만 자세하게 하지는 않았다. 어머니가 그렇게 불행하게 살았을 줄 몰랐다.

주차장에 도착해서야 서영의 입이 자유로워졌다.

"최영 장군님 모시는 곳이야. 내일 산신굿이 있대. 굿을 위해 하루 일찍 와서 준비하고 있어. 윤섭 씬, 점집 한 번도 안 가봤어?"

"현규랑 한 번 갔어. 그때도 부적 쓰라고. 현규가 사기꾼이라 해서 그런가 보다 했지."

"그때 뭐라고 했어?"

"다른 말은 없었고 부적을 쓰라고만 하더라고. 별로 관심 없었어. 현규 것 보러가서 반은 재미로 봤지. 근데 천경담과 비슷한 연못 꿈에서 본 적 있어."

"무슨 꿈인데?"

"말해도 화 안 낼 거지?"

"꿈인데 뭐. 나하고 관계있는 거야?"

"응. 서영 씨가 무당이었어."

윤섭은 꿈속에서 서영과 했던 섹스 장면은 말하지 않았다.

"무당? 무당이었다고? 웃겨. 왜 그런 꿈을 꿔. 굿당에 오지만 난 무당하고는 상관없어. 이곳 만신은 외할머니 지인이고, 지난번에 꽃배달, 그 장례식장 사장을 소개해준 분이야."

윤섭은 고개를 끄덕였다. 장례식장 화환 수주 경쟁이 매우 치열하다는 것을 그때 처음 알았다. 미안한 마음이 들었다. 진심을 담아 말했다.

"그때 미안했어. 아직 회복되지 않았지?"

"아직. 만신께 다시 부탁드려볼까 했는데 관뒀어. 내 힘으로 해보려고. 신경 쓰지 마."

서영이 흘겨보면서도 송곳니까지 드러내며 시원스레 웃었다.

"고마워. 나도 노력할게. 그런데 다른 때는 여기까지 재료들을 어떻게 운반했어? 길도 험하고 꽤 무겁던데."

"김 선생이랑 왔어. 무거운 박스 들고 오느라 힘들었지."

"저 굿당 만신님. 몸주가 최영 장군이라면 그 만신의 몸에 최영 장군이 산다는 거네. 최영 장군을 모시는 분이라서 그런지 카리스마가 느껴져. 살짝 무서웠어. 그런데 챗GPT 시대에 무당은 좀 웃기지 않아?"

"챗GPT가 해줄 수 없는 것이 있는 거야. 특히 현재를 억압하는 불안감 같은 거는. AI 때문에 인간의 입지가 좁아지면 질수록 더 많이 찾게 될걸."

"챗GPT도 팁 액수에 따라 대답 수준이 다르대. 무당은 더 심하지?"

"말 함부로 하지 마. 이곳, 할머니 지인이기도 하지만 내 거래처거든."

"근데, 천경담 모양이 타원형, 럭비공처럼 생겼고, 특히 한가운데 섬을 만들고 소나무가 한 그루 서 있는 것이 홀컵에 꽂힌 핀을 연상케 해. 굉장히 상징적인 것 같아. 그렇지 않아?"

"뭘 상징해?"

"여자의 그것. 신과 함께 사는 기분이 어떨까? 거짓말은, 아니 거짓된 생각도 함부로 못 할 것 아냐. 신이 딱 지켜보고 있는데, 특히 섹스할 때. 아 참, 좀 전의 만신은 남자였지. 몸주가 남성 신이라서 여장을 한 거야?"

"별걸 다 상상해. 불경해. 조용히 운전 신경 써."

"알았어. 최영 장군님이 노하실라. 장군님 잘못했습니다."

윤섭은 서영의 핀잔에 너스레를 떨며 입을 다물었다.

"돌아가는 길에 한우 먹을까? 요즘 너무 기운 빠져."

"좋아, 가는 길에 한우불고기단지에 들리자. 강원도에서 이곳 한우 유명하잖아."

카 라디오에서 잔나비의 〈주저하는 연인들을 위해〉가 흘러나왔다.

서영이 노래에 귀를 기울이며 고개를 까닥거리다가 입을 열었다.

"이 노래 어때?"

"좋네, 음, 가사가 좋아."

"우리 관계에 대해 진지하게 얘기해볼 때가 된 것 같지 않아?"

"어떻게?"

"어떻게든 이야기를 좀 해야 할 것 같은 기분이 들어."

윤섭은 입을 다물었다. 정면을 응시하면서 서영의 다음 말을 기다렸다. 서영의 침묵도 길어졌다. 잔나비의 노래가 끝나고 DJ 멘트가 이어졌다.

"윤섭 씨, 나 도쿄로 돌아간다면 어떻게 할 거야?"

"도쿄에서 살고 싶어?"

"꼭 그렇지는 않은데 가끔씩은 그런 생각도 해."

"언제쯤 갈 건데?"

"아직 몰라. 확정된 것은 없어. 막연하게 한국을 떠날 수 있다는 생각은 하고 있어."

"왜? 내가 싫은 거야?"

"유치하긴, 그건 아냐. 하지만 우리가 끝까지 함께 하리라는 확신은 없어. 항상 불안해. 때때로 우리가 서로에게 낯선 사람 같은 생각이 들어. 그렇다고 사랑하지 않은 것은 아닌데. 소파에 나란히 앉아서 각자 다른 방향으로 시선을 두고 있는 느낌이랄까. 보이지 않은 각자의 벽 안에 갇힌 것 같기도 하고. 눈에 보이지 않은 경계선을 그어놓고 그 선을 넘지 못하게 교묘하게 방어하는 것 같기도 하고 그래."

윤섭은 속으로 놀랐다. 자신이 항상 느끼고 있는 것을 서영이 그대로 말하고 있었기 때문이다. 윤섭은 얼른 대답하지 못했다. 서영의 말에 자신도 그렇게 느낀다고 말할 수 없었다. 마른 입술을 핥았다. 이번에는 윤섭의 침묵이 길어졌다. 한참 후에 윤섭이 입을 열었다.

"서영 씨가 그렇게 생각했다면 내 잘못이 커. 미안해. 내가 사실은 사람들과 인간관계 잘 못하는 편이야. 좀 데면데면해. 하지만 서영 씨를 사랑하지 않은 것은 아냐. 지금은 서영 씨에게 많이 편해졌어."

서영에게 많이 편해졌다고 말했지만 사실이 아니다. 항상 서영이 낯설게 느껴졌다. 그 원인을 자신에게서 찾기보다 서영에게서 찾았다. 서영이 윤섭에게 일정한 거리를 유지한다고 불만을 가졌다. 생각해보면, 윤섭 편에서 서영에게 어떤 거리 이상은 접근하지 않았으면서. 서영이 말했듯이 서로가 서로에게 어떤 선을 넘지 않기 위해 늘 신경을 곤두세웠다. 거리를 두는 것은 편리한 점도 있지만 상대를 이해하는 데 한계가 있었다. 솔직히 한 공간에서 생활하면서 서영이 어떻게 살고 있는지 잘 알지 못했다. 서영 또한 마찬가지였던 모양이다. 윤섭은 서영에게 자신을 완전히 드러내지 않고 살았다. 자존심 때문이기도 했지만, 어느 순간부터 좋은 일도 나쁜 일도 서영에게 다 드러내놓고 표현하지 않았다. 일상에 필요한 만큼만 공유하면서 지내왔다. 그 시간이 켜켜이 쌓여 뚫을 수 없는 벽이 된 것이다. 처음에는 마음만 먹으면 얼마든지 소프트한 관계로 되돌릴 수 있으리라 생각했다. 그런데 그 시점을 놓쳐버렸다. 도대체 서영의 생각이 어디까지가 진실인지 알아채기가 애매해져 버렸다. 뭔가 둑을 허물고 싶을 때, 보이지 않은 물속 깊은 곳에 촘촘하게 뿌리 내린 벽들에 숨이 막힐 지경이었다.

"윤섭 씨 잘못 아냐. 우린 둘 다 문제 있어. 좀 더 생각해보자."

"서영 씨가 좋은 데로 결정해. 서울에서 살든, 도쿄에서 살든 자유롭게 선택해. 내 생각하지 마. 휴게소 얼마 남지 않았는데 들를까?"

서영이 윤섭을 힐긋 돌아봤다. 휴게소에 들어갈 때까지 두 사람은 아무도 말을 하지 않았다.

세희

    만신의 이야기에 의하면, 외할머니는 부산 자갈치시장에서 생선 장사를 했다. 나중에 서울 노량진수산시장으로 옮겨와 살았지만. 외할머니가 서울로 이사를 하게 된 것은 서영의 어머니 때문이라고 했다. 어머니 이름은 소세희였다.

    세희의 학교 뒷바라지를 하기 위해 일제는 서울로 이사했다. 세희는 현대무용을 전공했다. 서울에 있는 대학교에 진학하기 위해 개인 레슨을 받아야 했다. 일제는 술주정뱅이 남편과 이혼한 후, 고생 끝에 겨우 자리 잡은 자갈치시장을 떠나기 싫었다. 서울에 가서 다시 시작하는 것도 두려웠고. 하지만 세희에게 전념하고 싶었다. 그래서 겸사겸사 서울로 이사를 했던 것이다. 세희는 유명 사립대학교 무용학과에 입학했다. 그것도 서울에서, 아니 한국에서 다섯 손가락 안에 들어가는 대학교였다.

    세희는 대학교를 졸업하고 도쿄로 떠났다. 오래 준비를 한 유학비자로 도쿄에 왔지만 그녀의 목적은 다른 곳에 있었다. 도쿄에서 어학연수를 하면서 진로를 바꿨다. 자신의 가정환경으로 현대무용을 계속한다는 것은 시간 낭비라는 생각이 들었다. 춤을 추는 것은 좋았다. 하지만 대학졸업 무렵부터 무용하는 것에 대해 회의가 왔다. 괜찮은 현대무용단에 입단하려면 미국이나 유럽 유학이 필수 조건이었다. 세희는 일본에서 대학진학을 포기하고 패션디자인학원에 등록했다. 도쿄 스트리트 패션을 배우기로 했다.

한국에서 돈을 벌 수 있는 아이템이었다. 한국보다 일본이 세계적 트렌드에 민감했다. 도쿄의 중저가 여성복 매장에 아르바이트 자리를 구했다. 그리고 서울에 거래처를 뚫었다. 도쿄에서 유행하는 옷을 서울로 보내면, 복제품이 바로 거리로 쏟아져 나왔다. 세희의 계획은 서울에 오퍼상을 창업하는 것이었다.

도쿄에서 일본인 사업가 히로시 씨를 알게 되었다. 세희는 무어라고 규정짓기 어렵지만 일본인 특유의 감성이 낯설지 않았다. 히로시 씨는 한국에도 자주 갔다. 세희는 히로시 씨에게 점점 빠져들었다. 히로시 씨 아이를 임신하게 되었다. 세희는 아이를 낳기로 마음먹었다. 임신했다는 것을 알았을 때, 도쿄에서 살고 싶었다. 자기 몸에 일본인 피가 흐르고 있다는 것을 새삼스레 떠올리게 된 것이다. 히로시 씨는 특별한 일이 아니면 저녁에 다른 약속을 잡지 않았다. 일부러 시간을 만들어 세희와 만났다. 아이를 낳으면 함께 살기로 약속했다. 막연하게 꿈꾸던 것이 현실로 다가왔다.

하지만 세희는 임신 사실을 일제에게 알리지 못했다. 혼자서 전전 궁금했다. 그날도 히로시 씨와 만났다. 함께 저녁 식사를 하고 호텔로 갔다. 히로시 씨가 난감한 표정을 지으며 입을 열었다.

"세희, 미안해. 상황이 좋지 않아."

부인이 이혼을 해주지 않으려고 한다는 것이다. 히로시 씨에게는 부인이 있었다. 세희가 그러한 사실을 알았을 때 이미 임신 5개월이 지났을 때였다. 세희가 불안해하자 히로시 씨가 부인과 별거 중이라고 했다. 이혼할 때까지 기다려 달라고. 히로시 씨가 각서에 도장을 찍어서 내밀었다.

"아이 낳으면 양육비는 줄게."

"제가 그런 여자예요?"

"그건 아냐. 우리 자식이야. 아이 어떻게 하지 말라는 뜻이야."

세희는 히로시 씨를 정말 사랑했는지 자신에게 물어봤다. 히로시 씨에게 어떤 정서적인 공감을 했다는 것은 사실이다. 그렇지만 삶 전체를 걸 만큼 사랑한다는 확신은 들지 않았다.

세희는 히로시 씨에게 아이를 낳긴 하지만 양육비는 필요 없다는 이야기를 했다. 그러면서 아이에 대한 친권도 행사하지 말 것을 약속받으려고 했다. 그렇다고 세희에게 무슨 계획이 있는 것은 아니다. 도쿄에서 아이를 낳고 살아보고 싶었다. 자신의 어머니인 일제나 반쪽짜리 일본인인 자신이나 지금 배 속에 있는 아이나 일본에서 사는 것이 마땅하다고 생각했다. 세희의 배가 점점 불러왔다. 온몸에 임신 후반기에 찾아오는 임신 중독증이 나타났다. 결국은 다시 히로시 씨

도움을 받게 되었다.

히로시 씨의 도움으로 서영을 낳았다. 히로시 씨는 부인과 세희 사이에서 애매한 태도를 취했다. 두 여자 사이를 그대로 유지하고 싶어 했다. 히로시 씨가 서영을 자기 가족으로 일단은 출생신고하자고 했다. 세희는 서영을 빼앗길 것 같은 불안감 때문에 아무것도 할 수 없었다. 히로시 씨는 세희에게 패션디자인 공부를 계속하라고 했다. 세희가 독립할 수 있도록 돕겠다고 했다. 히로시 씨로부터 완전히 벗어나려면 그 방법밖에 없었다. 그에게 서영에 대해 의논하고 싶지 않았다. 하지만 도쿄에서 히로시 씨밖에 의지할 데가 없었다.

"아기 맡길 곳이 없어요."

"베이비시터 구해봐."

세희는 어머니를 생각했다. 일제에게 어떻게 용서를 빌까 괴로웠다. 염치를 따질 여유가 없었다. 편지를 썼다. 일제로부터 무조건 서울로 돌아오라는 답장이 왔다.

서영을 받아 안은 일제는 눈물부터 흘렸다.

"쯧쯧, 불쌍한 것. 요 귀한 것. 고것 참 순하게 생겼네. 고생 많았다. 잘 왔다."

"엄마, 죄송해요. 용서……"

"그만 울어라. 이제 됐다. 요런 귀한 선물을 받았는데."

세희는 서영을 일제에게 맡기고 다시 도쿄로 돌아갔다. 도쿄로 돌아간 세희는 결국 일제에게 한 줌 재로 돌아왔다. 새벽 아르바이트를 하러 가는 길에 당한 교통사고였다.

일제는 탄식했다. 세희의 손을 놓쳤다는 것을 뒤늦게 알고 가슴을 쥐어뜯었다. 히로시 씨와의 관계는 눈치도 채지 못했다. 참회하는 마음으로 서영을 키웠다. 그것만이 세희가 혼자서 겪었을 고통을 위로해주는 길이라고 여겼다. 일제는 서영에게 자신이 일본인이라는 말을 하지 않았다. 살다보면 자연히 알게 되리라고 생각했다. 가끔씩 서영이 일제를 빤히 쳐다보며 학교에서 배운 일본 사람들 만행에 대해 이야기했다. 그럴 때면 일제는 고개를 숙이고 조용히 듣고만 있었다.

서영은 춘성 만신이 들려준 이야기가 매우 낯설었다. 마치 생활사박물관에서 살아있는 전시물에 대해 이야기를 듣는 것 같았다. 서영은 한국도 일본도 아닌 외할머니 입장에서 이해하려고 애썼다. 일본으로 가기 위해 얼마나 몸부림쳤을지. 할머니를 생각할 때마다 가슴이 아팠다.

서영은 외할머니가 준 종이봉투 속에서 어머니가 요요기공원 벤치에 앉아서 찍은 사진을 찾아냈다. 사진을 찍어준 사람이 누구일까. 히로시 씨일까. 사진 속 어느 곳에서도 발견할 수 없는 사람. '아버지'하고 가만히 불렀다. 불현 듯 요요기공원에 가보고 싶었다. 어머니가 앉았던 벤치에 앉아보고 싶었다. 서영은 도쿄에 갈 계획을 세웠다. 윤섭에게 도쿄여행에 대해 어디까지 설명해야 할까. 만신을 만나고 오면서 얼핏 도쿄로 가고 싶다고 말하긴 했지만. 하반기 KPGA 코리안 투어가 눈앞으로 다가왔다. 그의 신경을 분산시키고 싶지 않았다.

저녁 식사를 하면서 윤섭에게 도쿄에 다녀오겠다고 말했다.

"갑자기 왜?"

"다녀올 일이 좀 있어."

"함께 가면 안 될까? 시즌 끝나고."

"혼자 갔다 올게. 생각을 정리하고 싶은 것도 있고."

"얼마나 있을 건데? 걱정돼서 그래."

"걱정하지 마. 도쿄는 익숙해."

서영은 익숙하다는 표현을 지리적으로 익숙하다기보다 정서적으로 익숙하다는 의미로도 사용했다.

"알았어. 아쉽지만. 좋은 생각 많이 하고. 좋은 여행되길 바라."

서영은 나리타공항에 도착했다. 신주쿠행 특급열차를 탔다. 세희가 임신한 몸으로 도쿄에서 방황했을 것을 생각했다. 한 번도 얼굴 본 적 없는 히로시 씨에 대해서도 궁금했다. 외할머니 말에 의하면, 40대 초반 남자였다고 했다. 아직 살아 있을지 모르겠다. 살아 있다면 서영을 알아볼까?

그렇다고 히로시 씨 주소를 가지고 있는 것은 아니다. 히로시 씨와 인연은 세희가 죽은 다음 끊어졌다. 외할머니는 세희가 죽은 후에 이사를 했다. 말은 하지 않았지만 혹시라도 히로시 씨가 서영을 데려갈까 봐 살던 곳에서 완전히 반대편으로 숨어버렸다. 세희의 죽음에 대해 석연치 않은 부분도 있었다. 외할머니는 단순 교통사고로 생각했지만. 서영은 왜 교통사고를 당했을까 궁금했다.

신주쿠역 주변에 있는 그레이스 리 호텔에 짐을 풀었다. 서영은 지하철을 타고 요요기공원과 메이지신궁이 가까운 하라주쿠역에서 내렸다. 세희가 자주 갔을 법한 거리 모퉁이에 있는 작은 카페에 들어갔다. 창가에 앉아서 거리를 내다봤다. 세희의 숨결을 느껴보고 싶었다. 하지만 지금 서영으로서 세희의 그때 절박함이 어떠했는지 절실하지 않은 것이 사실이다. 어머니를 추억한다는 것 자체가 감정과잉일 뿐, 어쩌면 세희에 대한 모욕이 될 수도 있겠다는 생각이 들었다. '엄마, 당신 딸이 잘 자라서 하라주쿠의 커피숍에 앉아있어. 반갑고 고맙지'하고 속으로 중얼거렸다. 서영은 어머니를 추모하는 마음으로 메이지신궁을 찾았다. 세희가 메이지신궁에서 참배하는 모습을 사진을 통해 보았다. 그때 어머니 아랫배가 만삭으로 보였다.

서영은 신주쿠 거리를 걸었다. 거리의 냄새를 맡으며 외할머니를 떠올렸다. 할머니가 죽기 전에 서영에게 일본에 함께 가 달라고 했었다. 하지만 모시고 오지 못했다. 서영이 도쿄에서 어학연수를 했을 때나, 플로리스트 학교에 다닐 때, 여행을 오라고 했지만 그땐 할머니가 일본에 오고 싶어 하지 않았다. 지금 생각하면 너무 죄송한 마음이 들었다. 그때는 외할머니가 왜 그런 말을 했는지 몰랐다. 춘성 만신 이야기를 듣고서야 할머니의 말뜻을 깨달았다. 거리 냄새가 낯설지 않았다.

고등학교 때였다. 사귀던 남학생이 서영에게 일본 여자아이 같다는 말을 했다. 싫지 않았다. 그날 할머니에게 자랑했다.

"할머니, 제 친구가 나보고 일본 여자아이 같대."

할머니의 얼굴이 갑자기 굳어졌다. 한참 생각에 잠겼다가 한숨을 내쉬었다.

"너무 수줍어서 그런 말 들어. 얼굴 표정도 좀 무뚝뚝하게 짓고. 말괄량이 소릴 들어도 할머니가 혼내지 않을 테니."

"왜? 할머니."

"아니다."

"할머니 이름은 왜 일제야? 남자 이름 같잖아. 할머니하고 너무 안 어울려."

"일제가 어때서. 좋잖아. 씩씩해 보이고."

"그래도 일제는 너무했어. 일본제국주의도 아니고, 촌스러워."

할머니 얼굴이 파랗게 질렸다. 서영은 그러는 할머니가 우스워서 깔깔거렸다.

서영은 방향을 대충 가늠해봤다. 가가와현 방향으로 섰다. 그곳 오다라는 어촌에서 자신의 조상들이 살았다는 것을 떠올리면서. 비록 외할머니가 자기 부모님 흔적을 찾으러 갔다가 실패했다고 들었지만 그리운 곳이었다. 그동안 할머니 유품을 방치해 두었다. 서영은 할머니 유품을 들고 오다에 다녀와야겠다고 생각했다.

그러고 보니까 할머니야말로 일본 사람 분위기를 풍겼다. 게다가 이름까지 일제였다. 서영이 생각 없이 남자 이름이라고 비웃었을 때, 할머니의 당황해하던 얼굴빛이 떠올랐다.

춘성 만신 이야기를 듣고 나서야 그동안 할머니의 애매한 태도와 말을 이해하게 되었다. 또한 할머니 이름 '일제'의 의미도. 일제라는 이름으로 부릴 때마다 얼마나 죄책감과 두려움을 가졌을까. 부르는 사람들은 일본인 자식이라는 의미로 불렀겠지만. 할머니 본래 이름이 이시다 하루코라는 것도 나중에 할머니가 남긴 유품 속, 일본어로 쓴 바닷물로 얼룩이 지고 누렇게 빛바랜 메모를 읽고서야 알았다. 서영은 할머니 이름을 나직이 소리 내어 불러봤다.

'이시다 하루코 씨, 서영이 일본에 왔어요. 그 전에도 몇 번 왔지만 제가 일본 사람이라는 것을 몰랐어요. 하루코 씨랑 함께 왔으면 좋았을 텐데. 그리워요 할머니. 이렇게 혼자서 일본 거리를 걸으니까 더 그리워요. 하루코 씨, 여긴 도쿄예요. 하루코 씨 고향은 가가와현 오다라고 쓰여 있던데, 이번에는 못 갈 것 같아요. 다음에 찾아갈게요. 그때는 하루코 씨 사진을 가지고 갈게요. 사진이라도 오다 땅에 묻어드릴게요. 하루꼬 씨, 너무 보고 싶어요. 할머니 사랑해요.'

서영은 도쿄에서 살아보고 싶었다. 완전히 마음을 정하지는 않았지만, 어머니에 대해 더 알아볼 생각이었다. 볼을 타고 흐르는 눈물을 손으로 닦아냈다.

윤섭은 서영에게 카톡 메시지를 보냈다.

　-잘 도착했어? 도쿄 좋아?

　서영의 답글이 오지 않았다. 바쁘겠지, 하며 애써 서운함을 달랬다. 하지만 서영의 도쿄행이 궁금했다. 정말 혼자 갔을까? 혹시 또 허 변호사와 함께? 골프 라운드 간다는 말은 하지 않았는데. 지난번에 제주도 라운드 때도 기분이 좋지 않았다. 그렇다고 서영에게 물어볼 수 없었다. 그때, 한동안 침묵으로 일관했다. 시위라면 시위라고 할 수 있겠지만 별다른 효과는 없었다. 사실 서영에 대해 많이 알지 못했다. 서영 역시 마찬가지일 것이다. 윤섭은 서영에게 자기 가족에 대해 자세히 이야기한 적이 없었다. 서영의 가족사는 굿당에서 만신과 서영의 대화를 통해 조금 들었을 뿐이다. 서영이 윤섭의 사생활에 거리를 두듯 윤섭도 거기까지가 한계라는 것을 알고 있었다.
　서영이 도쿄로 떠난 지 이틀이 지났다. 그녀에게 메시지를 보내려다가 말았다. 그런데 윤섭은 다른 것이 마음에 걸렸다. 만신에게 다녀올 때 서영이 속내를 조금 내비치던 것이 생각났다. 서울 생활을 정리할 것 같은 예감이 들었다. 도쿄행도 그것과 관련 있는 것이 아닐까. 서영이 얼마 전에 JPGA에 진출할 마음이 없느냐고 물었다. 윤섭은 별 생각 없이 아직 해외 진출은 생각해보지 않았다고 대답했다. 서영이 도쿄에서 살겠다면? 말릴 자격이 있는지 모르겠다.

윤섭은 하반기 투어 준비를 위해 매주 일요일 오후에 수원 그린필드CC로 갔다. 그때마다 정인에게 필드 레슨을 겸하고 있었다. 정인과 혜지를 만나면 일이라기보다 즐거웠다. 두 아이 사이에 작은 웃음소리가 끊이지 않았다. 서로에게 사용하는 말들이 진심이라는 것이 느껴졌다. 혜지의 쾌활한 성격이 한몫했다. 정인이 또한 장점이 많았다. 혜지의 수다를 대부분 웃으며 받아넘겼다. 정인의 관심은 오로지 골프에 가 있었다. 샷에만 초집중했다. 그러다 보니까 자연히 타인에 대해 민감하게 반응하지 않았다. 다른 사람과의 관계는 2차적인 것으로 밀려났다.

자기 샷에 집중하다 보면 다른 사람 행동은 눈에 들어올 겨를이 없다. 들어오더라도 부정적인 것보다 언뜻언뜻 보이지만 긍정적인 것이 더 많다. 윤섭은 슬럼프 때문에 요즘 현실에 대해 불쾌한 감정을 많이 느꼈다. 아니 표출했다. 그것도 가까운 사람들에게. 어쩌면 서영에게 제일 심하지 않았을까 싶다.

그날도 윤섭은 수원 그린필드CC로 출발하기 전에 소영꽃집에 들렀다. 그는 출입구 밖에서 유리문을 통해 안을 들여다봤다. 김 선생이 혼자서 바쁘게 꽃바구니를 만들고 있었다. 그녀의 주의력을 흩뜨리고 싶지 않아 밖에서 기다렸다. 숨을 죽이고 손놀림을 지켜봤다. 손이 굉장히 민첩하게 움직였다. 긴장하고 있는가. 허리에 빳빳하게 힘이 들어가 있다. 자기가 하고 있는 일에 초집중하는 모습이다.

만들던 꽃바구니가 완성되었다. 그제야 윤섭은 출입구를 밀면서 웃었다. 꽃배달 사건 이후, 김 선생과 좀 서먹해져 있었다. 유리문이 밀리는 소리에 김 선생이 머리를 들었다. 실내로 들어오는 윤섭을 바라보며 어색하게 미소를 지었다.

"많이 바빠 보여요?"

"네, 좀. 사장님 도쿄로 출장 가서서. 혹시나 컴플레인 들어올까 긴장돼서요."

"제 눈에는 프로인데요."

"혼자서 하니까, 확신이 안 서요. 최 프로님 응원해주시니까 좀 괜찮아지네요. 많이 떨렸는데. 나중에 더욱 힘들 것 같아요."

"나중에?"

"네, 사장님이 저보고 숍 인수할 의향이 있느냐고 했어요. 현재로서 아직 경제적으로 많이 부족하다고 했어요. 사장님이 언제든 인수할 생각 있으면 말하라고. 그래서 제가 사장님께 여쭤봤어요. 사장님은 어쩌려고요. 사장님은 도쿄로 가고 싶대요. 일단은 시부야에서 플라워 숍 하는 친구 만나볼 거라고."

"그래요?"

놀라는 윤섭의 표정을 보고 김 선생이 당황해했다.

"제가 잘못 말했나요?"

"아니요. 괜찮아요. 수고하세요."

꽃집을 나선 윤섭은 뒤통수가 간지러웠다. 김 선생의 눈길이 뒤통수에 꽂혀있을 것 같았다. '동거인의 동향 파악도 못 한 못난 놈' 하고 비웃는 것 같았다.

윤섭은 횡단보도 앞에 서서 포스빌 쪽을 바라봤다. 멀리서도 한 씨가 꾸벅거리는 것이 보였다. 윤섭은 입가에 미소를 짓고 한 씨에게 다가갔다. 인기척을 느꼈는지 한 씨가 눈을 떴다. 윤섭이라는 것을 확인하고 빙긋이 웃었다. 윤섭은 플라스틱 스툴을 당겨서 앉았다. 한 씨 옆에 놓인 플라스틱 스툴에는 항상 누군가가 앉았다. 지나가던 노인들이 잠시 앉아서 숨을 고르고 가기도 했다. 그렇다고 스툴에 앉은 노인들에게 한 씨가 크게 관심을 두는 것도 아니다. 노인들 역시 마찬가지다. 한 씨는 옆에 누가 있으나 없으나 늘 눈을 감고 꾸벅거렸다.

윤섭은 한 씨 옆에 앉아서 김 선생 말을 곰곰이 곱씹어봤다. 생각에 잠겨 있는 윤섭을 한 씨가 일깨웠다.

"최 프로, 정인이라는 아이 가르친다고 우리 아들에게 들었소. 그 아이가 잘하는지 모르겠소?"

"아, 예, 어르신, 정인이 잘하고 있어요. 몸도 잘 만들어졌고, 성실하고, 레슨발이 좋아요."

"허허, 고맙소. 잘하고 있다니 참으로 고맙소. 그 아이 내 친구 손자요. 요만할 때, 교통사고로 부모를 한꺼번에 잃었소. 최 프로 잘 만나서 레슨 잘 받고 있다니, 바쁘지 않다면 내 밥 한 끼 사고 싶소."

"어르신, 제가 더 고맙습니다. 한 팀장 덕분에 필드 라운드할 수 있게 도와주신 것 잊지 않고 있습니다. 정인이 성격도 좋고 열정도 있어서, 의지가 아주 강한 아이예요. 그 정도 멘탈이면 충분히 좋은 선수가 될 수 있을 겁니다."

"최 프로 같은 좋은 선생을 만난 것도 그 아이에게는 행운이오. 그 아이가 어릴 때부터 어렵게 자라서 웬만한 것은 겁내지 않을 것이오. 온실 속 화초는 아니오. 잡초에 가깝지. 식사하러 갈 수 있소?"

"어르신, 말씀은 고맙지만 다음에 할게요. 제가 약속이 있습니다."

윤섭은 거짓말을 했다. 수원에 가는 길에 잠시 들렀어요, 라고 하면 이야기가 길어질 것 같아서다.

윤섭은 차에 시동을 걸기 전에 서영에게 다시 메시지를 보냈다. 서영이 요요기공원에 있다고 했다. 요요기공원의 풍경 사진 몇 장이 함께 떴다. 윤섭은 사진들을 확대해서 구경했다. 사진 속에 담긴 서영의 모습을 유심히 살폈다. 표정이 밝아 보이지 않았다. 무언가 생각에 잠긴 눈빛에 슬픔을 머금고 있었다. 원피스 차림의 서영이 벤치에 앉아있었다. 윤섭이 서영의 얇은 어깨를 쓰다듬었다. 곁에 있었더라면 안아주고 싶었다. 오랜만에 서영에 대해 안쓰럽다는 생각이 들었다. 윤섭은 머리를 흔들었다. 함께 있을 때는 서영의 몸에 다가가는 것이 눈치가 보였다. 그런데 신기했다. 사진 속 서영은 누군가의 손길을 간절히 바라는 것 같았다.

—언제 와?

－아직, 좀 더 있을 것 같아. 기다리지 마. 출발할 때 연락할게.

윤섭의 메시지에 서영의 답글이 금방 떴다. '기다리지 마'라는 문장이 마음에 걸렸다.

－알았어. 여행 잘하고 와.

윤섭은 메시지 창을 닫고 차에 시동을 걸었다.

춤을 춰봐

윤섭은 춘성 만신이 백중에 오라던 말이 생각났다. 굿당을 찾았다. 만신이 혼자 온 윤섭을 보고 의아해했다.

"어떻게 혼자서?"

"일본 여행 중이에요. 지난번에 백중날 오라 하셔서."

"잘 왔네. 그렇지 않아도 윤섭 씨 따라다니는 영가를 달래줘야겠다 생각했는데. 윤섭 씨 몸에 붙어 다니는 영가가 장난이 심하네. 이쪽에 대해 좀 아는감. 오늘 간단한 의식을 하고 가시게. 서영이 함께 왔으면 좋았을 텐데."

옆에서 인심 좋은 웃음을 띠고 앉았던 원주댁이 일어났다. 개다리소반에 여러 가지 과일과 쌀, 북어, 밥, 물 한 대접을 함께 차려냈다. 윤섭은 처음 보는 상차림이었다. 그 사이에 만신이 무복을 갖춰 입었다. 윤섭에게 신장대를 잡으라고 했다. 만신이 징을 치면서 염불을 했다. 강약으로 리듬을 만들어내는 징 소리에 실내의 모든 사물이 나른하게 보였다. 그러한 상태가 한참 동안 이어졌다. 윤섭이 손에 든 신장대가 흔들리기 시작했다.

이어폰을 끼지 않았는데 음악 소리 같은 것이 들렸다. 누군가의 목소리도 함께였다.

우리 춤출까? 춤을 춰봐. 머리가 텅 비도록. 춤을 춰. 생각이 달라질 거야. 춤을 춰. 관절을 풀어. 몸이 다시 부드러워질 거야. 관절을 풀어. 감각이 살아날 거야. 목소리가 리드미컬하게 춤을 췄다. 머릿속이 어질어질했다. 토할 것 같았다. 되게 요란하네. 씨발, 춤 추게 됐냐? 윤섭이 소리를 지르며 그 자리에 주저앉았다. 목소리가 사라지는가 싶더니 다시 들렸다.

만신의 목소리가 변성기를 아직 지나지 않은 남자아이 목소리로 바뀌었다.

"휘유, 너에게 할 말 많아. 너, 그때 왜 그랬니? 나에게 맨날 찌레기라고 놀렸잖아. 너도 왕재수였잖아. 반 아이들이 얼마나 싫어했는지 너 모르지. 사실, 반 아이들은 네가 사라지기를 바랐는데. 내가 죽으려고 할 때, 왜, 날 말리지 않았어? 너도 내가 죽기를 바랐지?"

윤섭 얼굴이 벌겋게 달아올랐다. 만신의 넋두리가 이어졌다.

"왜 나를 내버려 두고 갔어? 네가 말려주기를 얼마나 바랐는데. ……."

윤섭은 작은 목소리로 겨우 중얼거렸다. '아니야, 네가 죽을 줄 정말 몰랐어. 나도 가슴이 아파. 네 생각만 하면 미안했어.'

목소리가 흰 시스루 커튼 자락처럼 너울너울 움직였다. 음폭이 점점 넓어지고 깊어졌다. 목소리가 징 소리에 수렴되었다. 윤섭은 눈을 감았다. 징 소리에 집중했다. 무당이 작두 위에서 접신하듯, 몸 밖의 소리와 몸 안의 소리가 공명을 일으켰다. 몸이 리듬을 탔다. 윤섭이 계속 춤을 췄다. 머릿속이 텅 비어져 갔다. 온몸의 피부가 팽팽하게 당겼다. 껍질이 벗겨지는 듯한 참을 수 없는 통증을 느꼈다. 두 손으로 목을 움켜잡았다. 으윽, 오열을 토하는 순간, 단단하게 뭉친 것이 몸 밖으로 튀어나가는 것 같았다. 몸이 가벼이 붕 떠올랐다. 흰 새떼가 날아올랐다.

휘몰이로 몰아가던 징 소리가 진양조로 바뀌었다. 만신의 목소리가 또렷이 들렸다. 분명 허공에 떠 있었다고 생각되던 발이 바닥에 내려 서 있었다. 멀미기가 가라앉았다.

격렬하게 몸을 흔들고 났더니, 항상 가슴을 짓누르던 것이 쑥 빠져나간 느낌이었다. 만신이 윤섭이 들고 있는 신장대를 가져갔다. 윤섭은 머리를 바닥에 댔다. 엎드린 채 눈물을 흘렸다.

만신이 사설을 읊으며 신장대로 윤섭의 머리부터 몸 전체를 쓸어내렸다. 원주댁이 만신을 따라 소반에 담긴 음식물을 들고 굿당 밖으로 나갔다. 만신은 영가들에게 저승으로 잘 떠나라는 주문을 외우고, 원주댁이 음식물을 펑퍼짐한 바위 위에 쏟아부었다. 모든 의식이 끝났다. 만신이 웃으며 윤섭을 위로했다.

"누구나 실수는 하네. 고생했네. 이제 만사형통할 것이네. 우리 서영이하고 행복하시게. 내가 바라는 것은 젊은 사람들이 아들딸 낳고 오손도손 잘 사는 것이네."

"감사합니다. 감사한 마음을 제가 어떻게 해야."

"아무것도 필요 없네. 그냥 가게. 서영이 함께 왔으면 더 좋았을 건데. 일본에 있다니."

만신이 잠시 뜸을 들이더니, 덧붙였다. 그 어조가 천기를 누설하듯 조심스러웠다.

"사실은 일제언니 영가가 서영의 몸에 들어가 있다네. 서영은 아직 모르고 있지만. 손녀딸이 애처로워 떠나지 못하고. 그리 알게. 내가 잘하는지 잘못하는지 모르겠네. 나도 갈 날이 머지않아 이런 쓸데없는 말을 지껄이는지 모르겠네만, 혹시라도 나중에 서영이 딴짓을 하더라도 짐작하고 있으라는 뜻일세. 알아듣겠는가."

"네 알겠습니다, 선생님."

윤섭은 속으로 놀랐지만 엉겁결에 대답했다.

서울로 돌아오는 내내 윤섭은 굿당에서의 상황을 되돌려봤다. 납득이 안 갔다. 자기 몸이 그렇게 반응했다는 것이. 게다가 서영이 무당이 될지도 모른다는 생각에 할 말을 잃었다. 그런데 항상 뻐근했던 어깨가 가볍다는 느낌은 들었다.

네 마음하고 비슷할 거야

-잘 지내? 서울인데 볼 수 있겠니?

지우의 메시지가 떴다. 수원 그린필드CC로 가는 길이었다. 윤섭은 왜지, 싫었다. 지우에게 다녀온 후, 몇 번 카톡을 보냈지만 연락이 없었는데.

-지금 필드 연습 가. 저녁 늦게 시간 낼 수 있어. 넌?

곧바로 지우의 댓글이 달렸다.

-가능해. 그럼 저녁에 봐. 연습 끝나면 카톡 해.
-알았어. 그때 봐.

왜냐고 묻지 않았다. 궁금했지만 의식적으로 질문을 피했다. 이유를 모르겠지만 지우에게서 다시 연락이 왔다는 것이 고마웠다. 지우를 다시 볼 수 있다는 것이 좋았다. 하지만 지우가 윤섭에게 먼저 보자고 하는 것은 걱정이 됐다. 좋지 않은 일이 있을 것만 같았다. 불길한 생각을 떨칠 수 없었다.

윤섭은 수원 그린필드CC에서 라운드를 하는 내내 샷에 집중할 수 없었다. 정인과 혜지는 둘만의 세계에 빠져 있었다. 그들의 킥킥대는 웃음소리가 윤섭에게 별로 거슬리지 않았다. 윤섭은 페어웨이를 걸으면서 지우와 동철의 관계에 대해 생각했다. 지우, 동철, 현규, 윤섭, 네 사람이 경주에서 라운드했을 때다. 지우 태도에서 동철과 사이에 의견 차가 있음을 알 수 있었다. 지우가 동철에게 완전히 밀착되어 있다는 느낌이 들지 않았다. 윤섭은 혼자서 경주에 갔을 때가 기억났다. 그때 동철의 이야기를 끄집어냈다. 지우 반응이 의외였다. 그래서 지우의 메시지가 윤섭을 더욱 흔들어 놓았다. 어떤 기대감이 지우에게로 걷잡을 수 없이 쏠리는 것을 막을 수 없었다. 서영은 도쿄에서 무엇을 할까? 서영을 소환했지만 지우가 서영을 밀어냈다. 빨리 라운드를 끝내고 서울로 가고 싶었다. 윤섭의 태도가 평소와 달랐던 모양이다. 혜지가 말을 붙여왔다.

"저기, 프로님. 저희가 잘못한 것 있어요?"

"어? 왜?"

"말씀이 거의 없으셨어요. 생각에 깊이 빠져 계시는 것 같아요."

"그랬니? 너희들, 잘하고 있어. 오늘은 내가 특별히 포인트 레슨해

줄 것이 별로 없을 정도야. 그동안 정인이 샷 많이 좋아졌어. 혜지 서포터 덕분이겠지만. 둘이 케미가 잘 맞네.”

“프로님, 그게 아닌 것 같아요. 정인이 방금 샷 실수했는데 지적하지 않았거든요.”

“그랬어? 그 정도 실수는 괜찮아. 자기 스스로 알아채면 돼. 다른 사람이 모든 것을 다 말해 줄 수 없잖아. 과하면 지적질이지. 혜지가 캐치했다면, 정인은 알아채지 못했을까? 정인아 그렇지 않아?”

“넵, 프로님. 혜지가 원래 좀 극성맞아요. 잔소리 엄청 심하거든요.”

정인이 말해놓고 씨익 웃었다. 혜지가 정인에게 눈을 흘겼다.

“프로님 얼굴은 그렇지 않은데.”

혜지가 혼잣말처럼 덧붙였다. 윤섭은 무언가를 들킨 것 같았다.

“미안해. 생각할 게 좀 있었어. 귀신이구나, 혜지. 정인이 좋겠다. 깐깐한 혜지 덕에 딴 생각할 수 없겠네.”

혜지가 입을 삐죽이고, 클럽 교체를 위해 카트가 있는 곳으로 성큼성큼 걸어갔다. 정인이 검지를 입술에 대고 킥킥거렸다.

전반홀 라운드만 끝내고 윤섭은 서둘러 서울로 왔다. 출발하기 전에 약속 장소를 잡았다. 윤섭이 홍대 쪽으로 갈까했더니 지우가 신도림역으로 오겠단다. 잠시 얼굴이나 보자고 했다. 너 필드 라운드 다녀오면 피곤하잖아, 라는 말을 덧붙였다. 윤섭은 머쓱했지만 그러자고 했다.

왠지 지우에게는 ‘왜?’라는 딴지를 걸지 않았다. 지금껏 그래왔다.

윤섭이 지나온 시간 속에 지우는 항상 함께 있고 싶은 대상이었다. 지우가 까칠하게 굴어도, 동철이하고 따로 약속을 잡아도. 섭섭했지만 그래도 뿌리치고 돌아서고 싶지 않은 상대였다. 항상 만나면 기분이 좋아졌고. 심지어 얼굴만 보고 있어도, 목소리만 들어도 다른 무엇보다 위안이 되는 여자아이였다. 동철과 현규에게 그러한 자신의 감정을 숨기느라 남몰래 고민하기도 했다. 어두운 터널을 빠져나가는 듯했던 고등학교 시절, 그래도 웃으며 학교에 다닐 수 있게 해준 따뜻한 사람이 지우였다. 죽고 싶은 현실 속에서도 꿈을 꾸게 했던 여자였고. 가끔씩 밤에 그리워질 때가 있는 여자였다. 비록 고백하진 못했지만 지우를 생각하면 잔디깎기 기계가 갓 지나간 페어웨이를 걸을 때처럼 폭신한 감정이 생겨났다. 지우에 대한 윤섭의 감정은 결이 고왔다. 윤섭에게 지우는 밤하늘을 올려다볼 때마다 같이 내려다봐주는 별과 같은 존재였다.

윤섭은 오피스텔에 들러 샤워를 했다. 검은색 카고바지를 입고 회색 면티에 검은색 셔츠를 겹쳐 입었다. 기대 반 두려움 반으로 포스빌 오피스텔을 나섰다. 일부러 소영꽃집 쪽으로 고개를 돌리지 않았다. 한 씨는 좌판을 걷고 없었다. 테크노마트 앞에서 지하도로 곧바로 내려갔다.

지하도를 빠르게 걸으면서 자신의 모습을 쇼윈도에 비춰봤다. 필드 라운드를 다녀서인지 얼굴이 새까맣다. 그 대신에 핫도그처럼 부풀었던 상체가 매끈해졌다. 윤섭은 쇼윈도에 비친 자신의 모습에 빙굿 웃었다. 2호선 전동차가 들어왔다. 퇴근 시간이 지났는데도 사람들이 많았다. 윤섭은 지우에게 자신이 서 있는 위치를 카톡으로 알렸다. 쏟아져 나오는 인파 속에서도 지우는 눈에 띄었다.

큰 키에 어깨를 덮는 길이의 구불거리는 헤어스타일, 검은색 카고 바지에 검은색 면티와 검은색 스트라이프 셔츠를 겹쳐 입었다. 중성적인 패션이 잘 어울렸다. 윤섭은 지우를 한참 동안 바라만 봤다. 저 여자아이는 지금 무슨 생각할까. 참, 이제는 여자아이가 아니지. 벌써 서른 살이 눈앞이네, 하고 혼자서 웃었다. 지우가 윤섭을 알아보고 다가섰다. 짓궂게 하하거리며 웃을 줄 알았는데, 웃음이 바뀌었다. 엷은 미소를 지었다. 윤섭도 지우야, 하고 큰 소리로 부르지 않았다. 말보다 손을 내밀어 악수를 나누었다. 경주에서 만난 이후 바뀐 인사법이다. 잡은 손을 놓고 나니까 새삼스레 더 어색해졌다. 잠시 둘 사이에 침묵이 흘렀다. 지우가 먼저 입을 열었다.

"많이 바쁘지? 하반기 투어 며칠 안 남았네."

"늘 그렇지, 뭐. 넌 어때? 웬일로 서울까지. 좋은 일 있어?"

"좋은 일은. 재료 사러 왔어. 새로운 프로젝트 들어가기 전에 준비하려고."

"언제 가? 서울에 좀 있을 거지?"

"아니, KTX 막차 예매해 뒀어. 여기서 서울역 바로 가려고."

"서울역 바로 간다고?"

"너하고 저녁 먹고 가려고. 시간 되지?"

"웅. 그럼 밥 먹으러 가자. 밥부터 먹고 그다음은 나중에 생각하자."

두 사람은 저녁 식사 이야기로 어색함에서 벗어났다. 지하도에서 올라왔다. 윤섭은 지우에게 맛있는 것을 사주고 싶었다. 테크노 마트 전문식당가로 방향을 잡았다. 지우가 밥을 먹으면서 소주도 한잔할 수 있는 곳으로 가자고 했다. 포스빌 오피스텔 뒤편에 있는 먹자골목으로 들어갔다. 현규와 함께 몇 번 갔던 이모네해물찜집으로 갔다.

저녁 식사를 끝내고 도림천을 걸었다. 사람들 소리와 매미 소리가 뒤섞여 소란스러웠다. 저만치 물속에 왜가리 한 마리가 서 있었다. 두 사람은 왜가리가 잘 보이는 벤치에 앉았다. 윤섭은 왜가리를 보며 속으로 중얼거렸다. '자식, 여전히 혼자구나. 고독한 사냥꾼.' 지우도 왜가리를 바라보고 있었던 모양이다. 중얼거리듯 입을 뗐다.

"왜가리가 있어, 이곳 물이 맑은가 봐."

"그런 것 같아. 여기가 난 좋아. 가끔씩 산책로를 걸으면서 머릿속으로 샷 날려. 워터 해저드가 많아서 집중해야 하는 맛이 좋거든. 러프도 많고. 내 공이 왜가리를 맞추는 상상도 하고."

"그것, 재밌겠네. 우리 함께 해볼까? 지는 사람 술 사기. 어때?"

"술 마시고 싶어? 막차라며?"

"마시고 싶을 때가 있잖아."

"그럼, 막창집으로 갈까? 잘하는 곳 알아."

"일단, 게임부터 하고. 네가 먼저 티샷 해봐."

"알았어. 머릿속으로 상상해. 티 그라운드에 올라. 티를 꽂고. 연습 스윙 한 번 하고. 어드레스. 쳤어. 내 공 날아가는 것 보이지. 내 공은 저기 워터해저드를 넘어갔어. 저기 메리골드가 핀 화단 너머에 떨어졌어. 네가 쳐."

"나는 레디 티에서 친다. 티 꼽고. 연습 스윙. 어드레스. 쳤어. 오랜만에 쳐도 잘 날아가네. 어어, 내 공은 왜가리를 맞출 뻔했어."

마침 왜가리가 휙 날아올랐다. 성난 날갯짓으로 포물선을 그리더니 숲속으로 들어가 버렸다.

"대단하다. 왜가리를 맞추려고 하다니. 파4니까. 세컨에 그린 올린다. 에잇, 해저드야. 빠졌어. 워터 해저드가 왜 이렇게 많아."

"쯧쯧, 욕심. 넌 그때도 비거리가 짧아서 아일랜드 그린에서 항상 물귀신한테 공 바쳤잖아. 여전해."

"그걸 아직도 기억해? 동철이 나보다 비거리 더 나간다고 자랑했지만 마지막에는 항상 나에게 무릎 꿇었어."

동철이라는 말에 지우 표정이 굳어졌다. 윤섭은 지우를 흘긋 바라보고 입을 다물었다. 잠시 침묵이 흘렀다. 지우의 시선이 허공을 헤매는 것 같았다. 윤섭은 다시 물위로 내려앉는 왜가리를 지켜봤다. 그러다가 먼저 입을 열었다.

"동철이, PGA 준비 잘 되나 봐?"

"몰라, 그렇겠지."

"이제 네 맘도 결정해야 되는 거 아니니?"

"어떻게?"

지우가 되물으며 고개를 돌려 윤섭을 바라봤다. 윤섭도 눈길을 피하지 않았다. 두 사람은 서로를 한동안 응시했다. 그러다가 지우가 먼저 시선을 내렸다. 그리고 다시 눈을 들어 왜가리를 바라봤다.

"동철이네 가족으로 흡수당하는 느낌이 들어 싫었어. 나라는 아이덴티티가 없어질 것 같아 두려워. 난 설치미술가로 살고 싶거든."

"동철이하고 결혼해도 계속 설치미술하면 되잖아."

지우가 다시 돌아봤다. 그리고 멀리 시선을 보냈다. 윤섭은 결혼이라는 말을 해놓고 스스로 실망했다. 지금까지 금기어처럼 사용하지 않으려고 했던 말을 입 밖으로 내보내버렸다. 지우에게서 어떤 반응을 보려고 그런 말을 했는지. 어쩌면 지우의 감정을 빨리 확인하고 싶은 조급함에서였을 것이다. 그렇다고 지우에 대한 윤섭의 마음이 정리된 것도 아니다. 지금 서영이 도쿄에 여행가고 없을 뿐이다. 서영과 동거하고 있는 윤섭을 지우는 어떻게 생각할까? 그렇다면 지우는 왜 윤섭을 찾아온 걸까? 단지 고등학교 때 우정 때문에. 아니면? 윤섭의 말에 지우가 한참 동안 왜가리를 바라보다가 입을 열었다.

"넌, 어때? 서영 씨에게 불만 없어? 좀 주저되지만, 물어보고 싶었어."

"서영 씨 지금 도쿄 갔어."

윤섭은 엉뚱한 대답을 했다. 지우의 물음에 솔직하게 답할 자신이 없었다. 지우가 가만히 듣고만 있더니 다시 물었다.

"서영 씨하고 결혼할 마음이 있구나."

윤섭은 순간 솔직해지고 싶었다.

"아니, 결혼은 생각해보지 않았어. 네 마음하고 비슷할 거야."

"내 마음이 어떤지 알아?"

"나도 똑같다는 거지. 서영 씨에게 흡수당하는 것은 싫거든."

"그래서?"

"넌?"

"내가 왜 네게 왔는지 알겠니?"

윤섭은 대답 대신 지우의 손을 잡았다. 한 팔로 지우 어깨를 감싸 안았다. 지우도 윤섭의 품에 안긴 채 몸을 빼내지 않고 가만히 있었다. 두 사람은 오랫동안 그렇게 앉아서 왜가리를 바라봤다. 왜가리의 침묵이 길었다. 두 사람은 그동안 그들이 망설이고 침묵했던 것이 무엇인가를 알고 있었다. 그러나 쉽사리 입에 올릴 수 없다는 것도. 서로의 숨소리만 들었다. 윤섭의 심장 뛰는 소리가 지우에게도 들릴 것이다. 벤치를 지나다니는 사람들의 발자국소리가 뜸해졌다. 왜가리가 고요를 깨뜨리고 숲으로 날아갔다. 윤섭은 지우를 감쌌던 팔을 풀었다. 지우가 핸드폰을 켜서 시간을 확인했다. 두 사람은 신도림역을 향해 걸었다. 신도림역은 환승역답게 사람들이 빠르게 움직였다. 윤섭은 지우를 위해 서울역까지 함께 가기로 했다. 그곳까지만이라도 옆에서 있어 주고 싶었다. 혼자 갈 수 있다던 지우도 더 이상 윤섭의 제안을 뿌리치지 않았다.

퇴근 시간이 많이 지나서인지, 전동차 안에서 나란히 앉을 수 있었다. 두 사람은 서울역까지 아무도 입을 열지 않았다. 윤섭이 가끔씩 고개를 돌려 지우를 바라봤다. 그때마다 지우도 윤섭의 눈을 말끄러미 들여다봤다. 그러다가 두 사람은 희미하게 웃었다. 그 웃음 속에 모든 의미를 녹여 넣은 것처럼. 지우의 시선이 먼저 제자리로 돌아가면 윤섭도 앞으로 시선을 옮겨왔다. 그리고 맞은편 차창에 비치는 지우를 물끄러미 바라봤다. 지우도 윤섭의 시선을 알아채고 입술을 살짝 비트는 미소를 머금었다.

도착역 부산이 뜨는 8번 게이트 앞으로 갔다. 전광판에서 서울에서 출발하는 마지막 KTX열차 출발 시각이 깜박였다. 지우가 손을 내밀었다. 윤섭은 내민 지우의 손을 잡은 채 게이트 계단을 내려갔다. 이미 열차가 플랫폼에 대기하고 있었다. 윤섭은 지우를 가만히 끌어안았다. 두 사람은 서로의 몸을 끌어안은 채 한참을 그대로 있었다. 지우가 탑승하면서 몇 번이나 돌아봤다. 열차가 움직이기 시작했다. 지우가 윤섭을 향해 차창 안에서 손을 흔들었다. 윤섭은 열차가 움직이는 방향으로 함께 걸었다. 어둠 속으로 열차가 사라졌다.

내면을 깊이 들여다보세요

허 변호사의 카톡이 들어왔다. 윤섭에게 만나자고 했다. 윤섭은 메시지를 읽고 한동안 망설였다. 공식적으로 만날 일이 없었다. 발목 부상 배상 문제는 이미 끝난 지 오래였다. 그렇다고 허 변호사가 레슨을 받겠다고 할리는 없다. 윤섭이 포스빌 지하상가 골프연습장에서 해고되었다는 것을 허 변호사도 알 것이다. 그렇다면? 서영에게 무슨 일이라도? 서영은 지금 도쿄에 가 있다. 가끔 카톡을 주고받았다. 하지만 카톡 내용으로 서영이 도쿄에서 무슨 일을 하고 있는지 자세히 알 수 없었다. 며칠 전에 김 선생 말에 의하면, 서영이 도쿄에서 일거리를 찾을 가능성이 있어보였다. 플라워 숍을 하는 친구를 찾아볼 생각이라는 말을 들었다. 윤섭은 내키지 않았지만 허 변호사에게 만나겠다는 답글을 썼다.

두 사람은 양주바에서 만나기로 했다. 윤섭이 허 변호사보다 먼저 도착했다. 윤섭은 허 변호사를 기다리면서 서영에게 카톡을 했다.

-재밌어? 언제 와?

-아직은. 윤섭 씬 투어준비 잘 돼?

-응. 서영 씬 지금 뭐해?

-친구 유메하고 와인바에 왔어.

-난, 지금 허 변이 만나자고 해서 양주바야. 기다리고 있어.

-왜? 허 변하고 왜 만나? 용건이 뭐래?

-몰라. 그쪽서 만나자고 연락 왔어.

-무슨, 만날 일 또 있어? 다 끝났잖아.

-그러게. 왜 만나자고 하는지 모르겠어. 허 변 오면 알겠지.

-걔가 왜 그럴까? 궁금하네.

-별일 있겠어. 유메 씨하고 재밌게 보내.

-응, 윤섭 씨도. 무슨 일 있음 카톡 줘.

-알았어.

허 변호사가 다가오는 것을 보고 윤섭이 대화창을 닫았다. 허 변호사가 자리에 앉으며 변명을 늘어놓았다.

"늦었습니다. 제시간에 오려고 했는데."

"괜찮습니다. 저도 좀 전에 왔습니다."

"최 프로님, 얼굴 많이 탔네요. 필드 많이 나가시나 봐요?"

"네, 얼마 남지 않아서요."

"그러고 보니까 곧 9월이네요. 다음 주부터 시작이네요. 발목은 괜찮죠?"

"네, 덕분에."

"하반기 첫 투어부터 뜁니까?"

"아니요, 두 번째 골프존 오픈부터 신청했어요."

"이번에는 꼭 우승컵 들어 올리세요. 기대하겠습니다. 샴페인 부어서 건배해야죠."

"감사합니다만……."

윤섭은 용건이 뭐냐고 묻고 싶었다.

허 변호사가 버번을 시켰다. 남자 종업원이 테이블을 세팅했다. 윤섭은 종업원에게 온더록스 잔으로 가져다 달라고 했다. 종업원이 윤섭을 힐긋 바라봤다. 윤섭은 짐짓 모른 척했다. 윤섭은 종업원이 가져온 잔에 얼음을 넣고 버번을 조금 따라 음미하듯 천천히 입안에 머금었다. 허 변호사가 그사이 먼저 잔을 비우고 다시 잔을 채웠다. 그리고 서두를 꺼냈다.

"궁금하시죠?"

"뭐가요?"

"여러 가지로. 지난번 일도 있고 해서요."

"지난번 일……?"

윤섭은 술잔을 바라보며 말을 멈췄다.

"아, 서영이 이야기하지 않았나요? 함께 제주도 라운드 갔던 것."

"그랬어요? 저는 모르는 이야깁니다. 그리고 그것이 왜요? 두 사람

무슨 일 있었어요?"

허 변호사가 술잔을 입에 털어 넣었다. 그리고 눈을 지그시 감았다가 떴다. 나름 시간을 벌고 싶은 제스처라는 생각이 들었다. 윤섭은 무표정하게 허 변호사를 지켜봤다.

"무슨 일이 있었다기보다 윤섭 씨에게 해명해야 할 것 같았어요. 이번에 서영이 도쿄에 가서 오래 머무르는 것 하고 연관이 있지 않을까 해서요. 두 사람 괜찮죠?"

"물음에 답을 꼭 해야 되나요?"

윤섭이 허 변호사를 쏘아봤다. 허 변호사가 슬쩍 웃으며 술잔을 비우고 다시 물었다.

"서영이 왜 아직 안 올까요?"

"그건 모르죠."

"윤섭 씬 궁금하지 않으세요? 저는 궁금한데."

"변호사님, 서영 씨가 아직 오지 않은 것이 궁금해요. 아니면 서영 씨가 도쿄에서 오래 머물고 있는 것에 대해 제 생각을 읽고 싶은가요? 아니면 서영 씨에 대한 제 마음이 궁금하세요?"

"모두죠."

"제가 왜 변호사님께 그 모든 것을 일일이 이야기해야 합니까? 서영 씨 도쿄에서 돌아오지 않을까 봐 두려운 사람은 허 변호사님 같네요. 아닌가요?"

"감정적으로 이야기할 문제가 아니라고 봐요. 서영이 도쿄로 옮겨갈지도 모른다는 생각 안 해봤어요. 제가 윤섭 씨라면 서영에 대해 정보를 얻고 싶을 건데. 그렇지 않아요? 벌써 서영에게 사랑이 식은 건가요. 아니면 아예 서영을 이용한 건 아니죠? 설마 그렇지는 않겠죠? 아니라면 동거녀의 움직임에 대해 좀 더 민감해야 하지 않을까요? 제가 다 궁금한데."

윤섭은 허 변호사의 얼굴에 주먹질이라도 하고 싶었다. 하지만 참았다. 좀 전에 주고받았던 서영의 카톡을 떠올렸다. 유메하고 와인바에 있다고 했다. 김 선생이, 서영이 유메를 만나보겠다고 하더란 말이 생각났다. 하지만 허 변호사에게 틈을 보이고 싶지 않았다.

"많이 궁금한가 봐요. 서영 씨하고 나하고는 사랑뿐만 아니라 믿음이 있어요. 누구처럼 철없는 시절의 어설픈 우정에 목매달지 않아요. 우리는 서로에게 자유롭죠. 상대의 판단이나 결정까지 관여하지 않아요. 서영 씨가 도쿄에서 살겠다면 저는 JPGA로 가면 돼요. 그런 것은 우리 같은 투어프로들에게 익숙하거든요. PGA 가듯이요. 우리나라 투어프로들 현재 JPGA에서 많이 뛰는 것, 변호사님도 잘 알고 있죠? 제 입장은 그런데, 변호사님은 왜 서영 씨 거취 문제에 대해 민감하게 반응하세요? 무척 궁금하군요."

허 변호사가 고개를 약간 숙인 채 술잔을 만지작거렸다. 두 사람 사이에 침묵이 흘렀다. 윤섭은 1차 방어에 성공했다는 생각이 들었다. 하지만 좀 더 지켜보자는 생각이다. 허 변호사가 어떻게 나올지. 오늘 만나자고 하는 목적이 있을 것이다. 거기까지 생각하고 있는데 허 변호사가 술잔에 남은 술을 입안으로 털어 넣었다. 무언가 결심이 섰다는 어조로 입을 열었다.

"단도직입으로 말할게요. 서영과 헤어지세요. 물론 윤섭 씨가 화를 낼 것이라는 건 각오했어요. 이건 그냥 하는 말이 아니에요. 더 이상 서영을 힘들게 내버려둘 수 없어요. 지난번에 제주도 갔을 때 서영에게 고백했어요. 윤섭 씨, 서영일 제자리로 되돌려 놓아주세요. 제가 이렇게 부탁합니다. 서영이 도쿄로 떠나버리면 제가 너무 힘들 것 같아요. 도쿄에 가기 전에 붙잡아야 해요. 윤섭 씬 아직 전념해야 할 일이 많아요. 아직 JPGA에 갈 실력도 안 되잖아요. 이건 자존심 문제가 아니죠. 괜히 여자 때문에 투어에 전념하지 못하면 투어 생활에 얼마나 리스크가 크겠어요. 윤섭 씨 바로 대답하지 않아도 돼요. 당신 내면을 시간을 가지고 깊이 들여다보세요. 내면의 저변에 깔려 있는 감정이 어떤 것인지. 사랑인지 아니면 단순한 이끌림인지. 저의 말에 휘둘리지 말고. 물론, 제가 윤섭 씨를 걱정할 필요는 없지만요. 서영이 윤섭 씨에게보다 제게 더 절실한 사람입니다. 감정적으로가 아니라 이성적으로 깊이 생각해보세요. 기다리겠습니다. 확인되면 언제든 우리 다시 만나요."

"변호사님은 왜 이성적으로 생각하지 못하죠? 지금 하는 말이, 말이 된다고 생각하세요? 알면서 왜 이러세요? 지저분하게. 저 먼저 일어납니다."

우리에게 가장 행복했던 순간

　윤섭은 카운터로 가서 자기 술값만 계산했다. 출입문을 열고 나오면서 허 변호사를 돌아보지 않았다. 오피스텔을 지나쳤다. 곧바로 들어가고 싶지 않았다. 도림천을 걸었다. 윤섭은 마음이 혼란스러울 때 도림천 걷는 것을 좋아했다. 문래동까지 산책로를 따라 걸으면서 머릿속으로 샷을 했다. 그러다 보면 어느새 마음 정리가 됐다. 천천히 걸어서 문래동까지 갔다. 도림천에 흐르는 물을 따라가면 한강으로 갈 수 있다. 한강까지 걸어서 갈 수만 있다면 걸어보고 싶었다. 지류에서 본류로 들어가는 순간, 아마추어선수에서 프로선수가 되던 순간이 기억났다. 윤섭은 아직 어리둥절한 상태였다. 우선 호칭부터 달라졌고, 주위 사람들의 시선이 달라졌다. '최 프로, 우승컵 언제 들어올려?' 하고 동네 스크린 골프대회에서 우승하는 것쯤으로 쉽게 말했다. 듣는 사람이 얼마나 부담스러울지 한 번이라도 생각해 봤을까. 허 변호사의 말을 되새김질하면 할수록 자존심이 상했다. 어쩌면 옳은 말인지도 모르겠다. 윤섭에게 지금 여자 문제는 가장 나쁜 리스크에 해당된다. 투어 생활에 모든 집중력을 쏟아부어도 어려운 상황인데. 얼마나 한심해 보일까.

되돌아오는 길에 벤치에 앉았다. 왜가리 두 마리가 보였다. '자식 드디어 친구 만들었네. 축하한다. 헤어지지 말고 오래오래 사랑해.' 윤섭은 왜가리들이 날아올랐다 내려앉았다 하는 것을 구경했다. 두 마리가 함께 있어 보기 좋았다.

'저 왜가리는 왜 밤에 혼자 있지. 외로워 보이잖아.' 윤섭은 지우의 말을 떠올렸다. 며칠 전에 함께 앉아 왜가리를 바라보던 저쪽 벤치를 건너다봤다. 텅 빈 벤치에 어둠이 앉아있었다. 지우에게 왜가리가 이제 두 마리가 됐어, 하고 카톡을 보내려다 관뒀다. 지우 생각은 이제 그만하기로 하자. 때로는 가슴속에 묻어둬야 하는 사람도 있다고 중얼거렸다. 윤섭은 경주에서 지우 어깨에 손을 올리고 찍은 사진을 갤러리에서 찾았다. 사진을 확대했다. 둘이 어색하게 웃고 있는 모습이 더 소중해 보였다. 윤섭은 사진을 삭제했다. 그러고 보면 자신이나 허 변호사나 다를 바가 없었다. 지우를 생각하면 허 변호사가 이해가 됐다. 어쩌면 윤섭이 지우를 생각하는 것보다 허 변호사가 서영을 생각하는 것이 더 절실할지 모르겠다. 지우에게는 믿을만한 동철이 있지만 서영에게 윤섭은 불안 그자체가 아닐까.

서영과 가장 행복했던 순간이 언제였을까? 지난 시간을 되돌아봤다. 함께 밥을 먹고, 잠을 자고, 필드 라운드를 나가고, 여행을 가고, ……. 소소하지만 많은 시간을 함께했다. 함께 공유한 시간이 길다면 길고 짧다면 짧았다. 그런데 가장 빛나고 행복했던 순간이 잘 떠오르지 않았다. 항상 무엇인가 사이에 끼어있는 듯한 느낌을 받았다. 때로는 둘 사이를 방해하는 사람과 셋이서 있는 듯할 때가 많았다. 상대의 눈치를 보고, 아닌 척 거리 계산하고, 깊이 밀착하지 못했었다. 윤섭은 지나간 시간들이 아쉬웠다. 너무 어른스럽지 못했다는 것이 부끄러웠다. 좀 더 마음을 터놓았더라면 좋았을 것이라는 생각이 들었다.

윤섭은 '서영에게 일제가 들어와 있네'라던 춘성 만신 말이 생각났다. 허 변호사가 그러한 사실을 안다면 어떻게 반응할까? 만약에 서영이 내림굿이라도 받는다면, 윤섭 자신은 어떻게 할까? 윤섭은 고개를 저었다. 허 변호사에게 서영이 처한 상황을 알려줄까 하다가 멋쩍게 웃었다. 근처에 얼씬도 않겠지. 허 변호사가 꽁무니 빼는 것을 상상했다. 혼자서 하하하고 웃었다.

서영으로부터 카톡이 왔다.

-허 변하고 무슨 얘기했니?

윤섭은 대화창을 닫아버렸다. 곧바로 답글 쓰기가 싫었다. 아닌 척 허세 좋게 웃었지만 조금 전에 허 변호사와 만난 뒤끝이 남아있었다. 허 변호사가 무슨 자격으로, 함부로 그따위 말을? 갑자기 화가 났다. 물 위로 돌팔매질을 했다. 왜가리들이 동시에 날아올랐다. 윤섭은 반원을 그리며 숲속으로 날아가 버리는 왜가리들에게 미안한 마음이 들었다. 두 사람 제주도에서 무슨 일이 있었을까? 왜 서영에게 그 문제에 대해 추궁하지 못했을까? 서로에게 자유롭다고? 정말일까? 이건 자유로운 것이 아니라 방관자적 무관심이 아닐까? 사랑한다고 말하면서 바깥에서만 맴돈 것이 아닐까? 눈에 보이지 않은 경계선 밖에서 우물쭈물하다가 이렇게 된 것이 아닐까? 개입하지 않는다는 명목은 좋았다 하지만 실질적으로 서로에게 불신의 벽을 쌓는다는 것을 인식도 못 하고 여기까지 온 것이다. 그 틈으로 허 변호사가 기어들어오고 있었다. 제3자의 침입을 막아야할지 포기해야 할지 판단이 서지 않았다. 허 변호사의 말이 윤섭에게 아픈 곳을 찌르기도 했지만, 현실을 직시하게 해주는 말이기도 했다. 윤섭은 두 손으로 마른세수를 했다. 술이 확 깨는 기분이다.

대화창을 다시 열었다.

-별 이야기 안 했어. 도쿄에서 언제까지 있어?

-그랬니. 언제까지 있을지 아직 결정된 건 없어. 좀 전에 유메하고 그 문제에 대해 이야기 나누었어. 지금 예상으론 유메의 숍에서 일할 수 있을 것 같아. 마침 직원 채용 계획이 있었대. 유메 숍에서 일하면서 꽃에 대해 좀 더 공부하고 싶어. 신경 쓰지 마. 윤섭 씬 투어에 전념해야 하잖아. 기도할게. 잘 챙겨 먹고, 컨디션 관리 잘해.

-서영 씨, 우리에게 가장 행복했던 순간이 언제였어? 기억나?

-갑자기 그건 왜?

-알고 싶어서.

-우리가 처음 정동진으로 여행 갔을 때 같은데. 윤섭 씬?

-아, 그렇지. 그 바닷가 역 있는 곳. 그곳에서.

윤섭과 서영이 처음 여행을 갔던 곳이 정동진이었다는 것이 기억났다. 그날 서영은 다크블루 원피스를 입고 있었다. 가녀린 몸매와 흰 피부를 가진 그녀에게 잘 어울렸다. 아득하게 펼쳐진 먼 바다색 같았다. 윤섭은 서영이 아직 그날을 기억하고 있다는 것이 고마웠다.

-난 그날 너무 행복했어. 여기도 그런 역 있어. 가마쿠라코코마역이라고 정동진하고 비슷한 바닷가 역이야. 만화 슬램덩크의 배경이기도 해. 연인들이 많이 찾는 곳이고. 여기서 에노덴을 타고 하세까지 가는 길이 인기가 있어. 나중에 함께 가 봐. 윤섭 씬 언제였어?

-난, 춘성 만신을 찾아갔던 날이야.

-왜? 난 너무 더웠다는 생각밖에 안 나.

-모르겠어. 어쨌든 새로운 세계를 경험한 것 같고, 그리고 서영 씨하고 나한테 유의미한 시간이 된 것 같았어. 행복했다기보다 특별히 기억하고 싶은 날이었어.

- 그랬어? 알겠어. 그랬다니 고마워. 투어 준비 잘해.

- 고마워. 여행 잘하고 와. 다음에 또 만신님께 함께 가자.

왜 춘성 만신 찾아간 날을 가장 행복했던 날이라고 했을까. 사실은 생각지도 않았는데 그런 문장을 썼다는 것이 맞을 것이다. 서영하고 함께한 날을 되돌아봤을 때, 행복했던 기억이 실제는 잘 떠오르지 않았다. 서영이 기억하고 있는 정동진 여행도 그녀의 일깨움에 의해서였다. 그날도 행복했고, 의미 있는 날이긴 했다. 그러나 춘성 만신을 찾았을 때 솔직히 충격적이었다. 춘성 만신의 특이한 메이크업이나 굿당의 분위기가 매우 낯설었지만, 자신에게 붙어 다니는 영가가 있다는 말에 쇼크를 받았다. 그리고 백중날 다시 만신을 찾았을 때, 자신의 몸이 보인 반응은 아무리 돌이켜봐도 신비한 체험이었다. 완전히 믿지는 않았지만, 그날 이후로 몸이 가벼워지고 우울감이 사라진 느낌이다. 이번 달에 신경정신과 진료를 받았을 때, 의사가 좋은 일 있느냐고 물었다. 서영이 이상한 행동을 해도 이해하라고 하던 춘성 만신의 당부가 생각났다.

서영은 그레이스 리 호텔에서 예약 기간이 끝나자 유메의 아파트로 옮겨왔다. 유메는 투룸 아파트에서 살았다. 서영이 호텔에 계속 머무르겠다고 했지만 유메의 권유에 못 이겨 옮긴 것이다. 호텔에 있었으면 벌써 서울로 돌아갔을 것이다. 편하게 머무를 수 있는 곳이 생기자 일정을 몇 주 더 미루었다. 그동안 도쿄의 꽃시장 상황도 알아보고 싶었다. 어쩌면 도쿄에서 일자리를 알아보고 싶었는지 모르겠다. 유메에게 그러한 자신의 생각을 말하자 유메가 잘 되었다고 반겼다. 직원 한 명이 이직한 자리를 당장 메울 사람이 필요하다고 했다. 휴가철이라서 사람 구하기가 어렵다고. 서영은 유메의 꽃집 일을 도왔다. 그러면서 서울 가서 취업 비자를 받으면 다시 도쿄에 오기로 마음먹었다. 유메도 서영의 도쿄 정착을 돕겠다고 했다.

유메와 와인바에 다녀온 서영은 윤섭에게 카톡을 보냈다. 윤섭으로부터 답글이 오지 않았다. 대화창을 닫고 생각에 잠겼다. 허 변호사가 윤섭에게 만나자고 했다니 어처구니가 없었다. 왜 만나자고 했을까? 자신을 빼고 두 사람이 만날 이유가 없는데. 허 변호사에게 확인해볼까? 서영은 허 변호사에게 메시지를 썼다가 보내지 않고 지웠다. 그때 윤섭의 메시지가 다시 떴다.

'우리에게 가장 행복했던 순간이 언제였어?'였다. 게다가 윤섭은 답글에 춘성 만신을 찾아간 날이라고 했다. 서영은 윤섭이 왜 그런 말을 썼을까, 하고 생각했다. 윤섭에게 영가가 숨어 있다고 하던 만신의 말이 생각났다. 그리고 백중 날 오라고 했어. 맞아. 윤섭이 잘 믿지 않는 눈치던데. 백중 날 갔을까? 윤섭에게 다시 메시지를 보냈다.

-윤섭 씨, 백중날 굿당에 갔었니?

윤섭의 답글이 금방 달렸다.

-갔었어. 그날 신비 체험했어. 굉장했어.

-어땠는데?

-내 몸속에 있던 묵직한 것이 빠져나가는 느낌이었어. 그날 이후로 몸이 많이
 가벼워졌어. 마음도 가벼워졌고.

-그래?

-서영 씬 왜 함께 오지 않았느냐고 묻기에, 도쿄에 여행 갔다고 말했어.

-그랬어? 내가 만신님께 전화 드릴게. 고마워.

-나중에 함께 가자.

-알았어.

　　윤섭의 신비체험이 무슨 의미인지 알 수는 없었다. 메시지 내용으
로 보아 나쁘지 않은 경험 같았다. 다행이다. 윤섭이 불쾌한 경험으
로 받아들이지 않아서. 서영은 서울에 가면 춘성 만신에게 연락해야
겠다 생각하며 대화창을 닫았다.

환희

KPGA 코리안 투어 하반기 투어가 시작되었다. 9월 첫째 주에 오픈하는 현대해상배는 신청하지 않았다. 그 다음 주에 있을 골프존 오픈에 신청해뒀다. 윤섭은 투어준비에 심혈을 기울었다. 수원 그린필드CC에 1주일에 4일씩 연습 라운드를 다녔다. 정인의 레슨은 당분간 쉬기로 했다. 컨디션이 좋았다. 발목도 괜찮은 것 같았고, 코어근육도 예전처럼 복원되었다. 몸이 한층 가벼워졌다. 춘성 만신의 말을 완전히 믿는 것은 아니지만 효과는 있었다. 일단은 심리적으로 안정이 되었다. 예감이 좋았다. 모든 것이 스케줄대로 진행되었다.

골프존 오픈에서 12위로 대회를 마쳤다. 아쉬웠지만 상반기 슬럼프에서 어느 정도 벗어날 수 있었다. 윤섭은 곧바로 다음 투어를 준비했다. 백송홀딩스 오픈이었다. 골프존 오픈에서 회복된 자신감을 유지하려고 철저하게 멘탈 관리를 했다. 백송홀딩스 오픈에서도 순조롭게 시작이 되었다. 1라운드와 2라운드 모두 탑텐 안에서 머물렀다.

골프백을 멘 현규가 더 긴장했다. 18번 홀에서 윤섭이 파로 홀 아웃을 하고 나서야 현규가 목덜미에 흘러내리는 땀을 닦았다. 백송홀 딩스 오픈 3라운드가 끝났다. 윤섭이 공동 4위에 올라갔다. 스코어 카드를 제출하고 나오는 윤섭에게 현규가 알칼리수를 건네며 활짝 웃었다. 두 사람은 마지막 홀을 빠져나왔다. 나란히 걸으면서 현규가 윤섭을 힐긋 바라봤다.

"내일, 똥철이하고 같은 조 될 가능성 높아."

"그래? 어쩔 수 없지 뭐."

"괜찮지?"

"괜찮지 않으면, 피할 수 없으면 즐기라고. 붙어보는 거지 뭐. 새삼 스러울 것 없잖아. 걱정 마."

"정말 괜찮아? 맞아. 예전엔 네 상대도 안 되던 놈이잖아."

"오히려 잘 된 것 같아."

"그렇지. 나도 그렇게 생각해. 똥철이 새끼 납작하게 만들어."

동철은 공동 3위로 홀 아웃을 했다. 윤섭은 내심 파이널라운드에서 동철과 만나지 않았으면 하고 바랐다. AB손해보험오픈 때가 생각 났다. 지금 생각해도 부끄러웠다. 윤섭과 현규는 말을 아끼며 하루를 정리했다.

저녁식사를 하면서 윤섭의 마음이 바뀌었다. 동철과 같은 조가 되는 것을 오히려 좋은 기회로 생각하기로 했다. 이번에 동철하고 제대로 붙어보자고 마음을 다졌다. 하지만 입 밖으로 드러내지는 않았다. 현규가 초조해할까 봐서다. 캐디가 불안해하면 그것이 선수에게도 영향을 줄 수 있기 때문이다.

백송홀딩스 오픈 파이널 라운드가 시작되었다. 예상한 대로 윤섭과 동철이 같은 조였다. 티 그라운드에 올라가기 전에 윤섭과 동철이 눈인사를 주고받았다. 동철이 웃었다. 윤섭도 마주 웃어줬다. 윤섭은 동철도 부담스러워할 것이라고, 투어선수에게는 언제든 만날 수 있는 상대라고 자신에게 말했다. 동철이 먼저 티샷을 했다. 캐디도 백인이었다. 동철의 스태프들이 어드레스 동작부터 날아가는 공까지 주시했다. 백스윙에서 다운스윙까지 완벽에 가까웠다. 임팩트 구간에서 모든 힘을 효율적으로 폭발시키는 스킬이 매우 좋았다. 스윙 동작에 균형이 잘 잡혔고, 공의 방향성도 흠잡을 데가 없었다.

윤섭의 티샷 차례였다. 심호흡을 하고 티 그라운드로 올라갔다. 갤러리들이 울타리처럼 둘러싸고 있었다. 3라운드까지 그렇게 많이 따라오지 않았는데 오늘은 몇 겹으로 둘러쌌다. 동철의 팬들이 이렇게 많았는가? 그런데 갤러리들 맨 앞줄에 낯익은 얼굴들이 보였다. 한 사람만 아니다. 어머니 옆에 사진으로만 본 여동생이 서 있었다. 어머니를 빼닮아서 금방 알아봤다. 그리고 몇 사람 건너뛰어서 도쿄에 있어야 할 서영이 두 손을 모으고 서 있었다. 입을 꼭 다물고 있는 것이 긴장한 빛이 역력했다. 서영의 뒤에 허 변호사가 마스크에 선글라스와 벙거지를 눌러 쓰고 서 있었다. 윤섭은 순간 당황했다.

서영과 허 변호사는 그렇다손 치더라도, 누가 어머니를 불렀을까? 현규를 돌아봤다. 현규의 표정은 무덤덤하다. 어머니가 온 것을 알

지 못하는 것 같았다. 아니, 현규는 윤섭의 어머니와 여동생을 한 번
도 본 적이 없었다. 윤섭은 궁금한 것을 뒤로 미루고 다시 심호흡했
다. 루틴대로 연습스윙을 하고 드라이버를 휘둘렀다. 숨죽이고 날아
가는 공을 지켜봤다. 페어웨이에 정확하게 내려앉았다. 동철보다 비
거리는 짧지만 더 좋은 위치로 갔다. 윤섭은 현규와 함께 페어웨이를
걸어가면서 갤러리들 쪽으로 시선을 주지 않으려고 애를 썼다. 누가
불렀을까? 궁금증이 가라앉지 않고 점점 커졌다. 현규에게 물어보고
싶었지만 참았다. 알려서 좋을 것 없다는 생각에서다. 캐디가 잡념을
가지면 위험하다. 오로지 선수에게만 집중할 수 있어야 한다. 윤섭이
세컨 샷을 쳤다. 3라운드까지 온 그린 한 홀이다. 그런데 공이 그린
앞 벙커에 떨어졌다. 앞 핀이라서 한 클럽 짧게 잡은 것이 실수였다.
현규가 당황한 눈빛으로 윤섭을 바라봤다. '왜 그러니? 실수할 그린
이 아니잖아'하는 의미가 담겼다. 윤섭은 현규에게 클럽을 건네주며
머리를 흔들었다.

9월 중순이지만 아직 햇볕이 뜨거웠다. 등허리에 진땀이 쫙 흘렀
다. 윤섭은 하늘을 올려다봤다. 더위를 탓할 수 없듯, 어머니와 여동
생을 탓할 수 없었다. 그녀들 때문에 집중력이 흩어지면 안 된다. 그
녀들을 그냥 갤러리로 생각하자. 어머니와 여동생도 골프를 즐기는
사람들이라면 얼마든지 갤러리로 올 수 있다. 그들도 갤러리일 뿐이
야. 나하고 아무 상관없는 사람들이야. 그녀들에게 시선을 빼앗기지
말자, 하고 스스로에게 타일렀다. 어프로치로 홀컵에만 바짝 붙이면

스코어 방어는 할 수 있어. 윤섭은 벙크로 다가서면서 다시 한번 힘주어 자신에게 말했다.

동철의 공은 홀컵하고 적당한 거리에 올라가 있었다. 충분히 버디를 할 수 있는 거리였다. 동철이 버디를 했다. 갤러리들 사이에서 함성이 솟아올랐다. 윤섭은 파로 홀 아웃을 했다. 현규가 퍼터를 받아서 골프백에 넣고 윤섭의 어깨를 가볍게 두드렸다. 이번 홀에 대해 신경 쓰지 말자, 라는 제스처였다. 윤섭은 현규를 향해 씨익 웃었다. 아니 자기 자신을 향한 웃음이다. 알겠지. 알았어, 하는 시선을 서로 교환했다. 스코어 안내판이 눈에 들어왔다. 동철이 단독 3위로 순위가 올라갔다. 윤섭은 선글라스를 꺼내서 착용했다. 주위에 대해 신경 끄기로 했다. 스코어 안내판도 갤러리 쪽으로도 눈을 돌리지 말아야 한다고 자신에게 주문했다. 오직 나와 나의 싸움이야 하며 입속으로 중얼거렸다.

두 번째 홀에서 동철과 윤섭이 나란히 파로 홀 아웃을 했다. 세 번째 홀에서 윤섭이 드디어 버디를 잡았다. 갤러리들 속에서 정인과 혜지가 만세를 부르듯 좋아했다. 흔들리던 멘탈이 조금씩 안정되어갔다. 그다음 홀은 파3홀이었다. 홀인원 상품으로 승용차가 걸려있었다. 윤섭은 평정심을 되찾았다. 버디는 꼭 하자는 생각으로 티샷을 했다. 갤러리들의 함성이 들렸다. 현규가 윤섭을 얼싸안았다. 홀인원이었다. 윤섭은 눈물이 왈칵 솟았다. 하늘을 향해 아이언을 들고 흔들었다. 서영이 두 손으로 얼굴을 가렸다. 어머니와 여동생은 서로를 얼싸안고 좋아했다. 동철이 어머니와 여동생을 지켜보다가 윤섭에게 다가와서 손을 내밀었다.

윤섭의 순위가 동철과 나란히 공동 3위가 되었다. 홀 아웃을 하고 다음 홀로 이동하면서 현규가 속삭였다.

"이제 해볼 만해. 파이널에 홀인원을 한다는 것은 행운의 여신이 네 쪽으로 기울었다는 거야."

"그런가? 아직 실감 안 나."

"그래, 이대로 쭉 가자. 쭉 가는 거야. 홀인원은 빨리 잊어버리고."

홀인원 이후에는 버디를 하나도 못 잡고 파 플레이만 했다. 전반 홀은 단독 3위를 유지하며 끝냈다.

후반홀로 들어갔다, 동철의 순위는 공동 1위로 바뀌어 있었다. 동철과 윤섭의 스코어가 아직 4타차가 났다. 동철이 전반홀 시작 때와 달리 후반홀 시작하기 전에 말을 걸어왔다.

"어머니 오셨지?"

"응, 어떻게 알았어?"

"우리 아버지가 티켓 보냈어. 네가 상위권에 올라왔을 때, 응원 오시라고 초청했어. 잘해."

윤섭은 현규에게 생수를 달라고 해서 들이켰다. 사실은 욕설이 먼저 튀어나올 뻔했다. 물을 마시며 숨을 돌렸다. 그리고 대꾸를 했다.

"네 아버지 여러 방면으로 신경 쓰시네. 고마워."

윤섭은 진짜 고마운지 모르겠다는 심정이다. 상대의 멘탈을 흔들어 놓는 방법도 여러 가지구나 싶은 생각이 앞섰다. 상황을 알고 나니까 궁금증이 더해졌다. 그렇다면 어머니와 동철의 아버지는 지금까지 서로 연락을 주고받았다는 거잖아. 어머니는 그동안 윤섭의 소식을 동철 아버지를 통해 다 듣고 있었다는 거지. 윤섭은 깊은 한숨을 내쉬었다. 갑자기 아버지가 그립다는 생각이 들었다. 어머니는 어떤 경로를 통하던 자기가 원하는 삶을 살고 있는데. 하늘을 올려다봤다. 참매 한 마리가 머리 위에서 맴돌았다. '아버지, 하늘에서 내려다보시죠?' 하고 속으로 말했다. 아버지의 음성이 들리는 듯했다. 아들 파이팅! 하늘에서 응원하고 있어. 분위기에 흔들리지 말고 지금처럼 네 페이스대로 쭉 밀고 가는 거야. 결과에 너무 집착하지 말고. 과정에 충실하면 결과는 자연히 따라오게 돼 있어. 주위의 시선을 의식하지 말자. 한 샷 한 샷에 최선을 다하면 된다는 생각으로만 하자, 아버지는 항상 너랑 함께 있다, 라고 속삭이는 것 같았다.

10번 홀에서 동철이 보기를 했다. 반면에 윤섭은 버디를 잡았다. 동철의 순위가 공동 2위로 밀렸다. 윤섭은 여전히 단독 3위이지만 동철과의 스코어가 2타차로 좁혀졌다. 동철의 얼굴이 굳어있었다. 다음 홀로 이동하면서 캐디가 동철에게 영어로 무어라고 했다. 동철이 캐디와 영어로 유창하게 대화를 주고받았다. 내심 부러웠다. 현규가 윤섭의 마음을 읽기라도 했는지 옆으로 바짝 붙으며 속삭였다.

"이번에 제대로 밟아주자."

"누굴 밟아?"

"누군 누구야. 지우 오라고 할 걸, 너 좀 도와주라고."

"괜한 짓 하지 마."

"똥철이 먼저 했잖아."

"너도 알았어?"

"붕어빵인데."

"흔들리지 않아. 걱정 마."

11번 홀에서도 동철이 퍼트 실수로 버디를 놓쳤다. 윤섭은 연달아 버디를 낚았다. 이제 동철과의 스코어는 1타차로 바짝 따라붙었다. 선두와는 2타차였다. 그 다음 파3 홀에서는 윤섭과 동철 모두 버디를 했다. 동철이 다시 공동 1위로 올라가고 윤섭은 단독 2위가 됐다. 공동 선두와 1타차가 났다. 13번 홀에서는 두 사람 모두 파를 했다. 이제 다섯 홀이 남았다. 선두와의 1타차 정도는 얼마든지 바뀔 수 있었다. 우승컵이 누구에게 갈지 아직은 아무도 예측할 수 없었다. 충분히 승산이 있었다.

윤섭의 심장박동이 빨라졌다. 마음에 압박감이 오기 시작했다. 현규가 더 이상 농담을 하지 않았다. 입을 꾹 다물고 묵묵히 캐디로서 할 일만 충실히 했다. 윤섭은 하늘을 올려다봤다. 구름 한 점 없이 푸르다. 청회색 허공뿐이다. 무심 그 자체였다. 호흡을 천천히 들이마시고 내쉬었다. 마인드 컨트롤에 들어갔다.

14번 홀에서 동철이 버디를 해서 단독 선두가 됐다. 윤섭은 퍼트를 놓쳐 파로 홀 아웃을 했다. 동철과 다시 2타차로 벌어졌다. 윤섭이 단독 3위로 다시 내려갔다. 15번 홀에서 동철은 파를 하고 윤섭이 다시 버디를 했다. 단독 2위에 있던 선수의 스코어가 1타 내려갔다. 윤섭이 단독 2위가 되었다. 동철과 1타차 2위였다.

이제 세 홀 남았다. 파4 홀 두 개와 마지막 홀이 파5 홀이었다. 파5 홀은 윤섭이 동철에게 불리했다. 동철이 비거리가 더 길었다. 파4 두 개 홀에서 승부수를 던져야 했다. 16번 홀이 핸디캡1이었다. 티잉 그라운드에서 그린이 전혀 보이지 않은 숨은 그린이었다. 페어웨이 안으로 툭 튀어나온 산자락을 넘겨야 투온이 가능한 홀이다. 게다가 비거리가 너무 많이 나도 좋지 않은 S자 홀이었다. 공이 바람을 조금만 타도 아웃 오브 바운스 지역으로 날아갈 가능성이 높았다. 티샷이 페어웨이를 지키는 것이 매우 중요했다. 그래야 세컨 샷에서 그린에 올릴 수 있었다. 윤섭이 먼저 티샷을 했다. 아버지로부터 끊임없이 주문받았던 윤섭의 샷 정확성이 살아 있었다. 보내고 싶은 지점에 공이 잘 내려앉았다. 드라이브 클럽을 받아들며 현규가 안도의 한숨을 내쉬었다. 다음이 동철의 차례였다. 동철의 공이 OB존을 벗어났다. 현규가 윤섭을 건너다봤다. 윤섭은 허공으로 시선을 비켰다. 동철의 실수를 지켜보기가 불편했다. 솔직히 말해, 동철의 실수를 은근히 바랐다가 맞을 것이다. 우승컵을 들어 올리는 것도 좋지만, 동철을 이기고 싶었다. 동철이 비거리가 너무 길어서 당한 것이다. 종종 우드로 티샷을 하는 선수들도 있었다. 16번 홀에서 역전이 일어났다. 윤섭이 버디를 하고 동철이 보기를 했다. 윤섭이 1타차 선두로 나섰다. 윤섭은 홀 아웃을 하며 동철을 힐긋 봤다. 동철이 이를 악무는 것이 보였다. 17번 홀에서는 둘 다 파를 했다.

18번 홀에 왔다. 윤섭은 지키자는 심정으로 티샷을 했다. 비거리가 짧은 윤섭이 먼저 세컨 샷을 했다. 윤섭은 쓰리 온 작전으로 끊어 갔다. 아니나 다를까 동철이 승부수를 뛰었다. 동철이 세컨에서 온 그린을 시도했다. 우드로 친 동철의 공이 그린에 올라갔다. 하지만 그린이 받아주지 않았다. 그린이 볼록거울 같았기 때문에 밑으로 주르르 굴러 내려가기 일쑤였다. 1라운드 때 윤섭도 경험했다. 그래서 파5 홀이지만 이글은 물론이고 버디가 잘 나오지 않은 홀이었다. 윤섭도 욕심을 냈다. 어프로치로 최대한 홀컵 가까이 붙이기를 했다. 그런데 윤섭의 공도 흘러내렸다. 윤섭은 연장전까지 가지 않기를 빌었다. 결국은 동철이 버디를 하고 윤섭은 파를 해서 연장전에 가게 되었다.

연장전은 마지막 홀에서 이루어졌다. 1차전에서 두 사람 모두 파를 했다. 2차전까지 이어졌다. 2차전에서 동철이 다시 투 온을 시도했다. 윤섭은 쓰리 온 작전을 고수했다. 어프로치 샷으로 홀컵 가까이 붙였다. 드디어 버디 찬스를 잡았다. 동철이 투 온에 성공했다. 하지만 홀컵까지 남은 거리가 20미터 넘었다. 이글 퍼트를 시도했으나 실패했다. 윤섭은 마른 침을 삼켰다. 동철이 먼저 버디 퍼트할 차례였다. 동철이 퍼트라인을 몇 번이나 읽었다. 갤러리들의 숨소리가 가라앉았다. 새소리도 들리지 않았다. 동철의 캐디도 가만히 지켜만 봤다. 동철이 두 번이나 어드레스를 풀었다가 다시 했다. 그러나 공이 홀컵까지 못 가고 멈춰버렸다. 갤러리들 쪽에서 짧은 탄식이 흘러나왔다. 3단 그린으로 출발은 오르막라이였지만 홀컵 가까이부터는 가파른 내리막이었다. 동철의 공이 오르막을 다 오르지 못했다. 거기에 비해 윤섭의 퍼트라인은 전체적으로 내리막이었다. 윤섭은 끊어치기를 했다. 공에 스핀이 걸려 천천히 굴러갔다. 윤섭은 공을 보내놓고 마음이 조마조마해서 끝까지 지켜보지 못했다. 고개를 들고 하늘을 쳐다봤다. 몇 초밖에 걸리지 않는 시간인데 사람의 진을 다 빼놓을 정도로 길게 느껴졌다. 땡그랑, 하고 공이 홀컵에 떨어지는 경쾌한 소리가 들렸다.

윤섭이 그 자리에 털썩 주저앉았다. 현규가 뛰어와서 윤섭을 끌어안았다. 동철이 먼 산을 보고 있다가 윤섭에게 다가왔다. 윤섭이 동철을 힘껏 끌어안았다. 머뭇거리던 동철의 팔에도 힘이 들어갔다. 세 사람은 얼싸안은 채 한참 동안 그대로 있었다. 동철이 먼저 팔을 풀고 윤섭의 등짝을 한 대 때리며 축하한다고 했다. 윤섭도 웃으며 동철에게 미안하다고 했다. 갤러리들이 환호성을 질렀다. 그제야 윤섭의 눈에 어머니와 여동생의 얼굴이 들어왔다. 어머니가 여동생에게 안겨서 울고 있었다. 서영은 기도하듯 두 손을 가슴 앞에 가지런히 모으고 눈을 감고 있었다. 허 변호사가 손을 흔들었다. 스코어 카드를 제출하고 돌아서 나오는데 동철이 옆에 와서 윤섭의 어깨를 툭 쳤다.

"역시 비거리보다 퍼트야."

"난, 네 비거리가 부러워."

"어머니 우시던데, 봤니?"

"고마워. 아버님께 고맙다고 전해. 넌 역시 내 친구야."

"우린 친구잖아. 축하해."

두 사람은 서로의 등을 치며 마주 웃었다. 현규도 환하게 웃으며 두 사람을 향해 걸어왔다.

제가 약속을 지켰어요

인천국제공항 제2 여객터미널 출국장 체크인 카운터 앞에서 서영이 윤섭에게 손을 흔들었다. 서영은 플로리스트 경영자 과정에 등록했다. 유메의 플라워 숍에서 일하면서 공부를 계속하기로 했다. 서영이 걸어가는 윤섭의 뒷모습을 응시하다가 빠르게 걸음을 옮겨놓았다. 윤섭은 출국장을 걸어 나오다가 뒤돌아서서 서영의 뒷모습을 바라봤다.

어젯밤에 그녀에게 말했다.

"원룸 구하는 대로 짐 뺄게."

"그렇게 해."

"고마웠어. 반려동물 키워봐."

"그럴까. 그래야겠지. 나도 고마웠어."

서영이 입꼬리를 살짝 당겨 올렸다가 와인을 따랐다. 윤섭은 좀 더 솔직해지고, 할 이야기가 많을 줄 알았다. 서로의 앞날에 대해 축복도 안녕도 빌어주지 않았다. 자존심 때문이 아니었다. 잘 되길 바라,

라든가 건강해, 라는 말 대신에 좀 더 근사한 문장을 찾았지만, 생각
나는 말이 없었다. 두 사람은 와인 잔을 부딪치고 말없이 마셨다.

윤섭은 우승컵을 챙겼다. 물론 샴페인도 한 병 비싼 것으로 구입
했다. 아버지를 모셔둔 납골당을 찾았다.

아버지 사진을 제단에 모셨다. 가져간 샴페인 병을 땄다.

"아버지, 제가 우승했어요. 약속 지켰어요. 건배해야죠."

사진 속에서 아버지가 흐뭇한 미소를 띠고 윤섭을 바라봤다. 우승
컵에 샴페인을 따랐다. 아버지 사진 앞에 놓았다. 담배도 한 개비 불
을 붙여 옆에 놓았다.

"아버지, 기쁘시죠? 아버지가 제 골프백을 메셨더라면 더 좋았을
텐데. 많이 아쉬웠어요. 그 순간을 함께 했더라면 더 행복했을 텐데.
아버지, 이제 제 걱정하지 않으셔도 돼요. 홀로서기에 성공했어요.
물론 이 모든 것은 아버지 몫이죠. 아버지가 안 계셨더라면 제가 혼
자서 여기까지 오기 힘들었을 거예요. 하지만 다음 경기부터는 아버
지 도움 없이도 혼자서 잘할 수 있어요. 약속드려요."

윤섭은 마지막 라운드 때 어머니와 여동생이 왔다는 말은 하지 않
았다. 그날 시상식이 끝나고 기념사진을 찍을 때, 먼발치에 서 있는
그녀들을 외면했다. 그는 마음속으로 어머니가 우리를 버렸잖아요,
하고 항변했다. 그날 밤 윤섭은 밤새 뒤척였다. 윤섭은 아버지 사진
을 향해 말했다.

"아버지, 이제 어머니를 용서하세요. 용서하실 거죠? 어머니와 잘 지내고 싶어요. 여동생이 생겼다는 것도 기쁘고요. 아버지도 좋아하실 거라 믿어요."

윤섭은 납골당을 나왔다. 여러 개의 터널을 빠져나와 서울에 도착했다. 어머니와 저녁식사 약속이 있었다. 아슬아슬하게 제시간에 맞췄다. 늦지 않아 다행이다.

작가의 말

최윤섭에게 쓴다.

네가 첫 우승컵을 들어 올린 날, 나는 손바닥이 부풀어 오르도록 박수를 쳤어. 너의 우승이 길고 어두운 터널을 뚫고 나오는 것을 지켜봤기에. 너의 환희에 동참하고 싶었기 때문이야.

방황, 회피, 불쾌의 시간 속에서.

너는 말했지.

'날개가 돋을 때까지만 죽어'라고? 날아오르는 것, 그까짓 환상이 아니라고? 야비한 현실 속에서도 골프에 대한 성공만은 빼앗기고 싶지 않아. 욕망을 탈탈 털리지 않으려고 지금도 힘겨운 퍼포먼스를 벌이고 있어, 라고.

그래 맞아.

우리가 살아있다는 것은 욕망이 있다는 거지. 거친 러프 같은 현실 속에서 욕망마저 털려버리면 우리는 어떻게 살아가니. 욕망이라도 있어야 하지 않겠니. 왜 사느냐고 물으면 우린 욕망 때문에 사는 것이라고 말해야 해.

　때로 현실 앞에 무릎을 꿇고 살찐 닭 새끼같이 뒤뚱거릴 때가 있어. 정말 재수 없는 닭 새끼 같은 기분이 들지. 나도 그런 때가 매우 많았어. 루저 같은 기분, 사람을 비참하게 만들지. 싸구려 옷을 벗을 때마다 찌지직거리는 정전기처럼. 인간이기 때문에 느낄 수밖에 없는 당연한 감정이지. 너는 그 감정의 괴롭힘을 잘 뚫고 나온 거야. 네가 입에 달고 살던 변명을 온갖 변명의 무덤인 워터해저드에 던져버렸을 때, 너를 팔 벌려 안아주고 싶었어.

　현실 회피에서 현실 접근으로.

　너는 부상을 당했고, 절망의 늪까지 휩쓸려가는 고통의 시간을 보냈어. 하지만 끝내 주저앉지 않았지. 작은 물길이 쓰레기로 꽉 찬 개천을 뚫고 앞으로 나아가듯이 너는 짙은 안개가 낀 것처럼 뿌연 터널을 뚫고 나왔어.

　넌 지류가 아닌 본류에 합류한 거야. 이제 본류의 소용돌이 속에서 튕겨나가지 않아야 돼. 아니 선두에 서야지. 그러려면 강한 의지를 가져야 돼, 라고 스스로에게 말할 줄 알게 된 거야.

　최윤섭, 거침없이 앞으로 나아가자. 너를 응원하는 사람들 많아.

　아버지가 그랬잖아.

　우리 아들한테 마지막 잔소리를 해야겠다. 실수할 자격은 누구에게나 있다. 하지만 그것을 만회하는 사람은 많지 않아. 부끄럽지만 나도 그 사람 중, 하나야. 쉽지 않다는 거지. 그런데 방법은 있어. 연습이다. 연습밖에 없다. 연습만이 성공할 수 있는 지름길이다.

한 씨가 예언자처럼 말했지.

반짝 이벤트가 아닌 이상, 잔디밭에서 하는 게임은 잔디밭이 많은 곳으로 가는 것이 승산이 있지 않소? 그곳이 지방이든 그보다 더한 곳이든.

다들 지켜야 하는 것이 무엇인지 모르고, 지키고 있는 것이 무엇인지도 모르고. 모르는 것이 문제인지도 모르고.

나도 한 말씀 보탤까? 잔소리 듣기 힘들지. 여기까지만 할게.

2025년 4월

박산을